英伦一杯下午茶

YING LUN YI BEI XIA WU CHA

童地轴 著

合肥工业大学出版社

图书在版编目(CIP)数据

英伦一杯下午茶/童地轴著. —合肥:合肥工业大学出版社,2014. 1
ISBN 978 - 7 - 5650 - 1745 - 2

Ⅰ.①英… Ⅱ.①童… Ⅲ.①随笔—作品集—中国—当代②散文集—作品集—中国—当代 Ⅳ.①I267.

中国版本图书馆 CIP 数据核字(2014)第 012859 号

英伦一杯下午茶

童地轴 著　　　　责任编辑 朱移山

出 版	合肥工业大学出版社	版 次	2014 年 1 月第 1 版
地 址	合肥市屯溪路 193 号	印 次	2014 年 4 月第 1 次印刷
邮 编	230009	开 本	710 毫米×1010 毫米 1/16
电 话	总 编 室:0551 - 62903038	印 张	14. 25 彩插 4 页
	市场营销部:0551 - 62903198	字 数	180 千字
网 址	www. hfutpress. com. cn	印 刷	合肥星光印务有限责任公司
E-mail	hfutpress@ 163. com	发 行	全国新华书店

ISBN 978 - 7 - 5650 - 1745 - 2　　　定价: 29. 80 元

伦敦塔桥

约克奥斯河

剑桥大学

牛津大学

莎翁故里

温莎城堡

温德米尔湖

英国乡村

卡迪夫城堡

爱丁堡

华兹华斯故居——鸽舍

丘吉尔庄园

皇家骑兵

苏格兰风笛艺人

巨石阵

在约克古城

明亮的英伦（代序）

袁传芳

20 多年前，我在合肥某个学校的图书室里翻阅狄更斯的《雾都孤儿》，彼时，窗外阳光灿烂，可是，半本书翻下来，阳光便被雾霾吞噬，窗外的天空变得阴沉肃杀起来。后来，看了《呼啸山庄》和《简·爱》，又是沉闷的气息，又是阴郁的色调，眼睛里的英国、伦敦被笼罩在一片浓浓的阴霾沉雾中，于是，记忆里就留下了那片没有阳光，没有温情的世界。

然而，当我陆续读完童地轴先生的英伦系列游记散文后，他文字独有的明媚和柔情，那些散发着春天落日余温的故事，渐渐地扫去了我心底对英伦固有的偏见印迹。沉闷、阴暗、冷漠被轻快、明朗、温情所代替。

浪漫温润是童地轴先生一贯的笔触，在他柔和芬芳的笔触下，那些或沸腾或安宁的一段段英国历史，那些在英国天空中雕画过浓墨重彩的杰出而伟大的人物，那些坐落在绿树丛荫中大大小小的庄园，他们随着如水的光阴一一再现。还有那些高尚的思想，那些高贵的灵魂，在缓如流水的文字间静静地发着聚目的光亮。这样细腻而温润的笔触，驱退了古堡上空沉重的乌云，让历史的滞重随海风飘散，留给读者的是无尽的眷恋与幻想。

温莎小镇温情的夜色激活了童地轴先生的遐思，亦点燃了他的英格兰之梦，于是，就有了这一路的且行且思且放歌。

青草葳蕤，天光云影，乡村和湖区在诗人的脚下如风吟唱；湖水静谧，远山遥望，穿格子裙的风笛艺人在阳光下吹奏着时代的旋律；岁月荏苒，时光倒流，剑桥以及爱丁堡沉醉在四溢的书香里；莫奈远去，雾霾散去，伦敦归来，金色阳光下，泰晤士河开始欢快地唱歌；宫殿的大门敞开，贵族与平民在百年的庄园一同跳起多姿多彩的舞蹈，城堡的神秘随之消失；教授们点起烟斗，牛津的学风在明灭的烟火中婉约而厚重起来；工业化城市的喧嚣退如潮水，鎏金尽散，空骢声息，伦敦的午后走向了一杯茶的从容……

脚步穿越古迹荒原，神思游历在错落的时空里，听历史之音，与智者对话，一扇扇智慧之门豁然打开，一叶叶思想窗棂在自由翻转，明媚的阳光和清新的空气涌了进来，眼前的世界或清新美妙，或沉静隽永，或浪漫深邃，或厚重朴实，他们一扫弥漫在十九世纪末英伦上空的雾霾，变得干净而透彻，变得风和日丽风光旖旎。我心中的那个没有阳光、没有温情的英伦，在童地轴先生灵动如水的文字中变得如此空灵而明亮起来。

我在想，如果手捧这样的文字，在四月春日的草坪上，在五月飘香的槐花下，在午后的一杯淡淡茶香里，慢读静思，随如水如波的文字去追寻历史的脚步，去品味思想的馨香，那将是一场微日下的心灵邂逅，是一次神思惬意的远足……光这样想着就感觉十分的惬意了。

不知道谁说过这样的话：如果一本书能改变你固有的想法，唤醒你内心的某些知觉，那么，这本书无疑是成功了。我从未出过国门，无法得知，到底是童先生的文字擦亮了英伦的天空，还是英伦的天空点亮了先生的文字。我只知道，他的文字，驱走了那些巨著留在我心目中旧日英伦的荫翳冷漠，一个明亮而温情的英伦在我心里重新升起。

二〇一三年八月

于皖东襄河之畔

目　录

一、温莎夜色

一个融融的春日，我们一行 9 人前往英国威尔士首府卡迪夫参加一个国际会议并进行相关文化考察。在上海浦东机场我们被告知，英国维珍航空公司的航班晚点 4 个小时。本来应该是下午到达伦敦的，结果经过 13 个小时的艰苦飞行，到达伦敦已经是当地时间晚上 8 点多。因为行程早已确定，夜里必须赶到卡迪夫。

在机场安排接待我们的是个在英国待了 10 多年的中国人，司机也是中国人。看到他们熟悉的东方笑脸，我们的飞行疲劳一下子消失了很多。车出希思罗国际机场，穿行在伦敦的夜色中，还没有来得及领略一下夜幕下的伦敦，就出城了。大约 1 小时左右，我们被告知先到温莎吃晚饭，然后再有大约两个多小时就到卡迪夫了。

车在温莎一家中餐馆门前停了下来。这么晚了，餐馆里还有很多英国人在这里悠闲地就餐。餐馆不大，也就几张桌子，里面几十个外国人聚精会神地品尝着中国菜肴，一点吵闹的声音都没有，英国的餐馆里是如此雅静安宁。这里和中国内地的餐馆没有什么两样，只是环境幽静，清洁雅致。据说这是一家香港人开的，在这里已经很多年了。

温莎这个小镇对我来说并不陌生，因为很早以前就读过莎士比亚的《温莎的风流娘们》。这是莎翁在 1597 年写的一出带闹剧性质的喜剧。破落骑士福斯塔夫被那些中产阶级妇女捉弄的狼狈相至今想起来仍让人啼笑皆非。温莎上空的一轮明月，森林乐队、鬼魂、精灵和昆虫打扮的化装舞会等等将温情的温莎描写得风趣诙谐。《温莎的风流娘们》后被德国作曲家、指挥家奥托·尼古拉改编成一部轻歌剧。时至今日，这部轻歌剧已很少上演，其中的音乐也被大家忘记得差不多了，但《温莎的风流娘们》里的序曲却被誉为浪漫派三大序曲之一，与《罗莎蒙特》和《芬格尔山洞》齐名。是许多音乐会上经常上演的曲目。

这里有著名的温莎城堡，经过历代君王的不断扩建，到19世纪上半叶，温莎古堡已成为拥有众多精美建筑的庞大的古堡建筑群。温莎古堡占地7公顷，是目前世界上最大的一座尚有人居住的古堡式建筑。所有建筑都用石头砌成，共有近千个房间，四周是绿色的草坪和茂密的森林。让人只要想到英国王室，就会想到温莎城堡。小镇也因为有了这座宏伟的城堡而闻名遐迩。在这里你可以在威廉一世时期、内战时期、伊丽莎白时期和爱德华七世时期穿越时空感受英国的历史和文化。

还有就是这座小镇上有著名的伊顿公学，英国最著名的贵族中学。地处泰晤士河畔，与温莎宫隔岸相望。伊顿公学是一座古老的学府，由亨利六世于1440年创办。伊顿以“精英摇篮”、“绅士文化”闻名世界，也素以管理严格著称，被公认是英国最好的中学，是英国王室、政界经济界精英的培训之地。这里曾造就过20位英国首相，培养出诗人雪莱、经济学家凯恩斯。

带着这些情愫，趁大家还在细嚼慢咽的时候，我匆忙吃完饭，拿起相机走到门外。4月的英国，寒意依然，给人神往。左手边，几栋不高的小楼，温情昏黄的街灯，让小镇散发着暖暖的春意，仿佛带着春天的气息散发着异国情调的花香，让人有恋爱的冲动。抬头远望，夜色的天空一片暗蓝，蓝的有点吓人。右手边，高大的城墙盘满爬山虎，黝黑黝黑地在夜色中巍峨着，我想这一定是温莎城堡了。远处，还能隐约看见城堡的楼顶戳在星空中，给我留下了一个逆光的黑影，高大雄浑。体现了一种庄严，代表着一种权威，与小镇温情浪漫的色调形成了鲜明的对比，爱德华八世“不爱江山爱美人”那充满浪漫的传奇色彩已经远去。

此刻，仿佛能听到涓涓细流的潺潺声……

左环右顾，小镇就是一幅色彩丰富、色调温暖的西洋油画。古典的欧式小楼沿街排列着，随处走几步，哪都能拍下一张好照片。夜色深沉，看着街上的酒吧、咖啡厅和饭店，仿佛在这里你可以充分体验英国人纸醉金迷的夜生活。今晚，真的就想在这里住下来。

这里，曾经怎样的雍容华贵，今夜又为何这般沉静？没有丝毫的嘈杂声，没有车行，甚至没有人行。一弯弓月在浩瀚的暗蓝天空下洋溢着一些暖暖的风，让我们来自古老东方的游子在这个温情的西方小镇感受着时空的悠远和宁静。看着春天，看着月色，自然、真诚地走着，不去考虑那些仿佛在天远的琐事，陌生而温情的小镇让我忘记了旅途的疲劳倦意，忘记了时空的距离和差异。目光相容，投向了那可以期待的远方。

“走喽，这里我们还要来的。”同伴的声音把我唤回。想到还要来这里，我心存的遗憾顷刻消失。

车，又一次扎进了黑暗而又明朗的英国夜色中，我们向威尔士首府卡迪夫行进。路上，我感觉这里的夜晚也是透明的。车窗外一座座小城，一个个村庄，那些庄园，那些大片大片的草场，就是一幕幕画卷，就是过滤镜摄下的美丽图片，让人有透心的明快。记得美国作家华盛顿·欧文在200年前写的《庄园见闻录》中这样描述他到英国时的心境：“我就是这样到处在英国游历的，仿佛一个大孩子，看到每一样东西，不论是宏伟的还是纤小的，心里都很快活，常常露出惊羡的傻气和天真的愉快。”

看到此情此景，想起这位大作家的感受，我想我的惊羡傻气和天真愉快一定不会亚于欧文先生，尽管我比他迟到了近200年。凌晨1点左右，卡迪夫到了。

英国，我曾经的梦，今天我着实走进了。

二、卡迪夫属龙，威尔士亲王属龙

在威尔士的几天，我常常纳闷，为什么英国王储查尔斯的头衔是“威尔士亲王”而不是“英格兰亲王”、“苏格兰亲王”？翻阅英国的历史，便得知这要追溯到公元13 世纪。公元1 世纪，罗马人在威尔士建立城市后，威尔士多次被外族占领。直到 13 世纪英格兰的爱德华一世侵占了威尔士并想永久占领这片土地。威尔士的贵族们向他提了四个条件，只有满足这四个条件后才能成为威尔士国王。贵族们说，我们未来的国王，一是既不说英语又不说法语；二是必须是威尔士贵族；三是在他的成长过程中没有不良记录；四是必须在威尔士出生。贵族们的意思很明白，就是要立一个出生在威尔士的说威尔士语的贵族。爱德华同意了这些条件，悄悄地将自己已经怀孕的妻子从英格兰接来，当孩子出生后，他就宣布自己的孩子完全符合了四个条件。于是，这个孩子便成为英国历史上第一个威尔士亲王。以后，英国国王的长子都被加封为威尔上亲工，如温莎公爵于 1911 年，查尔斯王子于 1969 年均在卡迪夫堡被封为威尔士亲王。

到 1536 年，威尔士完全并入了英格兰。因此，目前英国的米字国旗只是体现了英格兰的红十字、苏格兰的蓝底白叉和北爱尔兰的白底红叉的组合，没有了威尔士的龙徽。但威尔士一直保留了自己的语言，近年来英国政府更是保护性的在中小学都设置了威尔士语。到了威尔士你会发现路牌和一些标志同时用威尔士语和英语双语标注的。

人们一想到威尔士就会想到红龙。威尔士有幸拥有世界上最古老最独特的“红龙”国旗。在公共汽车上、建筑物上甚至垃圾

桶上都印有龙的标志。这些让我们来自中国的客人多了几分亲切。红龙作为威尔士标志的原因有一种说法是因为罗马人在占领英国时将这种图像带到威尔士。许多传奇故事都与威尔士龙有关。最有名的莫过于梅林对红龙和白龙打斗的预言。红龙代表威尔士，另一条白色龙代表撒克逊。两条龙彼此对抗，世界上有史以来最伟大的巫师梅林预言红龙终将战胜白龙，待此日来临，亦是威尔士人战胜撒克逊人之日。根据他的预言，白龙首先占据优势，但最终获得胜利的会是红龙。到了 1485 年，威尔士皇族亨利七世（Henry VII）继承王位，被认为将完成他的预言。这是一个关于威尔士和英格兰之间多年斗争的寓言。

亨利七世 1485 年的伯斯沃斯之战胜利后绿白背景上的红龙在皇室文章上出现。在圣保罗大教堂挂着的军旗上，红色的龙作为都铎家族的象征盘旋在白色的背景上。红龙旗也出现在了都铎时期君主葬礼队伍上。在 1800 年绿白背景下的红龙被指定为威尔士的皇家标志。并且在 1953 年，女王正式将红龙（The Red Dragon）旗指定为威尔士的国旗（上半部为白色，下半部为绿色，中间则是一条红色的龙）。如今威尔士的红龙旗飘扬在每一个角落，无论是古堡、政府机关、商业场所或是体育赛场都悬挂着红龙旗。

现在，威尔士是“大不列颠及北爱尔兰联合王国”（The United Kingdom of Great Britain and Northern Ireland）一个不可或缺的一部分。但是，许多顽固的威尔士人是不会承认自己是英格兰人（English），他会耐心地告诉你他是威尔士人（Welsh），身上流淌的是凯尔特人（Celts）的血液，而引以为傲的是飘扬的龙旗还有威尔士语。认识一位威尔士市民，他每次介绍自己时，都会坚定地强调自己是一位威尔士人。当我们问及威尔士有哪些值得去的景点时，他热情而又详尽地介绍了许多景点以此来宣扬他的故乡，雄浑的高山湖泊，迤逦的自然风光。他满怀骄傲地反复提及那面旗帜上飞腾的红色翼龙，就是凯尔特人的保护神。

英格兰曾经有首儿歌很流行，“塔菲（英格兰人给威尔士人起的绰号）是个威尔士人，塔菲是个小偷。塔菲闯进我家，偷走一块干酪；我去了塔菲的住所，塔菲他不在屋，塔菲闯进我的家，偷走一块排骨。”这首儿歌表现了英格兰人对威尔士人不太友好的情绪，反映了两个民族之间多年的矛盾难以根除。

威尔士，原来也是龙的故乡。

三、卡迪夫，古堡海鸟跃海风

走在卡迪夫的步行街上，那些悠闲喝茶的人们，那些在街上吹奏着优美旋律的人，蹲在一旁拉手风琴的人，那些在公园里奋战青春的人，还有到处飘扬的龙旗，这些无不告诉你凯尔特式的灵魂依然如此不羁，他们追求浪漫与飘逸的美依然执着，凯尔特人的血液一直如此流淌。正如凯尔特人的后裔爱尔兰诗人威廉·巴特勒·叶芝（William Bulter Yeats）所说："我们的脚步总愿意在曾经悲哀地生活过的土地上徘徊，好让我们意识到它并不属于尘世。"

"仿佛蜡炬成灰，山川和树林，正当时，正当时。拥有烈火生出的感情的，善良古老族群啊，你们将万古长存。"在《凯尔特人的薄暮》中，叶芝如此感叹。"这个世界尽管残缺破损、笨拙不堪，却也不乏优美宜人富有意义之物，我像所有艺术家一样，希望用这些事物创造出一个小天地，通过幻象，向那些愿意顺着我指的方向看去的同胞展示。"

在威尔士的日子，我也打开自己的视野，想和叶芝一样，探寻不乏优美宜人富有意义之物。白天开会、拍照、摄像，晚上记笔记。像记录《凯尔特人的薄暮》那样，"也编织了我的袍子，尽力用它来温暖自己，倘若它能合身，我将不胜欣慰。"

古堡跃海风

我们下榻的天使酒店对面就是卡迪夫城堡，旁边是布特公园（Bute Park）。站在我的房间，从窗户就能看见古堡的钟楼。卡迪夫的夜晚十分宁静，凝视窗外黝黑黝黑的古堡城墙轮廓和钟楼塔顶的风影，给人几分恐惧的感觉。

一个清晨，我从酒店出来沿着穿城而过的塔夫河（River Toff)，步行几分钟就到了布特公园。偌大的公园，没有游人。一眼望不到头的绿色草坪让人感觉英国人是如此的奢侈，能享受到这么好的空气和这么大的绿色公园。园内一棵棵参天大树把整个古堡包围得严严实实。我充分享受这古朴典雅的中心公园，漫不经心地散步拍照。很久，回头时才发现，我占据了公园里的行车道。身后一辆轿车不知道停下来等多久了，我连忙让开，表示歉意向司机挥挥手，司机笑容可掬，朝我频频点头，“You are welcome，You are welcome.（没有关系，没有关系。)”然后车子徐徐地离开，仿佛发动机都没有声音。

卡迪夫高楼不多，城堡四周耸立着高高的城墙，让你极容易在很远的地方就能辨认出它。何况我们就在近旁。于是，买了6镑一张的门票，走进了这座城堡。2000年前，当时的罗马帝国跨过英吉利海峡征服了英格兰与威尔士，并在现在的卡迪夫城堡所在地修筑了军事设施。400年后，帝国发生内乱，罗马军队撤离了英伦三岛。之后凯尔特人、维京人、诺曼人、盎格鲁·撒克逊人先后来到了岛上，卡迪夫地区也多次易手。四周至今还有罗马人和诺曼底人所建的宏伟住宅和防御工事的遗迹。卡迪夫城堡从无到有，从小到大，一直在军事上和政治上发挥着重要的作用。它也曾历经战争的洗礼而变成千疮百孔的废墟，然而，一位富商侯爵改变了它的命运，让它由废墟变成极致奢华。那是在130多年前，一位来自苏格兰具有侯爵称号的煤矿大亨买下了破旧的卡迪夫城堡，并从英国、意大利、美国、土耳其等地聘请了知名的建筑师对破损的卡迪夫城堡进行重新设计装修。

城堡很大，里面有一栋房子，一个钟楼，这个阴森森的时刻很容易让人想到电影里描述的古堡幽灵的画面，还真有些恐惧。进入大门，远远就看到一座小城堡耸立在一个小山坡上。小城堡的四周是大片大片绿茵茵的草坪，左边设有桌椅供游客休憩。一

位法国小女孩在这里作实习导游，她用流利的英语向我们介绍，当年这里面放了很多上等红酒，威士忌，雪茄。王室贵族们在这里面娱乐，女性是不能进来的。女性活动房，所有的门窗都是类似防盗网的东西，男士是进不来的，女士们可以在里面开一个小口和外面对话。王子的房间里面，墙壁，天花全是渡过金的。洗手间还采用了当时最先进的抽水马桶和浴缸等设施。在当时，这些东西是极为罕见，也是十分新潮的。

城堡的楼顶有一个小小的露天花园，四周环绕着一个巨大的花池。原来这里是露天的，采光性很好，在上面罩了一层白色透光性很好的棚顶。在花园一端矗立着一座圣母铜像，圣母玛丽亚怀抱婴儿，面带微笑，眼神里充满了母性的慈爱。

英国的城堡很多，仅威尔士就有 100 多个。这些城堡由于经历了战争的洗礼，都是千疮百孔，残垣断壁，长满了青苔。唯有卡迪夫城堡，与其他城堡不一样。它尽管经历过战争，但是今天它确实是一个真正的金碧辉煌的、极尽奢华的城堡。我们上到了小城堡的最高处远眺卡迪夫全城，蓝天白云下，龙旗飘飘，远处的大海湛蓝无垠，小城被鲜花绿草拥簇着，凭海临风，展示着无与伦比的古老魅力和现代风韵。

叶芝在《凯尔特人的薄暮》的异想世界中，处处泛着美不胜收的灵异气氛。他笔下的仙鬼精灵不过是被狂风吹散的“永恒的美之玫瑰不幸而快乐的花瓣”，本无所谓善恶，更与迷信无关，令他着迷的只是大自然的幻象本身难以言说的美感。“美一定是我们一出生便陷进的大网的出口，否则它便不复为美。”我认为，诗人描绘的不仅是爱尔兰，肯定包含了威尔士。我漫游在威尔士的古堡遗风中，仿佛也漫游在《凯尔特人的薄暮》那黛绿色深林之中，探寻着诗神远古的足迹，一路前行。

那些微笑的球迷，那个停下来为我们拍照让道的司机，因为一个牙签，餐厅服务大叔的无数次道歉无不表达了凯尔特文化塑造的威尔士人独具特色的风骨。浮光跃金的何止是那千年古堡。

海鸟阅城廓

说起人鸟同居，有20世纪六七十年代乡村生活经历的朋友们一定不会忘记，堂屋的屋梁下常住着一群春来秋去的精灵。燕子衔泥筑巢、啾啾的啼鸣让我们的童年时光感受到了人鸟同居的和谐，那些天人合一的光景至今充盈着我们的乡愁。记得我曾经写过《滇池赏鸟》，对昆明滇池上一展风姿的红嘴鸥如此宁静地与人相处一地，艳羡不止。

在卡迪夫，尤其是在早晨和日落前，那些海鸟，展开色彩斑斓的羽毛、动人的姿态以及悦耳的鸣叫在海风中懒懒的遨游。累了，它们就落在路灯上，或者街旁的一个石头上，甚至落在人们的肩上，徐徐吹过的海风把他们的羽毛时不时掀开，给这个小城增添了无尽的情怀。当我给朋友展示我在卡迪夫拍下的“海鸟落街灯”的一幕时，他们还认为那是一种雕塑或者是城市的装饰。

在海鸟的导航下，傍晚时日，我们几个人从酒店向卡迪夫湾(Cardiff Bay)步行而去。早春的海湾，天空中有无数的海鸟在穿插飞行，三三两两的路人悠闲地徜徉着，有穿羽绒大衣的，有穿短袖衬衣的，大西洋暖暖的海风让你感觉穿大衣也不热，穿短袖也不冷。晚霞把整个海湾照映得绯红，一幅明亮的油画呈现在我们面前。卡迪夫湾曾有“Tiger Bay”称号，一座大坝横锁Taff河与Ely河交汇口，形成了一个碧波清澈的巨大内湖，湖边是崭新的办公楼和政府机构，其中就有威尔士的红房子议会办公大楼(Office building)，透视出巨大威尔士语字母的别具一格的文化艺术中心等等。

卡迪夫湾不大，能看到的海面很有限，而且这个海湾已被海堤切成内湖了，这里的风景不在于海上，而是岸边的建筑和飞翔的鸟，这些形形色色风格迥异的建筑和头顶上阵阵鸟鸣似乎涂抹了卡迪夫曾经的辉煌。18世纪这里曾经是世界上最大的煤炭输出港。车水马龙，船笛声声，一排繁忙的码头。那些冒着烟雾的货

船如今已不知去向。那些码头上的搬运工人已在某个城市中心的十字架下长眠。此刻的海湾，他们的后人在此悠闲地漫步，休憩。

远处的海面上，海鸟不停地飞来飞去，我们在品尝来自大西洋上暖暖的和风。我们与海鸟一起在大西洋岸边的卡迪夫与春天同居。

四、如此国际会议

夜晚的卡迪夫十分宁静，少有车辆，更无行人。只有温婉的街灯散发着暖暖的气息，仿佛在欢迎我们这几位来自遥远东方的客人。街旁那些旧日的建筑和现代化的市政设施给这个城市融合了古老和现代的元素，呈现着静谧和生气。下榻的酒店就在卡迪夫古城堡马路对面，叫天使酒店（Angel Hotel）。天使酒店是个不大的4星级酒店，呈“V”字形，正好位于“Y”路口，酒店客房沿马路两边各自排开，为典型的欧式建筑风格。灰白色的外墙加上欧式的雕刻和装饰，给人温馨舒适的感觉。都是四月天了，酒店的暖气还开得那么足。

夜晚来临，窗外徐徐漫过大西洋暖暖的和风，即刻将我带入浓浓的睡意中，梦中的我游荡在古老宁静的欧式街区。

“欢迎来自中国的 XXX 先生前来参 XXX 国际会议”。早晨醒来，我发现房间的床头柜上有个英文的欢迎小牌子。

在前往会议地点的途中，我把这样一个来自 140 多个国家和地区的近 800 人参加的国际会议想象成中国举办的那些国际会议，一定是彩旗飘扬，标语满街，彩虹门点缀，诸多领导参加开幕式，那场景一定是热闹非凡。然而，会议地点所在的卡迪夫市政厅，广场上偌大的草坪在阳光照射下，绿荫格外绕眼，仿佛一个硕大的绿色地毯，一眼望不到头。除了绿色，什么也没有。

我们开会的会议地点，卡迪夫市政厅，是这个城市著名的建筑。市政厅圆圆的屋顶是卡迪夫市中心的标志性建筑之一，它由白色波特兰石建成。建筑广场上有花园，喷泉。市政厅的边上就是博物馆和画廊。也是一幢古典欧式建筑。远远望去，这个市政

厅是一个颇具浪漫气息和文艺情怀的政府办公楼。整个建筑外立面到处都是雕像，这些雕像有些实际上是战后纪念碑，有些我们没有时间去细看，也不明白它的历史和文化的象征意义。带翅膀的女神手持着橄榄枝，那是象征和平。英国的天特别的蓝，女神雕像在这样的背景映衬下轮廓清晰分明，而橄榄树所指的方向，正是这一片湛蓝的天空。往上看，接近楼顶的雕塑上刻有“Poetry and Music”（诗歌和音乐）字样。在圆顶上跨坐着龙的雕塑，这是威尔士的象征。

其实，作为威尔士的首府，卡迪夫是文化中心，戏剧、音乐会演出日日不断。这里也是喜庆的城市，夏季时长达一个月的“street festival”（街头艺术节）、“Music in the Bay”（海湾音乐会），还有市民十分关注的在圣大卫礼堂举行的固定比赛“Cardiff Singer of the World”（卡迪夫的世界歌手）。所以不难理解，在市政厅的雕塑上刻有“诗歌和音乐”。

在会议的 Coffee Break（茶歇）间，我拍摄了市政厅内的一段录像，回来仔细看看，这个大厅酷似一个很大的教堂，拱形天花板上到处都是一些美丽的图案，四周有原型的柱子，都镶有很多英国元素的雕塑和装饰，在大理石圆柱支撑的高顶棚大厅内，伫立着城市守护圣人大卫等威尔士英雄的雕像。整个大厅富丽堂皇。

广场的草坪上，有人围坐在一起，有的在画画、拍照，还有的在拥抱亲昵，天空飞翔着海鸟，太阳斜照在草坪上，不远的旁边，古堡的钟楼顶上闪现着金光……晚霞把这里泄成了明信片上的风景照。

这样大型的国际会议没有隆重的开幕式，没有相关“领导”的讲话。只有几位来自剑桥和牛津的教授向与会代表图文并茂介绍着会议的目的、内容和意义。几位教授尽显幽默诙谐的语言魅力和风采，几百人的会场不断发出哄堂大笑，掌声不断。下午和接下来的两天就是精彩纷呈、题材多样的学术报告。会议设有一个主会场（卡迪夫市政厅）和十几个分会场，以及若干个特殊兴趣小组。百余场各类学术报告让你赶不过来场子，不知道要去听谁的，报告内容丰富、形式多样、涉及面广。有文化类的、语言类的、环境保护类的、人类与自然等各方面的学术报告。与会者可根据自己的兴趣和研究领域有选择地参加。剑桥、哈佛、牛津、耶鲁等名牌大学的各国专家教授相继登场。大会还组织了大型英语书展，英国多家出版社展出了他们最新出版发行的教材、图书、辞典、多媒体教具等产品。相关国际机构为与会代表提供了大量英语资料和国际语言学研究的最新成果，会场上各类图书、音像制品以及各类广告让人目不暇接。

我们一行 9 人分别来自祖国的哈尔滨、广州、武汉、大连、保定、咸宁、厦门、南昌和合肥，此次会议，我们代表着中国，在与各国专家交流的过程中，我们始终注意着自己的形象代表着祖国。和身边的不同肤色的朋友随便一聊便得知分别来自加拿大、阿根廷、斯洛文尼亚、智利、瓦努阿图、纳米比亚、印度、南非……在与一位来自拉脱维亚的教授交谈中，她居然不知道中国的首都是北京，我说 2008 年奥运会举办的地方，她还是摇摇头。一位法国教师居然不相信中国的计算机会普及到中小学，还有一位来自南非的学者居然和我说起了中国人长长的辫子，问现在是不是还有中国人养着那么长的辫子……

于是，我们便会说，中国的高铁，中国的航天成就，改革开放，英语和计算机的普及……

会议结束的那天，有人通知我们下午有酒会。我们被告知“出门左转，右转，右转，左转，然后过一条巷子，门口有气球的地方就是酒会的地点”。于是，我们几个经过左转右转右转左转，怎么也找不到“气球”。我们想象中的气球一定是中国会议开幕式或者剪彩时候放飞的氢气球，雄伟壮观，靓丽气派。谁知，等我们折回头的时候，看见一家门口放着没有一米高的红黄蓝三个小气球，就是儿童玩耍的那种用嘴可以吹起来的气球。我们走了进去。里面已经聚集了很多各类肤色的人，声音像夏天的蚊子，嗡嗡一片。这里只有一张长长的桌子，摆着各类白酒、红酒，应有尽有，可以随便挑选。就是没有菜，没有点心。大家一个个端起酒杯，站着轻声说话，偶尔有人贴面和拥抱表达友好。

我与一位加拿大的女士聊起了当今英语作为第二语言在中国的发展状况，中国的环境保护问题以及中国政府应对人口老龄化所采取的措施等等。这位女士到过中国的台湾，对中国情况有所了解，她还说到了他认识的加拿大华人是多么优秀，赞美加拿大的自然环境是如何的优美，她还和我说起了白求恩……

几天的会议使我们在小小的空间展望了世界，在收获了许多文化和知识的闲暇，也收获了无数的微笑，同时感觉到了中国与世界的距离，世界上很多人对中国并不是很了解，甚至一无所知。

五、巧遇“足球流氓”

卡迪夫是个不大的城市，站在任何一个角落，几乎都能看见城里几个标志性建筑。千禧体育馆就是其标志之一。体育馆位于市中心，就像一艘轰然着陆的太空飞船。这个有三层72500个座位和滑动顶棚的庞然大物是为举办1999年的世界杯橄榄球赛（Rugby World Cup）耗资1.26亿英镑而修建的。千禧体育馆是欧洲第二座也是全世界最大拥有开合天盖的运动场，除足球赛外，千禧球场亦用于橄榄球比赛及室内木球比赛，可移动的比赛草坪还可供音乐会、展览会等其他用途，2005年这里成了世界汽车拉力赛首次室内比赛的场地。当然这里是威尔士足球队的主场。

在会议的间歇，大家建议，我们去看一下千禧体育馆，即使不能观看比赛，参观一下也是很值得的。谁知，在我们接近体育馆时，街头巷口，一群一群的年轻人聚集在一起，手里拿着易拉罐啤酒，叼着香烟，有男有女。每走几步，都有一窝一窝的人，站着聚集在街头喝啤酒。马路两边的临时商铺里摆满了各类威尔士足球的商标服饰、纪念品以及小吃。甚至七八十岁的老太太脸上都画着威尔士足球俱乐部的队旗图案。体育馆外围插满了威尔士龙旗。偶有英国米字旗。

我们在人群中穿插，好客的威尔士青年不时地向我们举起手中的易拉罐以示友好。也有的向我们做起了善意的鬼脸。经过询问，我们得知，一个小时后，这里将要举行一场德国队对威尔士队的足球比赛。

说起英国的“足球流氓”，我想我不用在这里多花笔墨。此刻，与一群一群的足球迷形成鲜明对比的是一队队身着荧光绿色

的警察，非常显赫地站在人群中，乍一看，他们的人数几乎和球迷的人数旗鼓相当。“Maybe you'll be very busy later.”（或许过一会你们将很忙。）同伴这样调侃着警察。“Maybe or maybe not.”（或许，或许不。）一位警察告诉我们：我们这里成功地举办过许多大型体育比赛，我们的体育场馆一流。卡迪夫是一个雄心勃勃的城市。小小的城市有35万人在教练指导下参加各项体育活动。

球迷们并没有大声喧哗，嬉皮笑脸地推搡着，互相取乐。有的一个劲地喝着啤酒，有的静静地拥抱在一起，悄无声息地亲吻着。有的则在追逐，戏闹。但，在警察面前，他们还是不失风度和优雅。看不出来有什么“流氓”行为。

“Trust them, Trust them. Maybe quietly watching.”我们走了很远，警察还竖起拇指对我们笑着，“相信他们，相信他们。相信他们会安静地观看球赛。”

在写这篇文字的时候，我得知，2011年5月，卡迪夫被评选为“欧洲体育之都”。

六、一个与“洗澡”有关的城市

没有到英国之前，我就知道巴斯是英国唯一被列入世界历史文化遗产的城市，也是一座因洗澡出名的城市。踏入这片土地，皇家新月式王宫（Royal Crescent）、圆形广场（The Circus）和普尔特尼大桥（Pulteney Bridge）等建筑物，仿佛将你带入英国工业革命兴起之时，让你感受到 18 世纪英国社会经济飞速发展的辉煌气势，这些优美而恢宏的建筑语言宣示着即将来临的英国历史上最鼎盛的维多利亚时代。街道两旁跃入视野的古老建筑将你的思绪穿越时空，回到了曾经盛极一时、四方臣服的古罗马帝国时代，耳边似乎回荡着金戈铁马的厮杀声……

有人说：“生活就是洗澡。”（Life is bath.）将“洗澡”提升到如此高度，有点不可思议。然而，巴斯就是这样一座城市，它因“洗澡”而诞生，因“洗澡”而发展，因“洗澡”而扬名，而且，干脆就以“洗澡”作为自己引以为荣的名称——巴斯（Bath，英语意为“洗澡”）。今天的巴斯市中心，就醒目地刻着这样一句罗马人的语录：“生活就是洗澡”，这里就是罗马温泉博物馆。馆内，巴斯人已经将罗马时代的大浴室恢复了原样。石制的水池、绿莹莹的池水冒着若有若无的热气，水池下的铅制防水层仍然是 2000 年前古罗马时代的作品。

古老的传说中这里有一个“国王浴池”。公元 1 世纪，古罗马时期，国王布拉杜德（Bladud）还是王子的时候，染上麻风病，被族人驱赶到荒僻的群山之中以养猪为生。一日，王子驱赶着猪群路过一个池塘，嘴馋的猪群见到池塘里浮满橡子，争先恐后跳入池塘抢食。王子不得不随之跳入，将猪群赶上岸。经过温

热的池水浸泡后，王子的麻风病竟然不治而愈。王子大喜过望，将池塘整修为温泉，在此定居下来。后来，他接替王位成为国王，不忘那个有着奇怪气味的池塘（温泉），便下令挖深井把温泉水从地下抽上来，蓄到石砌的巨池中，大兴土木建起了沿袭古罗马风格的“国王的浴池”和庙宇，每年都要带着王公贵族来洗浴。16 世纪又在旁边建起了“王后的浴池”。至今，在热气腾腾的古老浴池旁，还保存有国王当年洗浴的“宝座”和他的塑像。

曾经有人问罗马国王为什么每天都要洗一次澡，这位国王无奈而幽默地回答：“因为我太忙了，所以不能每天洗两次啊！”可见，洗澡沐浴是罗马人最爱的日常活动，就如同社交活动一样的普遍。澡堂也是罗马人社交活动的重要场所，从一个人洗澡时使用的香料、按摩油的品质，以及随从人数的多寡，就可以看出这个人的社会地位。罗马浴池泡澡的程序是先运动或者到游戏室活动一下，松弛身体，然后再进行桑拿或土耳其浴，最后到冷池中浸泡。

在古罗马文化中，到浴池洗澡不仅是日常生活的需要，而且还是他们重要的公共社交活动。达官显贵的人们在公共浴室以及其附属设施里运动、游戏；商人们可以在浴池里谈生意；哲学家们则酷爱在浴池里高谈阔论；而政治家在浴池里谈论国家大事……

在公元 2 世纪以前，男女混浴尽享男女之乐，但后来哈德里安国王下令将男女洗澡的时间分开，有的澡堂增建浴池，让男女能同一时间在不同浴池洗澡。但是，沐浴后，依然能在浴池的某个地方会面。

1727 年，建筑工人在巴斯市中心一条大街上挖排水沟的时候，发现了一座罗马时代的镀金塑像。考古学者根据史料推论，塑像附近应该还有重要的古代遗迹，于是打算进行更大范围的发掘。巴斯的建筑商约翰·伍德早就听说有不少居民抱怨自己家的地下室渗水。于是，他上门劝说那些房屋渗水的人卖掉房子，并说服市政府做出补偿。考古学者终于在这些房子的下面整理出了当今世界上保存最完整的罗马浴场。

现在的浴池博物馆里陈列着很多当时的珍贵文物，它们真实地记录着过去的辉煌历史，旧时的城池在这里依稀可见，罗马时期的石雕和雕塑令人感慨。在两千年前人类就有如此伟大的创举了，现在人来到这里，可以从那些遗迹中寻觅古罗马时代的辉煌。

巴斯，从此因为“洗澡”而名扬天下。

很多中国人到巴斯，以为这是个温泉城市，能尽享“泡”温泉之乐。确实，巴斯是英国唯一的温泉城，至今每年地下温泉的流量都超过120万公升。但是几十年来巴斯没有对外开放温泉浴室。大凡到巴斯的人，都是去参观古迹的，温泉只“看”不“泡”。

其实在罗马浴场发现之前，英国国王詹姆士二世之妻就在巴斯沐浴，随后怀孕，那时英国人就很相信巴斯温泉的魔力。罗马浴场的发现让各种传闻日益高涨，甚至嗜赌的纨绔子弟赌前不忘先来沾“神泉”的“仙气”。巴斯逐渐成为名盛一时的温泉疗养胜地。那时，来巴斯的人还真是来泡澡的。当旅游进入大众时代，来自英国各地甚至世界各地的游客大举进入巴斯的时候，巴斯可就有些不堪重负了。

直到20世纪80年代，军团菌的肆虐让巴斯的公共浴室一夜之间烟消云散。

如今的巴斯温泉已被列入世界文化遗产。其发源于地下3000米左右，水温终年保持46℃，泉水中富含43种矿物质和微量元素，既放松神经，也可治疗疾病。随着岁月的推移，当地居民也逐渐形成了一种以温泉为核心的独特文化。由于城市道路不断修建，后来巴斯的地平面比罗马时代足足上升了4至5米。今天看到的大浴室其实根本不在地上，而是在地平面下5米深的地方。这座浴室200年前被重新发掘出来，在原址上建立了博物馆。因

为博物馆四面是墙壁，温泉池上方是露天的，很像庭院的天井，不会让人有身处地下的感觉，若想从池边到街上去，则要上很多级台阶才行。

在“罗马浴池”博物馆内漫步，古罗马温泉池并没有栏杆，但游客谁也不会跳进去，只能找个地方蹲在池边轻轻地用手指试试水温。水中偶有游过来的水鸟爱侣一般在水中嬉戏，让人多了几分羡慕和嫉妒的同时，也让沉浸在历史中的温泉生动鲜活了起来。

对温泉进行精神享受，大概只有英国人想得出来。而仅进行精神享受就能令人心满意足的温泉，恐怕也只有巴斯才有。尽管走过桑拿池、大浴室以及精美的石雕，看着养眼的温泉却不能“泡一泡”，但是古罗马帝国曾经的辉煌和昌盛让我在恍惚间感觉到了巴斯温泉所承载的历史沧桑。昔日的温泉变成了今日的景观，浴池内陈列着各个时期的墓碑、祭祀的器皿及当时人们沐浴时的用品，还有那站立了千年的雕塑，这些都仿佛是这处胜地的守护神，庇佑着这里的繁荣与兴盛。

我在罗马浴池四周徘徊着，看着缓缓游来的水鸟，居然禁不住诱惑，弯下腰蹲在池边掬一把泉水捧在手中，它是那样的清澈、洁净。此刻，想到我们从遥远的东方来到这个古老的小镇，又在古罗马时代穿越时空隧道，仿佛内心的某个地方和某种感觉被洗礼了。这一捧清泉让我着实地感觉到了“Life is bath”。

七、“精致而美丽的地方”

翻译家傅雷先生曾说过，“巴斯是个精致而美丽的地方”。

这是一个明媚的上午。站在巴斯街头的埃文河上（River Avon），远眺城里城外，所有的建筑几乎没有高矮之差，没有错落之感，只是随着地形的高低而起落，有种曲线蜿蜒十分流畅的美感。因为建筑外墙的颜色非常类似蜜蜂色，小城呈现出一派黄澄澄的景象。街道两旁点缀着修剪得很整齐的绿树和草坪，埃文河静静地流淌着，远处起伏有致的山丘，一眼看去，丘陵和山野有无尽的田园风光尽收眼底。街头艺人的琴音和歌声飘荡在耳旁，显得那样有风情，那样有节奏。街道的两旁随处可见悠闲散步、坐在路边桌子旁品味咖啡的人们，行人走在车辆稀疏的街道上尽是一派轻松悠闲的风采，为这座古老的小城增添了一道道亮丽的风景。此刻，心里充盈着感激，感谢命运之神把我带到这样一个遥远而清净的典雅之地。

这就是巴斯，一座古朴的英格兰小城。

罗马浴池的墙上显赫地写着“A splendid city, raised by the Romans, adorned with all the elegancies of architecture, supplied with all means of luxury.”（笔者译：罗马人用优雅的建筑装饰了这座灿烂的城市，尽显奢华。）是的，如果说巴斯的繁荣归功于温泉，那么古罗马人留下的巴斯更是一个美丽而充满文化气息的城市。那些中古世纪、18 世纪乔治时代极富特色的建筑在这里依然熠熠生辉。这里有 4900 座建筑物被列为保护对象，有 6 个地段被划为考古遗址，从而使巴斯成为英国当今最富有特色的古城之一，也是英国唯一被列入世界历史文化遗产的城市。巴斯的许多古老壮

观的建筑都出自约翰·伍德（John Wood）父子之手，父亲老约翰·伍德在18世纪设计巴斯的城市规划时，建造了一座象征太阳的圆形广场（The Circus），和一座象征月亮的皇家新月楼（Royal Crescent），两者之间由布鲁克大街（Brock St.）连接，自此，这种以圆形或新月形广场配置街屋的形式对英国一些城市规划都产生了很大的影响。

在巴斯的大街小巷中穿梭，好像是边走边打开一幅幅壮丽的历史画卷。我们来到乔治时期的圆形广场，一栋栋外形相同围成两个半圆的蜜黄色房子在阳光的照拂下显得有些耀眼。这里共有500多个各不相同的有关艺术和科学的徽记和雕塑，分布在绵延整个圆形广场旁的街屋上、石柱上，这些都是约翰·伍德亲自设计并由他的儿子在1754年完成。绿草坪中央有几棵遮天蔽日的大树，随风摇曳的翠绿枝叶仿佛在向行人诉说着这里的缱绻历史岁月。再往上走，就是著名的皇家新月楼。整个新月形王宫耸立在一片高坡之上，一眼望去，宽阔的草坪由坡底向坡顶的王宫铺展过去，碧蓝的天穹映衬着王宫蜜蜂色的宏伟身姿，无论是建筑规模，还是优美的弧线，都给我以强烈的震撼。一大片绿油油看上去应该是半根杂草都没有的超大草坪上有着一个由30幢蜜色房子联结而成的半月形建筑群，其恢宏壮丽的高雅之气不言而喻。

我们在新月楼前的草坪上的羊肠小道上徜徉着，人显得那样微不足道。我们兴致勃勃地数着这栋奇特的建筑，发现这是由30幢楼房相连而成。采用意大利式装饰，共有114根圆柱。皇家新月楼的道路与房屋都排列成一弯新月的圆弧形状，显现高雅贵族之风，这里被誉为英国最高贵的街道。我伫立在偌大的草坪上，在这座金色的城市里沐浴着春风和阳光，或者说，蜂蜜色的城市。满城的建筑，都是这种耀眼的金色，富贵而雍容。此刻，凝视着这气势恢宏的建筑，感受着巴斯的历史风韵，不知身置何处。心中突然生起冥想，徜徉在这样的古老的画面中，人还需要什么呢。

八、在亚贝大教堂

亚贝教堂（Abbey Church）始建于公元8世纪，是巴斯的标志性建筑。1499年由奥里弗主教重建，以其雄伟的彩色玻璃窗及扇形天花板而得名“西方明灯”。教堂的正面是描绘奥利弗主教在梦中遇到上帝指示他如何建造教堂的石刻，以及天使攀爬天梯通往天堂的景象。典型哥特式尖顶的大教堂，塔楼高耸，塔顶尖尖，窗户嵌着彩色玻璃，墙上刻满雕塑。别致的建筑风格让人觉得格外的神圣和庄严。

走进教堂，醒目的玻璃彩窗，以56块玻璃的56个情景叙述耶稣生平的种种事迹，包括从耶稣诞生到33岁被钉在十字架上其间的许多故事。抬头观望教堂内顶部，是金黄色的扇形天花板，每一处都是经过了精雕细刻的，抬头仰视，这个天花顶在阳光的透视下就像是镶了巨大的彩色贝壳，给人富丽堂皇的视觉震撼。

教堂里有一个烛台，每一个来这里的人，几乎都在这里点上一支蜡烛，再从蜡烛旁边的一叠方形纸质盒里取出一张纸条，把祝福的话语写在纸条上，然后折叠起来放进一个竹筐里。每走到一处，总有牧师向你微笑，只见他们或做祷告，或为行者引路，或对游人说，“Coffee，please！”教堂大厅的一侧，有几张桌子，任何人可以在这里静悄悄地免费享用咖啡和午餐。

此刻，我想到了国内的寺庙，和尚推销法物，高价卖出香火，寺庙到处有僧人强迫客人抽签，到功德箱投币。有一次，在普陀山，我看见一位客人拿了三炷香，僧人说，“988元”，那位客人欲放又拿的样子让我至今难以忘记。有时候，我对同行的朋

友说，当下的中国，佛在人间。我们在教堂里悠闲地感受着这神圣的空间，仿佛走进了奥里弗主教的梦中。他在上帝的指使下，那样尽职尽责，让如此美丽的建筑圣洁地展示在世人面前。

教堂前的小广场上（Abbey Church Yard），有很多鸽子和游客一起围绕着街头艺人，艺人们或歌或舞，轮番上场，高亢浑厚的歌声和激越奔放的舞姿，还有那极具个性的打扮以及边舞边唱的风格，吸引了很多游客的视线。我坐在教堂广场的休息椅上，置身于这样神圣的殿堂，聆听激昂的演唱。阵阵咖啡的浓香从教堂内飘来，脚下有“咕咕”的鸽子围着，夕阳懒散地从建筑与建筑的间隙射来，内心感觉此刻是如此的安静和恬淡。

巴斯这个春天的黄昏仿佛流进了我的血液里，明媚我以后的日子。

九、“黑便士”在这里诞生

告别教堂广场上的长椅和艺人。我们到了巴斯邮政博物馆(Postal Museum)。说是博物馆，却只是个小小的展览室。但在1840年5月2日这一天，世界上第一封贴有邮票的信就是从这里寄出的。那枚邮票就是印有大名鼎鼎的英国维多利亚女皇头像的“黑便士”邮票。今天，这枚珍贵无比的邮票依然收藏在这家邮政博物馆里，但普通观众却只能看到它的放大照片悬挂在墙上。还有用它制作的明信片，上面有这枚邮票的图案，还有放大了的邮戳，清晰地显示着“BATH MAY 2 1840 D”（“巴斯1840年5月2日D”）的字样，图案下面还有文字说明。

那还是1836年的一个夏天，英国的一位教师罗兰·希尔先生在伦敦郊外的一个村庄避暑散步，忽然看见邮递员来到一所简陋的农舍前，高声喊道：“请问爱丽丝小姐在家吗？有您的信。”这时，从屋里出来一位姑娘，邮递员便将一封信交到姑娘手里，说：“爱丽丝小姐，请您付五先令邮费。”可是，那位叫爱丽丝的姑娘只看了一眼信封，便将信还给了邮递员：“对不起，先生，我没钱付邮费，这信我不能收，请您把信退回去吧。”“这可不行，国家规定，信件必须由收信人付邮费。信我已经送到了，您怎么能不付邮费呢?”“可我实在没钱，怎么办?”

罗兰·希尔也没弄清究竟是怎么回事，见他们争执起来，便过去劝解，等问明白是邮费的事，他便摆出一副绅士风度来：“这钱我替这位小姐付了!”说着，他付给邮递员五先令，然后从邮递员手里接过那封信，再递给姑娘：“小姐，现在你可以看信了。”谁知姑娘却说：“谢谢您！先生，信我不用看了，我已经知

道信的内容了。”罗兰·希尔被弄糊涂了：“你连信都没拆开，怎么知道里面的内容?”“哦，先生，是这么回事，我事先和外出的亲人约好，如果他在外面一切平安，便在信封上画一个圆圈，我只要看一眼信封便知道了，刚才我已经看见信封上有一个大大的圆圈了。”

后来，罗兰·希尔向政府建议，发行一种价格便宜的邮资凭证，由寄信人购买后，贴在信封上，这样就不用收信人付邮费了。英国政府采纳了罗兰·希尔的建议，于1840年5月发行了世界上第一枚邮票，价格只有一便士，由于是用黑色油墨印刷的，后人便用颜色和价格将它命名为“黑便士”邮票。于是，只要贴上这一便士邮票，便可以寄一封信了，十二便士才为一先令呢，比原来便宜多了。罗兰·希尔也因此被人们誉为“邮票之父”。

有了历史的人物故事，小小的陈列室便鲜活起来。

我们静静地在里面参观，陈列室是由地上展厅和地下博物馆两部分组成，里面静悄悄的，只有我们几个中国人。地下室里的博物馆确实拥塞了一些，甚至第一眼给人有储藏间的错觉，有一辆早年的邮政自行车被吊装在楼梯边的墙壁上悬空展示。步入其间，你才会发现这里寸土寸金，密中有疏，举手投足，处处宝贝。我们像汤姆·索亚发现宝藏一般兴奋。博物馆用玻璃橱窗集邮贴片和活页图册介绍了乔治五世统治期间的邮政大事：1918年的邮资涨价、国王本人的集邮业绩、1924年的大英帝国展览及其纪念邮票（这是英国历史上首套纪念邮票），一战期间的战俘邮件、汽车邮递、航空邮递，空难对邮件的影响，以及广告对邮件的最早介入等等，珍稀邮品让人目不暇接。

展厅内的小卖部用于装邮品的包装袋也非常有特色，上面是一个巴斯1840年的邮戳草图，以及巴斯邮政博物馆的网址：www. bathpostalmuseum. org。一纸一袋皆宝贝，让几个同伴乐滋滋满载而归。

告别巴斯邮政博物馆，我发现墙上镶着一块纪念牌，牌上镌刻着四个名字，并说明在两次世界大战中巴斯邮局的四位邮政人员献出了自己的生命。在“家书值千金”的战争年代，书信便是烽火中的天使，炮声中的凤凰，我默默看着脚下老旧的地板花砖，想象着一百多年的邮政沧桑，更想到那硝烟弥漫的战场，这个小小的纪念牌让我肃然起敬。当然，让我敬畏的还有那位罗兰·希尔先生的智慧和才情。尽管在这个电子邮件横行的年代，那些先辈们为邮政所付出的心血，让世人永远敬仰，永久纪念。

十、漫步埃文河畔

横跨在埃文河上的普特尼大桥（Pulteney Bridge）就是巴斯最优雅的古老桥梁。源自科茨沃兹群山的埃文河由北向南穿城而过，将巴斯古城分为东西两个城区，河水到了古城南缘猛然折向西去。普尔特尼桥位于埃文河南北走向的中段，桥身为三拱，桥面为封闭长廊。普尔特尼桥建于1769—1774年，由著名设计师Robert Adam设计建造，周围环境幽雅，有许多18世纪乔治王时代的建筑散落在大桥两侧，伫立桥头，眺望埃文河两岸风光，丘陵、河谷、红瓦、青舍，一片绮丽的异域乡村风光。

我们沿着埃文河走着，桥下低矮的水坝形成的弧形小瀑布，别致而精美。沿着河边的石板道路散步，可以看到埃文河谷绿色延绵的风景，精巧的别墅房屋点缀其间。看到这一切，我有些兴奋不已，我想，我已经走进了简·奥斯丁笔下美丽的风景了。

水流的声音一直相伴我们左右，走很远都能听见那潺潺的水声。河岸和水面上起落飞翔的鸟仿佛将我们带到了鸟的世界，感觉这些鸟是公园内人工饲养的。然而，我们在这里确确实实是在经历着大自然，融入了大自然。“这么多鸟，在城市中的河上来回飞翔，我从来没有看见过这样的景象，真美。”同伴情不自禁地自言自语。

一阵清脆的鸟鸣传来，和行者的心律一起啁啾，荡漾在夕阳下的埃文河畔。

这就是埃文河边的巴斯，融合了不同时代的特色。她有着乡村的优美景致、懒散情调。在这里，可以轻松地躺在草地上，享受着美丽的花草树木，也可以远望那些街头商店里橱窗的摆设，每走一步，每到一地，带给我的都是截然不同的风情，既静谧也热闹更优雅，小城交织出一种让人迷醉的魔力。其实，巴斯名声这么大，面积却很小，都不够出租车来回跑几趟，但其文化内涵是独特的。这里宗教、历史、哲学、艺术漫长的累积的结晶，这些元素滋养着本地和远道而来的人们的心灵。

从埃文河谷走上来，我看见有两个正在踢球的10岁左右的小朋友，顺便问了他们一下，“Where is the toilet, please?”（厕所在哪？）

“Just beside the Burger King.”（在汉堡王旁边。）

“And where is the Burger King?（汉堡王在哪呢？）

“Follow us, please!”（跟我们来吧！）

两个小家伙拾起足球，乐呵呵地小跑着，带我走进了一个小巷子，跨过一条小街，他们边走还边回头看着我是否跟在他们后面。其中一个用手一指，“This is Burger King, and the next is toilet.”（这就是汉堡王，旁边就是厕所。）

“Great thanks”，我抬头一看，这是一家颇具规模的汉堡包专营店。我非常感激地向他们道谢。大约10分钟，我从厕所出来，只见那两个小孩还站在那里。他们看见我出来，就朝我走来。

“Come on, please!”原来他们是要再把我送回到我的同伴那。大概是怕我找不着路。“Where are you from, sir? And where do you want to go next?”（先生从哪来？准备到哪去？）

“I am from China, and I want to visit Jane Austen Center.”（我来自中国，一会想去简·奥斯丁纪念馆看看。）

“Aha, China , the Olympic Games, good! Still need to guide you?”（啊哈，中国，奥运会，棒啊！还需要我们带路吗？）

“no, no, thank you, thank you.”（不用了，谢谢，谢谢哦。）

“You are welcome, the Great wall——”（不客气，长城——）一个小孩子大声地叫了一声，两个人一溜烟跑远了。笑声伴随着埃文河的流水和空中的鸟鸣一起在我的耳边久久回荡着。

此刻，夕阳把春天的埃文河谷照射的绯红，美丽的巴斯古城倒影在水中，静悄悄的。

十一、奥斯丁，推窗蝶飞来

“世界上这一半人的乐趣，那一半人永远不会懂。”简·奥斯丁说。

在巴斯，在埃文河畔，就不能不想起简·奥斯丁。巴斯的生活对奥斯丁的艺术创作产生了深刻的影响，古城许多自然景观和社会生活都被她写入作品中。年少时，她来巴斯度假几次，后来又随父母移居巴斯。她以《傲慢与偏见》享誉世界文坛。她的长篇小说《劝导》和《诺桑觉寺》生动地再现了19世纪前后巴斯上流社会的生活情景。

简·奥斯丁纪念馆（Jane Austen Center）就坐落在巴斯市中心，门口的街道、建筑以及市容都和200年前没什么区别，依然如她笔下描绘的那么美妙、优雅、有序。也许正是这个缘故，英国BBC影视公司还在这里重拍了《劝导》和《诺桑觉寺》的电视剧。小小的纪念馆再现了奥斯丁在巴斯期间的生活，当年的服饰用品和图片影视资料作品，书信和一些纪念物品经历了两个世纪的岁月，依然在那里静静地与来访者如面，纪念馆门口的奥斯丁蜡像旁总是有游客与其并肩合影。仿佛200年前的奥斯丁依然从门前走过。

阅读奥斯丁，一直觉得她很阳光，属于魅力女子。活泼可爱，从小的事情中发现大的智慧，拥有敏锐的观察力。无论是她的《理智与情感》《傲慢与偏见》《诺桑觉寺》还是后来的《曼斯菲尔德庄园》《爱玛》和《劝导》，都是完美的小说。两百年来，一代代读者对她的笔工赞叹不已。她不抛头露面，不喜欢张扬炫耀，给人以安静甜美乖巧的感觉，风格简洁，不雕琢，舞姿优美而文静。

正如《简明不列颠百科全书》所说的那样，奥斯丁是“第一个现实地描绘日常平凡生活中平凡人物的小说家。她多次探索青年女主角从恋爱到结婚中自我发现的过程。这种着力分析人物性格以及女主角和社会之间关系的做法，使她的小说摆脱了18世纪的传统而接近于现代生活。正是这种现代性，加上她的机智和风趣，她优雅的散文语言和巧妙的故事结构，使她的小说具有长久的魅力”。

奥斯丁的笔下似乎是一幕幕喜剧，但却能感觉到一阵阵悲凉。她让我们睁开了眼，发现没有附带条件的爱情其实是那样的脆弱。她以女性特有的细致入微的观察力，真实地描绘了她周围世界的小天地，尤其是绅士淑女间的婚姻和爱情风波。她轻松诙谐、富有喜剧性冲突的笔调历经几百年而不衰。《傲慢与偏见》中，假如伊丽莎白当初就答应了达西失礼的求婚。结果会怎样？假如夏绿蒂拒绝了可笑的柯林斯，她是否还能找到合适的对象？假如丽迪雅与韦翰私奔没有达西的帮助，是否会遭受始乱终弃的下场？到底是傲慢还是偏见？是谦逊还是客观？恐怕只有奥斯丁自己才能给予解说。在《爱玛》中，奥斯丁笔下的爱玛嫁给了大她16岁的男人；安妮的青春魅力在等待中虚掷，尽管最终她与恋人重逢；寄人篱下的芬妮无法适应自己家中庸俗的环境，除了嫁人别无他途；追求完美爱情的玛丽安却嫁给了最不浪漫的人；凯瑟琳找到了自己的幸福，可是她曾经的密友伊莎贝拉呢？……奥斯丁看到的，写到的，均以机智的微笑替代了超现实的呐喊，或许她的体质与修养是更适合调侃、幽默与讥讽的。

在21世纪的当下，我们重读奥斯丁，她的魅力到底是那种远离纷繁焦虑的现实田园气息，还是由于奥斯丁的先生小姐们有着与现代人相同的心事和算计，可能是仁者见仁智者见智吧。十九世纪的英国乡村离我是那么遥远，但书中的人物却个个都能对应我们身边活生生的人。奥斯丁的一生都生活在风景秀丽的英国

乡村，衣食无忧、日子安闲，与自己的父母、兄弟姐妹相亲相爱，永远只在三寸象牙上描描画画。因此，“乡村里的一户人家，再配以另外一户与众不同的邻居——在她的笔下，就足以变成一个完整的世界。”美国小说家尤多拉维尔蒂在《奥斯丁的光辉》中如是说。

奥斯丁1775出生在英国汉普郡斯蒂文顿镇的一个牧师家庭，从小过着祥和、小康的乡居生活。兄弟姐妹共8人，她排行第6。她从未上过正规学校，只是9岁时，曾被送往姐姐的学校伴读。姐姐卡桑德拉是她毕生最好的朋友。奥斯丁酷爱读书写作，还在十一二岁的时候，便已开始以写作为乐事了。成年后奥斯丁随全家迁居多次。她随家人先后迁居巴斯、南安普顿、乔顿等地。1817年，奥斯丁已抱病在身，为了求医方便，最后一次举家再迁。1817年，她赴温彻斯特疗养。两个多月，她便在那里去世了。时年42岁。终身未嫁。她曾经与人订婚，后来又改变了主意。她在哥哥为其安排的住所度过了大部分时光，并完成了她的主要作品。

两百年后，就是在这座屋子的老旧阁楼上的一只箱子里，简·奥斯丁的回忆录重见天日。这部单卷作品立刻被保护起来，其内容令读者震惊而又兴奋。奥斯丁的这部作品详述了一场隐秘的情事，展露了她内心世界不为人所知的部分。人们不难发现奥斯丁笔下的那一场场舞会，一顿顿饭局，一次次茶会，甚至是家庭戏剧表演都不是空穴来风的。她并不愿意去写自己不熟悉的生活。她的家庭生活是既快活又充实的，她的家族关系网也是庞大的，几乎可以说触及到了社会的各个阶层。

尤多拉维尔蒂说，奥斯丁以娴熟的手法将每一个场景展现在读者面前，家庭生活的各种场景尤其生动。晚会、郊游、舞会、野餐、家庭音乐会……

奥斯丁终身未嫁，但决不代表她不知爱情为何物。她也是位漂亮而富有魅力的姑娘，这一点可以从多位亲戚和朋友的书信与日记中得到印证。她坠入爱河也不是什么令人意外的事。她的初恋对象是年轻英俊的汤姆·勒佛伊。但这段恋情注定会无疾而终。汤姆没有钱，奥斯丁也没有钱，这时候她的处境大概就和伊丽莎白迷恋韦翰时一样吧，受到的规劝也相似。这是简·奥斯丁的恋爱史，一生唯一的一次爱。尽管自身遭遇如此，在她毕生创作的六部小说中，她却没让她的任何一位女主人公面临如此痛苦的抉择，致使一生孤独。

在看电影《Becoming Jane》（成为简·奥斯丁）时，其结尾一幕让我久久不能平静，奥斯丁在公开场合诵读自己的作品，她选取了这样一节："她开始意识到，无论在个性和才能方面，他都是无可挑剔的适合她的男人，纵使他的脾气和见解和自己不是一模一样，可是一定能够叫她称心如意，这个结合对双方都有好处：女方从容活泼，可以把男方陶冶得作风幽雅心境柔和；男方精明通达阅历颇深，也一定会使女方得到莫大的裨益。可惜这桩幸福的婚姻，已经不可能实现……"随之年过不惑的奥斯丁平静的阖上书页，影片也就此结束。

电影的结尾贯穿着含蓄内敛的悲伤，当已为人父的汤姆深情地凝视着她时，影片骤然落幕。年轻时的爱恋风轻云淡之后，再度想起一句曾在很多人心中念叨过的话：很多时候，你爱的人却离你远去。

上述的诵读章节在电影中的设置，显然是奥斯丁对自己生命中唯一一次恋爱的回顾和总结。当她阖上书本时，但凡读过奥斯丁小说的人不得不感叹：当我们读完奥斯丁的每一部作品，合拢书页之时，我们是满足的、快乐的。她留给读者的是6次皆大欢喜的结局，无论世俗偏见的压力多么巨大，奥斯丁笔下的男女主人公总能冲破屏障，即便屡屡濒临悲剧的边缘，最后都能化险为夷，永结伉俪。但奥斯丁将自己爱情生涯的帷幕降下时，掩藏在她心底的，却是长达一生无果的思念和漫长的孤寂。影片告诉我们，她最终没能如自己笔下的女主人公们那般，毅然放下社会阶

级的传统束缚，一心追逐幸福。她强烈的道德观缠住了她的行动，为了成就他人，在爱情和责任之间，她选择了后者，或者说她选择了无望。

从英国回来后，我在书房找出了关于奥斯丁的一些书，除了六部小说的中英文版全有外，我还收藏了美国人苏珊娜·卡森编写的《我们为什么要读简·奥斯丁》、赛尔丽·詹姆斯的《简·奥斯丁，失落的回忆》、英国人罗波·阿伯特的《简·奥斯丁，将梦想嫁给文学》等等。在这个“大家”辈出、“艺人”泛滥的当下，我在这里抬出一个阳春白雪的古典小说作家，似乎已经“退潮”了，可是对于我来说，简·奥斯丁胜过任何明星，她一直都耀眼的存在我的心间和视野里。此刻，躲在书房的一角，享受春天里的奥斯丁，仿佛沁人心脾的芳香浸满我的书屋，推窗有蝶飞来。多想邀她一起喝喝下午茶，叙叙旧。

在所阅读到的资料和奥斯丁的小说里，我做出这样的推论：奥斯丁出身并不富裕但是接受了良好的家庭环境与道德教育，容貌清秀仪态端庄，有点小清高，有点小俏皮，常常露出坏坏的笑，骨子里面那些小倔强时不时会蹦出来发作一下。她对世界怀抱真诚和警醒，敢爱敢恨，心地善良，对感情的态度更是灵魂的憧憬。她永远坚强独立清醒自信，但也渴望温暖，只要一点小小的温柔就可以将她融化为水。

重读奥斯丁，我发现她在小说中创造的那个世界并没有陈旧过时。她的角色总是为了钱担心，还要与多事的家人周旋，因为不善交际而有所退缩，他们将本应该用来谈恋爱的时间大多花在了这上面，最后就连最基本的期望也变得毫无价值了。美国导演罗宾·史威考德说：“奥斯丁给出了许多和我们很像的人物角色，除了我们不能通过交罚款而代替监禁，当然也不用每天工作 12 ~ 14 个小时。”

当罗宾·史威考德读完了凯伦·裘伊·弗勒的小说《奥斯丁书会》，她发现自己已经没办法按捺住内心的冲动了：“生活的快节奏和速食文化将我们变成了那种善于言辞的同时还要习惯性隐藏真正的自己的人，即使在家也没办法完全放松，因为对于我们中的很多人来说，家也成了一个工作场所。我们在网上聊天、收邮件、浏览网页、看在线小说，即使在吃饭的时候也不忘发短信给选秀节目投票。在信息时代如此发达的今天，我们却越来越少地探求彼此，这真的很荒谬。在这个利己主义盛行的时代里，我们也只能面对现实，我们都生活在自己的小圈子里，轻易不肯迈出来。但弗勒的小说却给出了完全不同的观点，因为她记录了这个物质化世界中的一次勇敢行为，这里有6个人，他们同意阅读简·奥斯丁的6本小说，然后每个月一次从城市的各个角落聚在一起进行讨论……体现出的是一种完全不同的英雄气概。”

至今，我仍忘不了那个春天的黄昏，我从巴斯的奥斯丁纪念馆走出来时候的心情。想到那些关于奥斯丁的故事，奥斯丁在世时，英国由乔治四世摄政。据说他非常喜欢奥斯丁的作品，在每个住处都存有一套。他还写过一封信给奥斯丁，表示了自己的钦佩并希望她能把下一部作品献给自己。奥斯丁在回信中说：“我不写传奇。我必须保持自己的风格，继续走自己的路，虽然在这条路上我可能永不会再获成功。我却相信在别的路上我将彻底失败。”奥斯丁向亲属表示过，她自己能做的只是“写乡野的几户人家”，“在一小块（两英寸宽的）象牙上……用一支细细的画笔轻描慢绘。”

今天，人们自然要庆幸亏得奥斯丁没有采纳那样的建议。而且她也不纯粹是“为小题材而小题材”，她也能做到小中见大。她在作品中关怀妇女、恋爱、婚姻问题，探讨社会在这些方面的谬误与偏见从而揭示人性中的一些弱点。探讨人性，这难道能说是在写微不足道的小题材吗？

弗吉尼亚·伍尔夫说：“简·奥斯丁富有智慧，她的品位无可挑剔。”

十二、荒原上的千古之谜

告别小城巴斯，我们前往著名的史前遗迹——巨石阵(Stonehenge)。

汽车飞奔在索尔兹伯里（Salisbury）平原上，远处近处依然是绿茵，英国就是一个大草原，遍地牛羊，满眼绿野。同伴们好像不放过每一片逝去的风景，凝视着窗外。我开始在脑海中搜索关于巨石阵仅有的记忆。

对巨石阵的印象，还是年少时看英国电影《苔丝》。这部改编自托马斯·哈代的名著《德伯家的苔丝》的影片，表达的是一个女人无力掌握自己的命运，她的一生被贫困的出身和男人所控制和左右，她是纯洁无辜的。影片的结尾苔丝因为杀人而被捕，被捕的地点就选择在一个荒野中的巨石阵。

空旷的荒野上，苔丝和她的情人躺在巨石上，黝黑衣着的警察从巨大的石柱间向她走来，仿佛是一个个黑色魔鬼突然出现在黎明之时的荒原上……这是影片结束时的一段对话。

苔丝："咱们待在这不行吗？"

安吉："恐怕不行，天一亮好几英里以外都能看得见。"

苔丝："天上连星星也没有，好像这世界上只有我们两个人！"

苔丝："这是供奉上帝的地方吗？"

安吉："不，供奉太阳，它是异教神坛。"

苔丝："它比什么都古老，比德伯家还古老，咱们死后还能再见面吗？"

安吉："嘘！"

苔丝："我害怕！安吉，我害怕！"（警察追来了，安吉转身想……）

警察："没用的先生，全郡都发动起来了。"

安吉："她睡着了，等一会好吗？"（警察点头……）（安吉来到苔丝身边，苔丝醒了……）苔丝："他们已经来了吗？"

安吉："是的。"

苔丝："那咱们走吧！"……

导演选择这个被认为是古代祭祀太阳神的遗址有着强烈的象征意义。他想借用电影语言说明苔丝其实就是一个祭品。苔丝没有再往前逃，因为她不愿再往前逃跑，她睡着在这太阳神的祭坛上，古朴，却也威严的太阳神祭坛，高高耸立的巨石，诉说着远古人类追求光明、探求操纵宇宙命运之神的祈求，苔丝睡着了，也平静的醒来了，她最终屈从了命运的安排，跟随着警察走向属于自己的命运终结。太阳在巨石阵后升起，缓缓地，神圣的升起，阳光锐利地穿过了巨石时间间隔的缝隙，被上帝抛弃的灵魂是否要在这里得到赎救？

我对巨石阵的全部印象就是与《苔丝》这部电影联系在一起的……

汽车翻过一个山坡，突然间，前方远远地望去，在一个高高的上岗上一些巨大的石柱跳入视线，仿佛给人一种幻觉，是绿色荒原上的海市蜃楼。然而，十几分钟后，我们就实实在在地站在了神奇的巨石下。孤零零的一群大石头（估计有几十块吧）立在绿色的山冈上。为了保护这个遗址，巨石阵的周围用铁丝网围着。

据考证，这些重达数吨的庞然大物竟然是在公元前 3000 年从 250 英里以外南威尔士的浦里斯莱山上运来的，令人难以置信。此刻，蓝天下的索尔兹伯里绿野，在木栅栏和铁丝网的映衬下孤独而肃穆，给人一种莫名的震撼。这些庞然大物，究竟在远古时期何时被竖立在荒野？古人为什么要竖立这些奇特的巨石？

这些巨石又是怎样搬运怎样竖立的？带着这些疑问，我徘徊在巨石阵前。

巨石阵的主体由几十块巨大的石柱组成，这些石柱排成几个完整的同心圆，巨石阵的外围是直径约百米的环形土沟。有资料表明巨石阵内侧紧挨着的是56个圆形坑，由于这些坑是由英国考古学家约翰·奥布里发现的，因此又叫“奥布里”坑。这些坑的排列与金字塔的构造有相同的地方，就是它们同样运用了“黄金分割比”。走在巨石阵旁，中心位置的巨石让人不可思议，最高的有近10米，平均重量近30吨，然而人们惊奇地发现，有不少重达10来吨的巨石是横架在两根竖立着的石柱上的。

这确实是一个奇迹。史前人似乎对石头颇有一套办法，他们不仅能轻松地搬运它们，而且能随心所欲地切割它们，安置它们，将它们放置到准确的位置上。巨石阵的建造者，将巨石原本粗糙的表面刨光后，锐利的边缘也会磨成平滑的弧度。他们还会精巧地挖出孔洞，让木桩能够穿过。到目前为止，并没有直接的文献或纪录，可以证明这件事情。但是考古学家们研究的结果，似乎可以稍稍解释出秘密的一部分。他们认为，这些石阵有某种历法和宗教上的目的。依照所搜集的一些证据显示，组成石阵的巨大石块，是从250英里外的冰河时期由冰河运送至此。这个巨石圈是人类早期留下来的神秘遗迹之一。科学家经过多次详细的考察之后，已经大概估计出它的建造年代和过程。科学家认为，圆形石林可能最早于四五千年前开始动工，整个工程前后进行了数百年，才成为同现在状况类似的格局。但究竟是怎么回事？到底是谁建立的？为什么建立？没有一派学者能解释。于是便有了诸多推测，比如古代祭祀场所之说、王室墓地之说、康复治疗中心之说、天象观测台之说等等。

有人曾经在巨石阵下面挖掘出来一具成年男尸。这是一具男性骨骼，曾有一把利剑将他的头颅齐刷刷地砍下。考古学家在这颗头颅的下颚上发现了一个细微的缺口，同时在第四颈椎上发现了明显的切痕。根据其单独的墓穴来看，他并非死于一场战争，而是被一柄利剑执行了死刑。这是一种宗教形式的活人献祭。英国科学家在一次实验中还发现，巨石阵具有令人惊异的声学特性。他们在一些巨石中放入先进的录音器材进行实验，发现组成巨石阵的巨大扁平石块能非常精确地放射巨石阵内部的回声，并将其集中于巨石阵的中心，形成共鸣效应。科学家们推测，巨石阵很可能是古代祭祀的主要场所。

英国研究人员从“巨石阵”挖掘出的人类遗体作放射性同位素检测，以确定这些遗体的埋葬年份。他们认为，公元前3000年到公元前2500年间，“巨石阵”是一处墓地。他们的猜想是，巨石阵原是一处安葬死者的地方。进一步的猜想是，这里葬的可能是当时的社会精英，可能是英国古代一个王室成员。考古学家估计，600年间巨石阵共有150人到240人下葬。埋葬人数如此之少，可能意味着这些人属于同一显赫家族。早期在那里下葬的人很少，但此后几个世纪，随着家族后代人数增加，下葬人数也相应增加。

考古学家发现墓葬用品散落在巨石阵及其岩石碎屑周围，代表一种避邪之物，表明巨石阵在古代的作用首先是一处朝圣地。同时，巨石阵一带发现了数量非比寻常的骨骼，上面均留有重病或重伤的迹象。对遗骸牙齿分析的结果表明，其中一半人来自于巨石阵以外地区。考古学推测，人们来到此地的原因或许是认为这里的石头具有治病“神力”。人们当时怀着一种悲伤、绝望的心情来到巨石阵。生病或受伤的古人来到那里，冀望“神石”能帮助他们康复。研究者还发现了巨石阵曾是全欧洲病患疗伤之地的证据，这些患者认为巨石阵具有神奇的治疗功能。新的考古发现表明了巨石阵曾经是史前朝圣者的康复中心，验证了它在史前社会的重要性。

在长期的考察中，科学家们发现巨石阵不仅在建筑学史上具有重要的地位，在天文学上也同样有着重大的意义。它的主轴

线、通往石柱的古道和夏至日早晨初升的太阳在同一条线上；另外，其中还有两块石头的连线指向冬至日落的方向。巨石阵中几个重要的位置，似乎都是用来指示太阳在夏至那天升起的位置。而从反方向看刚好就是冬至日太阳降下的位置。除了太阳之外，月亮的起落点似乎也有记载。不过月亮的运行不是像太阳一样年年周而复始，它有一个历时 19 年的太阴历。在靠近石阵入口处有 40 多个柱孔，排成 6 行，恰巧和月亮在周期中到达最北的位置相符，所以 6 行柱孔很有可能代表 6 次周期，也就是 6 个太阴历的时间。因此，人们猜测，这很可能是远古人类为观测天象而建造的，可以算是天文台雏形了。

所有的这些仅仅是猜想而已。从现在看来，巨石阵的建筑规模和工程难度对于早期人类来说，简直是不可思议的。它的建成比埃及最古老的金字塔还要早 700 年，然而究竟是谁建造了这雄伟的巨石阵，现在仍然众说纷纭。有人认为是当地早期居民凯尔特人建造的墓穴；也有人认为是古罗马人为天神希拉建造的圣殿；还有人认为是丹麦人建造用来举行祭典的地方。然而这些虚无缥缈的想象都没有确凿的证据。无数学者经年累月地找寻着巨石阵的建造者。学者们感叹巨石阵与埃及金字塔一样的神秘莫测。有人提出巨石阵的建筑石料均是从 160 多公里外的地方运输而来的，开采、运输、吊装如此巨大的石块，除了具备高超技术的巨匠谁也不能。于是，他们认为巨石阵与金字塔可能出于同一位巨匠之手。

几百年来，对于巨石阵的研究一直没有停止过，然而人们始终没有搞清巨石阵原先的建造目的究竟是什么。在漫长的年代里，巨石阵犹如强劲的磁铁，一直吸引着世人的目光。许多人更愿意相信，这是远古祖先有意留给后人的一个巨大谜团……

2003 年，考古学家在巨石阵不远的地方发现了一座古墓，墓中出土的陪葬品有 100 多件。经专家考证，墓中的主人地位非常显赫，他就是生活在大约公元前 2300 年的阿彻，而这个阶段恰好是巨石阵形成的时期，考古人员发现，阿彻墓中的陪葬品大部分来自阿尔卑斯山，从阿彻遗留下的牙齿形状和损坏的程度检测来看，他的童年是在阿尔卑斯山区度过的，他很有可能是来自瑞士或者是奥地利一带。如果是阿彻建造了巨石阵，那么被视为英国古老象征的史前巨石阵将会是一名外来人的作品。考古学家们推测，几千年前的维赛克斯人和阿彻都有可能参加了巨石阵的建造，但从他们分别生活的时代可以看出，巨石阵的建造经过了一个漫长的时期。据科学家推算，建造巨石阵就需要 2000 万工时，大约是几千人工作几十年的工作量。在那个人口稀少的年代，工程需要数百年甚至上千年的不断施工也就不足为奇了。

在这样的一个春天里，我不远千里站在这个千古之谜的怪石圈旁。此刻，风很大，掀起了我的衣襟。看着三三两两的游人在巨石阵边徜徉思索，因为有巨石的衬托，人在天地之间显得格外渺小。我再次想到《苔丝》的导演为什么要把苔丝的最后时光选择这里，莫非想再次佐证一下数千年来的那些神秘的故事……不仅仅是《苔丝》的导演和那些各类科学家，我想每个来到这里的人，看到这些人类远古时期留下的谜团，都会去思考英国甚至人类的历史和文化，都在和几千年前的历史进行着对话，那个时期这里究竟发生了什么事情?

远眺索尔兹伯里平原，一片翠绿，数百年的大树到处巍然屹立，形成大片大片的森林或绿荫，在平坦的原野上长满全年不枯的绿茵茵的草坪或其他绿色草本植物，到处是各种不知名的色彩斑斓的野花，牛羊在田野不慌不忙地食草，构织了一幅美丽的天然画卷。面对几千年前人类的遗迹，我怎么也难以想象这是个多么漫长的时间。当下我们的城市日新月异，小时候的郊区现在早已成为了市中心，要想找些变化不大的东西，现在得到农村去，到大山里去。然而乡村文化也在熊培云先生的《一个村庄里的中国》里被城市的无限制开发而殃及池鱼，渐行渐远了。偶然看到有上百年历史的东西，就已经感觉那是老祖宗留下的宝贵遗

产了。

此刻，在英国的土地上静静地凝视着这堆神奇的石头，想象着我和数几千年以来的人们在这同一个地方面对着同一个石圈，想象着他们点燃蜡烛，面对着太阳和月亮双膝长跪！想象着他们那高高举起的刀剑！想象着千年以前的太阳和月亮在生命的存在和消失过程日依然同辉。

生命的脆弱和短暂，人生的无奈和无常，岁月的漫长与变迁，一切的一切，让我在此时此刻感受着时光的瞬间和永恒……我们真的没有任何理由不去敬重历史，敬畏自然。

十三、剑桥，我站在徐志摩的诗歌旁

这是一个晴朗的早晨，我们从伦敦出发去剑桥。一路上，到处荡漾着青草的芳香味，一片一片硕大的草坪在太阳的照射下，绿得耀眼。春天在这里如此肆意地绽放，让人不禁想多呼吸几口这芬芳的气息。大约一个小时左右，我们就被告知，剑桥到了。

“我的眼是康桥叫我睁的，我的求知欲是康桥给我拨动的，我的自我意识是康桥给我胚胎的。”这是诗人徐志摩说过的。诗人还曾说过，他这一辈子，只有1922年在剑桥大学所度过的那一个春天“算是不曾虚度”。可见他对剑桥的倾心。剑桥，即徐志摩诗文中的“康桥”。我对于剑桥的印象，最先也都是通过徐志摩的诗句了解的。

那河畔的金柳/是夕阳中的新娘/波光里的艳影/在我的心头荡漾/软泥上的青荇/油油的在水底招摇/在康河的柔波里/我甘做一条水草/那榆荫下的一潭/不是清泉/是天上虹/柔碎在浮藻间/沉淀着彩虹似的梦……

曾经读过高恒文、桑农的《徐志摩与他生命中的女性》，得知徐志摩在英国、在剑桥有过很多的浪漫与困惑。这种困惑与浪漫不仅来自于他在这所举世瞩目的大学里仅仅是一位“编外”学生，同时迷恋剑桥这座学识之库的给他的“意识胚胎”，更多的困惑与浪漫则是来自于一个女人——林徽因。

此刻，我站在春风中的剑河（康河）边，轻盈的脚步仿佛在寻找诗人的影子，他一个世纪前的“云影”和投下的“波心”是否依然在剑河飘荡？我在剑桥悄悄地走过，脑子里留下点滴思索只有诗人的诗和他在剑桥短暂的往事。徐志摩是林徽因父亲的好

友，认识林徽因的时候他已为人父。因为美貌和才华，16 岁的林徽因深深地吸引了徐志摩，以致影响了这位诗人一生的光景，直到他的死，也是奔她而去的。在林徽因的心目中，对徐志摩的拒绝并不是她内心彻底的拒绝，而是保持着适度距离和深情的暧昧，她永远也放不下这位多情的才子。这让徐志摩完全陷落，痛苦不堪。

有人说，张爱玲是盲目地爱男人，而林徽因是被男人盲目地爱着。我不完全赞同，但也不完全反对。胡兰成在《今生今世》里也记述了一些张爱玲内心的矛盾和复杂的心绪。而林徽因的成功，某种程度上在于她“储备”的几个男人，徐志摩、梁思成，还有金岳霖。她几乎能够让一个个男人活在自己的精神情感中而不舍不弃。其实很简单，让“盲目”的爱战胜理智的张爱玲是悲剧的人生，而林徽因对男人“盲目”的情感说不，但“不”的没那么确定，更没那么坚决，其实也未必不是悲剧的人生。这些我们在林徽因的《悼志摩》和《纪念志摩去世四周年》里都不难看出她的痛苦与依然存在的爱情，尽管她是以“朋友”的名义。

别丢掉/这一把过往的势情/现在流水似的/轻轻/在幽冷的山泉底/在黑夜在松林/叹息似的渺茫/你仍要保存那真/一样的月明/一样是隔山灯火/满天的星/只有人不见/梦似的挂起/你问黑夜要回那一句话——你仍得相信山谷中留着/有那回音！（林徽因）

此刻的我，徜徉在剑桥。我的心比这润物季节里的蔚蓝天空还要明朗，一丝褶皱也没有。我在剑河的小桥上，一路寻觅，寻觅着诗人的“康桥”。长篙撑来的一只只木船，在我的心里荡起了层层涟漪。那一幅幅流动的画面所构成的美妙意境在心中飘洒开来……在诗人徐志摩看来：“康桥的灵性全在这条河上了。”他还说：“康河，我敢说是全世界最秀丽的一条水。大自然的优美、宁静、调谐，不期然就淹入了你的心灵。”刘志伟先生在《行走英国》里这样评价徐志摩的《再别康桥》，“诗歌里，每一道光影、每一条枝叶，都浸透了诗人恋恋不舍的浓郁情思；每一个韵律、每一句诗行，都唤起起人们对剑桥至柔至美的无限遐想。于是，剑桥也因了徐志摩的《再别康桥》，成为每个中国人魂牵梦绕的地方。”

寻梦/撑一支长篙/向青草更青处漫溯/满载一船星辉/在星辉斑斓里放歌……

顺着诗人的诗行，我们来到美丽的剑桥后园（The backs）。一棵棵参天大树，无数的花朵把剑河映衬得格外明亮。看不到行人，只有我们几个仿佛觅食的鸟，在这里探寻什么？这时走过来几个教授模样的英国人。得知我们来自中国，其中一个说起他到过中国的杭州，西湖的美丽一直记忆在心，他说起西湖的苏堤和白堤时，还说了一些关于苏东坡和白居易在人生不得意时，把美丽的西湖建造成人们向往的人间仙境。简短的交流，我就知道这个人是了解中国历史和文化的。当然，他更知道徐志摩。

这就是青荇么？水边清澈见底处，两只野天鹅和几只野鸭悠闲自得地觅食，戏水，形影相随。不宽的河面，岸边诸多古韵盎然的学院建筑群，河身曲曲弯弯地贯穿其间。河里撑船的人偶尔向我们招手，船上人散发的笑靥洒满整个后园。诗人是否和他心爱的女人也曾在这样的春天，在这样风和日丽的时日在此携手吟诗？或许他们拿起长长的篙，撑起平底船，面对那缓缓而来又渐渐远去戴礼帽的艄公，恍惚间时光就在潋滟波光中驻足了。康河，便被他们幻化成了那首诗的风韵和意境了。

……仿佛那游丝似轻妙的情景/难忘七月的黄昏/远树凝寂/像墨泼的山形/衬出轻柔暝色密稠稠/七分鹅黄/三分桔绿/那妙意只可去秋梦边缘捕捉……

“三份鹅黄、七份橘绿”该是怎样的景色和意境！

徐志摩在《我所知道的康桥》一文中这样描述他的后园，“康河的精华是在它的中权，著名的“Backs”这两岸是几个最蜚声的学院的建筑。从上面下来是 Pembroke，St. Katharine’s，

King's，Clare，Trinity，St. John's。最令人流连的一节是克莱亚与王家学院的毗连处，克莱亚的秀丽紧邻着王家教堂（King's Chapel）的宏伟。别的地方尽有更美更庄严的建筑，例如巴黎赛因河的罗浮宫一带，威尼斯的利阿尔多大桥的两岸，翡冷翠（佛罗伦萨）维基乌大桥的周遭；但康桥的"Backs"自有它的特长，这不容易用一两个状词来概括，它那脱尽尘埃气的一种清澈秀逸的意境可说是超出了画图而化生了音乐的神味。再没有比这一群建筑更调谐更匀称的了！论画，可比的许只有柯罗（Corot）的田野；论音乐，可比的许只有肖邦的夜曲。就这，也不能给你依稀的印象，它给你的美感简直是神灵性的一种。"

从诗人的诗歌中走出，想起了电视剧《人间四月天》。因为在剑桥，才有徐志摩和林徽因的故事，才有《再别康桥》。然而，徐志摩和林徽因最终没有婚姻。徐志摩一生最爱的还是林徽因，为了她离婚，"成为中国第一个离婚的男人"。可是最后没有得到林，于是才娶了陆小曼。我想，在飞机最终撞山的那一刻，诗人是否了结了心中的夙愿？林徽因呢？内心的温婉记忆与眷恋唯有她自己知道。

葱绿的后园，灵性的驳船，古色的木栅。婆娑的垂柳、桥涵和树影的在剑河张倒影，波光滢滢。心也随之婆娑起来。弯曲的剑河向前流去，干净地向前流去，我站在剑桥的后园，站在诗人的诗歌里，"看一回凝静的桥影/数一数螺钿的波纹/我倚暖了石阑的青苔/青苔凉透了我的心坎……"

此刻，也许，我和诗人的心情一样，诸多感慨，此情此景，我却不能放歌。"……我不能放歌/悄悄是别离的笙箫/夏虫也为我沉默/沉默是今晚的康桥……"其实康河的河面也只有十多米宽，有的河段要更窄，不足几米。来来往往的长长竹篙撑起的木船，在诗人的"金柳"旁穿梭，烘托出"杨柳岸，晓风残月"的情绪。河里长着密麻麻的水草，游着各色的大大小小的野鸭子，还有一些白色的天鹅。这些看上去仿佛都是诗行在流淌。

“悄悄的我走了/正如我悄悄的来/我挥一挥衣袖/不带走一片云彩。”剑桥的云彩能带走吗？或许能，或许不能。近100年来，诗人的诗句把这里的云彩带到人类的每一个角落。时间佐证了这里的一切都可以带走。剑河，无疑是剑桥的灵魂，剑桥大学也因剑河，从而多了那份灵秀的韵味。也为人类智慧之花的盛开，提供了肥沃的土壤。这里有诗，这里有智慧，这里有你想要的一切。为了能更多地了解剑桥，仅有的诗句是肯定不够的，于是，在短暂的剑桥时光，我走进了三一学院、国王学院和皇后学院，走进了剑桥的书屋，我想在这里，我应该虔诚地走进书屋，唯有闻书香，走进历史，才能识剑桥，这是一个神圣的知识和文化境地。

我很庆幸，今生我能到剑桥。

十四、闻书香，识剑桥

走进剑桥，感觉不到这是一所大学，没有围墙，也没有看到一排排学生宿舍。这里是一座悠闲自得的小城。古城几百年的历史建筑，仍保留着中世纪以来的风格面貌，古朴庄严。耳边不断传来教堂的钟声和音乐声会告诉你，这里与中国大学校园的氛围是截然不同的。

所谓的剑桥大学，实际上是由分布在剑桥城里的 31 个学院共同组成的，而没有一个严格意义的剑桥大学。也就是说，你永远找不到写着“剑桥大学”（Cambridge University）的大门入口，只有国王学院（King's College），皇后学院（Queen's College），三一学院（Trinity College）等学院的入口。走进剑桥，就好像走进了一个花园，城市不大，到处绿树成荫，有大片的草地。难怪有人说剑桥不是学习的地方，而是度假的地方。漫步剑桥，发现很多地方有序地停靠着许多自行车，由于城里许多道路都很窄，每座独立的学院都各自为政，为了来去方便，人们大都习惯骑自行车。

徐志摩曾经在这里“带一卷书，走十里路，选一块清静地，看天，听鸟，读书，倦了时，和身在草绵绵处寻梦去——你能想象更适情更适性的消遣吗?”这是百年前的剑桥，一百年后，这里依然这样。绿草如茵的小路，两旁是高大挺拔、蓊蓊郁郁的参天大树，它们在小路的上方相互交织着，各座独立学院的校园，恬静，雅致，充满了自然和随意。八百年的人文和学术气氛的积聚，承载了多少知识、智慧、自然、安静和大把大把的闲暇时光。

来英国之前，受朋友之托，要我买几本艾略特的诗歌与相关文集。于是我走进了剑桥的书店。剑桥有很多书店，书店的规模大小不一，风格都不尽相同，有些是学术书与畅销书兼营，有些则专门以经营畅销书为特色。三一学院的一家书店，它的分类很细。有科学和哲学的分类，书价都贵得惊人。有资料表明，为了宣传促销树立形象，在开学阶段，各个书店都会举办一些讲座。有时书店还会举行“文化午餐”，把著名的学者请来，与读者共进午餐，就餐期间，学者们将简要地介绍其新书，参加午餐的读者也可以与学者们边吃边谈。只是要想参加这样的午餐，读者必须提前预订，自掏腰包，价格当然远比一般的午餐贵得多。

在几家书店查询，都没有买到艾略特的诗歌与相关文集。于是沮丧地在剑桥的一个购物广场漫步。这时，我发现了一辆有着LIBRARY（图书馆）字样的房车。我很好奇，居然还有流动的车载图书馆？走到车门口，我问有没有艾略特的书？

“George Eliot or Thomas Stearns Eliot（‘T. S.’Eliot）?”（乔治·艾略特还是托马斯·艾略特）车里的人问我。

乔治·艾略特是一位19世纪的女小说家。有《弗洛斯河上的磨坊》和《撩起的面纱》等长篇小说。而托马斯·艾略特是英国20世纪影响最大的诗人。1948年因《四个四重奏》获诺贝尔文学奖。代表作《荒原》是20世纪西方文学里一部划时代的作品，是现代派诗歌的里程碑，也是艾略特的成名作。朋友要的是托马斯·艾略特。

“Thomas Stearns Eliot!”我说。

“Your Library card，sir.”（借书证，先生。）

我摇摇头，笑了笑。对方耸了耸肩。随后，我又在几家小书店里转了转，这些大都卖些励志类的、经商类的畅销书，文学的很少，更没有托马斯·艾略特的书。可能是我没有找对书店吧。剑桥有近100个图书馆和诸多书店，藏书有700多万册。我认为世界上任何一本有价值的书在这里一定都有其位置。

走在剑桥，不光是绿草的芬芳，还有那一个个书店，一个个图书馆溢出的书墨香味，尽管我不能一一走进，但是，我闻到了书香。搜索一下脑子里仅有的储存空间，仅仅剑桥学子的书，就会让你哑然失语。在剑桥群星璀璨的学子中，先后有近 70 人成为诺贝尔奖获得者。近现代物理学创立者和近现代科学奠基者牛顿、进化论的创立者达尔文、伟大诗人拜伦、著名思想家和科学家佛兰西斯·培根、诗人威廉·华兹华斯、约翰·弥尔顿、著名哲学家和数学家罗素、著名经济学家马尔萨斯和凯恩斯、著名哲学家怀海德、英国著名政治家克伦威尔、有“新加坡国父”之称的著名政治家李光耀、DNA 之父克里克和瓦特森、著名物理学家霍金等等都毕业于剑桥大学……

1573 年，年仅 12 岁的培根被送入剑桥大学三一学院深造，在剑桥他开始对传统观念和信仰产生了怀疑，开始独自思考社会和人生的真谛。三年后，培根作为英国驻法大使的随员旅居巴黎。短短两年半的时间里，他几乎走遍整个法国，先后撰写了《新工具》《学术的进步》《新大西岛》等。代表作《新工具》，在近代哲学史上具有划时代的意义和广泛的影响，哲学家由此把它看成是从古代唯物论向近代唯物论转变的先驱。

约翰·弥尔顿 1625 年 16 岁时入剑桥大学，并开始写诗，1632 年取得硕士学位。1644 年为争取言论自由而写了《论出版自由》。《失乐园》《复乐园》和《力士参孙》都是他对人类不朽的贡献。他观察敏锐，对作家的评论时有灼见，超出前人和同时代的评论家。他有大量古典主义创作，系统的古典主义理论，他的讽刺诗的技巧，他的翻译，他的准确平易的散文，都对 18 世纪英国古典主义文学有很大影响。

艾萨克·牛顿爵士 1661 年 6 月进入了剑桥大学的三一学院。在那时，牛顿在剑桥喜欢阅读笛卡尔等一些哲学家以及伽利略、哥白尼和开普勒等天文学家更先进的思想。1665 年，他发现了广义二项式定理，并开始发展一套新的数学理论，也就是后来为世

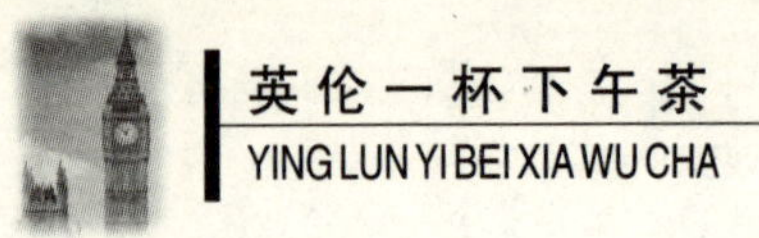

人所熟知的微积分学。他是人类历史上出现过的最伟大、最有影响的科学家，同时也是物理学家、数学家和哲学家，晚年醉心于炼金术和神学。他在1687年7月5日发表的不朽著作《自然哲学的数学原理》里用数学方法阐明了宇宙中最基本的法则——万有引力定律和三大运动定律。这四条定律构成了一个统一的体系，被认为是“人类智慧史上最伟大的一个成就”，由此奠定了之后三个世纪中物理界的科学观点，并成为现代工程学的基础。牛顿为人类建立起“理性主义”的旗帜，开启工业革命的大门。

剑桥曾流传着这样一句话：假如剑桥大学有史以来仅仅只培养出牛顿这一个学生，那也是值得的。

1787年，威廉·华兹华斯进入剑桥大学圣约翰学院学习，大学毕业后去了法国。他对法国革命怀有热情，认为这场革命表现了人性的完美，将拯救帝制之下处于水深火热中的人民。在布卢瓦他结识了许多温和派的吉伦特党人。1792年华兹华斯回到伦敦，仍对革命充满热情。华兹华斯与柯勒律治（Samuel Taylor Coleridge）、骚塞（Robert Southey）同被称为“湖畔派”诗人（Lake Poets）。他们也是英国文学中最早出现的浪漫主义作家。他们喜爱大自然，描写乡间生活，厌恶资本主义的城市文明和冷酷的金钱关系，他们远离城市的喧嚣，隐居在昆布兰湖区和格拉斯米尔湖区，由此得名“湖畔派”。

“湖畔派”三诗人中成就最高者为华兹华斯。他于1789年和柯勒律治合作发表了《抒情歌谣集》，宣告了浪漫主义新诗的诞生。华兹华斯在你这本诗集里有个长序，在这篇序中，他详细阐述了他的浪漫主义文学主张，主张以平民的语言抒写平民的事物、思想与感情，被誉为浪漫主义诗歌的宣言。

1805—1808年，拜伦在剑桥大学学习文学及历史，他是个不刻苦的学生，很少听课，却广泛阅读了欧洲和英国的文学、哲学和历史著作，同时也从事射击、赌博、饮酒、打猎、游泳、拳击等各种活动。1809—1811年游历西班牙、希腊、土耳其等国，受

各国人民反侵略、反压迫斗争鼓舞，创作了《恰尔德·哈罗德游记》（Child Harold's Pilgrimage）。在他的诗歌里塑造了一批“拜伦式英雄”。他们孤傲、狂热、浪漫，却充满了反抗精神。他们内心充满了孤独与苦闷，却又蔑视群小。拜伦诗中最具有代表性、战斗性，也是最辉煌的作品是他的长诗《唐璜》，诗中描绘了西班牙贵族子弟唐璜的游历、恋爱及冒险等浪漫故事，揭露了社会中黑暗、丑恶、虚伪的一面，奏响了为自由、幸福和解放而斗争的战歌。

达尔文因为无意学医，他喜欢到野外采集动植物标本并对自然历史产生了浓厚的兴趣。父亲认为他“游手好闲”、“不务正业”，一怒之下，于1828年将他送到剑桥大学，改学神学，希望他将来成为一个“尊贵的牧师”，这样，他可以继续他对博物学的爱好而又不至于使家族蒙羞，但是达尔文对自然历史的兴趣变得越加浓厚，完全放弃了对神学的学习。在剑桥期间，达尔文结识了当时著名的植物学家J. 亨斯洛和著名地质学家席基威克，并接受了植物学和地质学研究的科学训练。他以博物学家的身份，参加了英国派遣的环球航行，做了五年的科学考察。在动植物和地质方面进行了大量的观察和采集，经过综合探讨，形成了生物进化的概念。1859年出版了震动当时学术界的《物种起源》。书中用大量资料证明了所有的生物都不是上帝创造的，而是在遗传、变异、生存斗争中和自然选择中，由简单到复杂，由低等到高等，不断发展变化的，提出了生物进化论学说，第一次把生物学建立在完全科学的基础上，以全新的生物进化思想推翻了唯心的“神创论”和“物种不变”的理论。他所提出的天择与性择，在目前的生命科学中是一致通用的理论。除了生物学之外，他的理论对人类学、心理学以及哲学来说也是十分重要的。

达尔文自己说：“就我记得的我在学校时期的性格来说，其中对我后来发生影响的就是：我有强烈的多样的趣味，沉溺于自己感兴趣的东西，深刻了解任何复杂的问题和事物。”达尔文是

19 世纪的、甚至是一切世纪的博物学中最伟大的革命者。

1890 年，罗素考入剑桥大学三一学院，学习数学，哲学和经济学。他的数学老师怀特海非常赏识他的才能，介绍他与时任剑桥大学哲学讲师麦克塔戈和后来成为大哲学家的穆尔相识。罗素于 1893 年获得数学学位，而后在第四年转学哲学，并获得伦理科学学位。他对选择以哲学还是经济学为职业犹豫不决但最终还是选择了前者，撰写了一篇论述非欧氏几何学研究员资格论文，这篇论文使他在三一学院获得为期六年的研究员资格。罗素是 20 世纪声誉卓著、影响深远的思想家之一。他一生中完成了 40 多部著作，如《心的分析》《论教育，尤其是幼儿的教育》《物的分析》《哲学大纲》《怀疑论文集》《道德与婚姻》《教育与社会秩序》《自由和组织》《宗教和科学》《权力：一个新的社会分析》等等，涉及哲学、数学、科学、伦理学、社会学、教育、历史、宗教以及政治等各个方面。罗素的首要事业和建树是在数学和逻辑领域，对西方哲学产生了深刻的影响。1950 年，罗素获得诺贝尔文学奖。

罗素是当代的一位巨人，集哲学家、作家、数学家和政治理论家于一身。中年时期所写的有关道德、政治、教育、和平主义等方面的著述，激励和启发了人们的进取精神。晚年在积极反对制造核武器和反对越南战争的斗争中，成为全世界理想青年的鼓舞者。

斯蒂芬·威廉·霍金 1942 年 1 月 8 日出生于英国牛津。毕业于牛津大学和剑桥大学，并获剑桥大学哲学博士学位。他因为在 21 岁时不幸患上了会使肌肉萎缩的卢伽雷氏症，所以被禁锢在轮椅上，只有三根手指可以活动。1988 年，霍金的《时间简史：从大爆炸到黑洞》发行，从研究黑洞出发，探索了宇宙的起源和归宿，该书被译成 40 余种文字，出版逾 1000 万册，但因书中内容极其艰深，在西方被戏称为“读不来的畅销书”（Unread Best seller），有学者曾指这种书之所以仍可以如此畅销，是因为书本

尝试解答过去只有神学才能触及的题材：时间有没有开端，空间有没有边界。2001 年 10 月又一部作品《果壳中的宇宙》（The Universe in a Nutshell）出版发行。该书是《时间简史》的姐妹篇，以相对简化的手法及大量图解，诉说宇宙起源。

……

一大批在英国文学史乃至世界文学史上产生了重大影响的作家，一大批影响世界发展的科学家在这里诞生。几乎每天午餐以后，剑桥人便可以坐在一张 19 世纪的靠椅上，品一杯浓茶，读起剑桥学子们的各类科学巨著和世界文学名著。叶君健先生在回忆剑桥时光时说："在我短短的生命中，我没过过一天好日子，不是战乱，就是饥荒。有好多次我梦想找个安静的环境，坐下来读点我早就想读而没能有机会读的书，写点我早就想写而没时间写的作品。这个梦想现在倒是在不经意中成为现实了。"

曾经看过作家董桥先生的一篇文章，叫《凯恩斯的手》。在他看来，凯恩斯这位剑桥出身的大经济学家的手，跟同是剑桥人的罗素、史特拉屈等等的手一样，都是"修长灵巧"的，是真正的"剑桥的手"。漫步在剑桥，我在想，剑桥的人文精神，剑桥浓郁的书香，也就是这样一些修长灵巧的手创造和传播的。岂止是书香扑鼻的剑桥，整个人类文化的历史长河，流淌的不也是这样的一双双修长灵巧的手奠基的智慧吗？

尽管当下的人类在名利的驱使下，感情变得越来越淡。人际关系的紧张让人处处谨慎小心，让人变得像心有余悸的小狗一样不敢再在人类面前大声叫唤。冷漠成了人们保护自己的唯一砝码，冷漠让人更孤独寂寞，更烦躁不安，更无所适从，更盲目痛苦。财富成为身份的象征，而身份则意味着尊严。对人的自私的攻击就是对人的尊严的攻击，每个人内心里都有自私在不安分的跳动，所以人们在积极地追求着提高自身尊严的同时也会对自身的身份产生怀疑和焦虑，消除这种怀疑和焦虑的唯一方法就是拥有财富。在种种压力之下，我们就看到了今天在名利场挣扎的人们，成了在财富的迷宫里丢失了自己灵魂的行尸走肉。

英国作家阿道司·赫胥黎在《美丽新世界》用了广博的生物学、心理学知识，为我们描绘了虚构的福特纪元632年即公元2532年的社会。这是一个人从出生到死亡都受着控制的社会。在这个“美丽新世界”里，由于社会与生物控制技术的发展，人类已经沦为垄断基因公司和政治人物手中的玩偶。这种统治甚至从基因和胎儿阶段就开始了。其实，赫胥黎先生也许多虑了。人类那诗意的本质不会泯灭，人类的灵魂也永远期求着升华。剑桥历经800年没有变味的书香，向我们显露那些最伟大的智者的声音；那些人性中最圣洁的精神追求。它们将维系着人类最美的文化和精神，向一切绝望的人发出友好和亲切的呼唤。

那些八百年剑桥的学子，他们的思想赫然屹立在世界历史的长河中，熠熠闪光。然而他们中间也有人对剑桥的生活颇有微词，抱怨“剑桥的酒喝起来像醋，啤酒更糟糕！不过，挺喜欢剑桥的女人，说剑桥的女人吻起来挺惬意（Nice to kiss）……”

这就是剑桥。

在某一个学院，我悄悄地触碰了一下镂花的铁门，感受其细细缕缕的质地。院内参天的两排树木，挺拔屹立，在太阳照耀下，通体散发出绿色的光华。拉开厚重的木门，呈现眼前的是生机无限的翠绿草地。围绕着绿色方庭依次是校舍、图书馆、宿舍、教堂……牛顿苹果树、圣玛丽大教堂、数学桥、拜伦潭、叹息桥、国王学院回廊、甚至哈利·波特的霍格沃兹和水草边的天鹅，我一一走过。精美的校舍、庄严肃穆的教堂和爬满青藤的红砖住宅隐现在绿树红花之间，风景如画，令人沉醉。剑河边美丽的土红色小路，偶有骑自行车的学子，友好地朝我们笑着，向我们招着手。

此情此景，徐志摩的《我所知道的康桥》又在向我招摇着，“瑰丽的春放。这里不比中国，哪一处不是坦荡荡的大道？徒步是一个愉快，但骑自行车是一个更大的愉快，在康桥骑车是普遍

的技术；妇人、稚子、老翁，一致享受这双轮舞的快乐。任你选一个方向，任你上一条通道，顺着这带草味的和风，放轮远去，保管你这半天的逍遥是你性灵的补剂。这道上有的是清荫与美草，随地都可以供你休憩。你如爱花，这里多的是锦绣似的草原。你如爱鸟，这里多的是巧啭的鸣禽。你如爱儿童，这乡间到处是可亲的稚子。你如爱人情，这里多的是不嫌远客的乡人，你到处可以'挂单'借宿，有酪浆与嫩薯供你饱餐，有夺目的果鲜恣你尝新。你如爱酒，这乡间每'望'都为你储有上好的新酿，黑啤如太浓，苹果酒、姜酒都是供你解渴润肺的。……带一卷书，走十里路，选一块清静地，看天，听鸟，读书，倦了时，和身在草绵绵处寻梦去——你能想象更适情更适性的消遣吗?"

这就是剑桥。对诗人的话我想补上一句，"你如果爱书，这里是十里书香的剑桥。"

十五、狭街曲巷古约克

人们大都知道美国的纽约（New York），翻译过来就是“新约克”的意思。17世纪，英国远征军在美国同荷兰人之间展开了激烈的争夺殖民地的战争。英国远征军占领了新阿姆斯特丹，于1664年将它的名字改为纽约。由于当时的英国约克小镇是英格兰的首府。因此，英国远征军柯尔斯上校认为用新约克来代替新阿姆斯特丹是再合适不过的了。所以，有句谚语“A city is so nice, name it twice”，典从此出。除了美国的纽约以外，在美国、加拿大、澳大利亚还有很多以约克或约克郡命名的城镇和地区。

和纽约相比，约克当然只能算是一个“袖珍”城市。但是早在公元71年，强悍的古罗马人就在这儿建起城堡，公园306年，久负盛名的康士坦丁在此宣召为帝。800年后，北欧海盗来到这里，把这个定居点命名为约维克。到了11世纪，法国诺曼底公爵威廉征服了英格兰，为了控制北方，还重修了约克城堡。

我们到达约克的时候是中午时分。阳光下的约克最先给我的印象是，一条明亮的河。这就是奥斯河（Ouse River）。站在兰黛尔桥上，可以清晰地看见河水缓缓地向东南流去。大桥两端专门修筑了坚固的桥头堡，可能是古人为了强化河上的防护而建的。前行大约300米，便是斯盖德门桥。在桥上向东南望去，城内南北流向的弗斯河，在城外不远处与东西流向的奥斯河会聚一起，继续朝东南方向奔去，注入北海。奥斯河上的游船缓缓地来回驶过，涟漪溅起雪白的浪花。坐在河边的古城墙上，顿觉身心舒缓，河流、古桥、古老的民居就在身边。河水静静流淌，泛着波光。

此刻，这座温婉的古城在我的心里流淌着蜿蜒两千年的沧桑岁月。

走进约克，仿佛有穿越时光隧道的感觉，北欧海盗博物馆、10 世纪逼真的海盗村、环抱整个市区古老的城墙、斑斑驳驳的印迹，好像每一个角落，每一缕光影都写着约克的历史；每一个城堞，都涂抹着战火和硝烟。雄浑壮观的古城门，装饰着古老的徽章和英格兰国旗，那些因战争留下的炮眼和枪眼因为岁月的风化和剥蚀，已经成为一点一滴的痕迹镶嵌在这历史的烟云下，图腾一般，向人们讲述着 2000 年以来那些腥风血雨的往事。

约克地处英格兰的东北部，这里土地蛮荒、开阔，历来是兵家必争之地。远的不说，在 1455—1485 年，为争夺王位而进行的“红白玫瑰”战争中，就有两场惨烈的战役为约克城门留下血淋淋的印记。1460 年 12 月，以红玫瑰为代表的兰开斯特家族在争夺王位的战争中获胜，他们把以白玫瑰为代表的约克公爵等人的头颅挂在城门上。为了羞辱约克家族，他们还将一顶纸做的王冠斜戴在约克公爵血迹斑斑的首级上。1461 年 3 月，两个家族 10 万将士再度厮杀，3 万尸体堆积在奥斯河中，形成恐怖的尸桥，任双方军队踩踏。约克家族的爱德华四世夺回城池，把敌方首领的头颅挂上城头，建立了约克王朝。而兰开斯特家族在法国的支持下，又来反攻倒算，赶跑了爱德华四世，1471 年，约克家族东山再起，夺回了王位。玫瑰战争这个词当时并没有，是 19 世纪小说家司各特创造的。关于这场战争的各种场面，莎翁在《亨利六世》中有详尽的描述。

微微的轻风中，我坐在古城墙上，一抹阳光投射在静静的奥斯河上，河面泛起金灿灿的水波。过往的历史早已远去。不见了王权殊死的纷争，不见了将士英勇的搏杀，只留下这古老斑驳的城墙。依墙远望，城墙下翠绿的草地、公园，那些水仙摇头摆尾的细碎黄花，还有那蜿蜒伸展的古街道，古城堡。红色的、黑白木格相间的小楼，处处残留着古老的风情，仿佛勾着各式各样古老的花边和纹路，弥漫着罗马时代和中世纪时代久远的古朴氛围。虽然有些已经被岁月的沧桑染成炭灰色，但当年精湛的工艺如今依然尽显其精美和奢华。保存完整的中世纪小街，融合罗马、撒克逊、维京统治的各时期的历史和文物，无不见证着英国灿然的历史和文化。

奥斯河在我身后静静地流淌着千年约克的悠悠风韵……

走下城墙，我们来到约克大教堂（York Minster）。约克大教堂是约克古城的象征。一棵棵参天大树将雄伟的大教堂半遮半掩，让人即刻感觉到了它的庄严伟岸。走近教堂，我们才真切感受到这个教堂实在太大了，不同视角有不同的风貌，可无论从哪一个角度和侧面都看不到它的全貌。立面的双塔像皇冠一样巍峨，耸入云天，哥特式的尖顶和一个个尖尖的装饰，犹如无数利剑，正待射发。它是诺尔曼的、撒克逊的和英格兰等诸种风格的融汇体，宛若天上的宫阙俯瞰着整个城市，堪称欧洲最壮丽的教堂。

整个教堂里触目即为古董。教堂内大片的彩色玻璃窗和精美的雕塑，充分展露出中世纪时绝妙的建筑工艺。东面的一整片彩色玻璃，面积几乎相当于一个网球场的大小，是全世界最大的中世纪彩色玻璃窗，描绘着圣经中的创世纪和启世录，西面的各扇彩色玻璃窗也都是 14 世纪的精彩佳作。东西南北的彩色玻璃，隐喻了开天辟地、世界末日、玫瑰战争、都铎王朝等。除了玻璃窗，还有那一排以威廉一世到亨利六世雕像作为装饰的 15 世纪屏风，烛台、雕像，屏风、名人墓碑等珍贵文物等等。匆匆地转了一圈后，我们就从后门出了教堂，只见门外手握长剑的古罗马君斯坦丁大帝悠然自得的安坐在宝座上，由于年代久远，原本的铜雕像外已罩上了一层铜绿。

在庄严和肃穆中，无论是平视，还是仰望，或左顾右盼，你都会惊叹不已。里面空阔，几十米高的穹顶，呈半圆形，等距离拱起的一个个弧形篱壁，中间用一条直线连缀，上面装饰着金色

的花朵。从不同角度观察，呈现或圆，或弧，或三角形等不同形态，使整个天棚线条简洁而变化万端，极富创造力和视觉冲击力。空旷的大厅显现着安详与宁静。

教堂内的一侧，依然摆着茶点、蛋糕和咖啡。还有那淡淡的音乐随处响起……

出了约克大教堂，前面是一个小巷子，这就是约克最富诗意的中世纪古街了。鹅卵石铺就的行人街道，两旁保留了许多中古时代的房屋，每一家商店都有独特的建筑风格，出售的商品也以地方纪念品为主。从石头街延伸到周围，都是深具中古风情的迷人街道，其中肉铺街（The Shambles）是一条保留得最完整的典型中世纪道路，以鹅卵石铺成，非常狭窄，两旁是一排排向外延伸的木屋。这里曾经是约克屠夫的住所，现在则到处都是酒吧、餐馆以及别致的小店，其中世纪的氛围也适合游客前来发思古之幽情。肉脯街也是约克最具历史意义的街道之一，可追溯至西元1086年。当时街上几乎都是肉铺，为了防止日照让肉腐烂，屠夫们把肉放在一楼的窗台上，而狭窄的街上有些房子距离相当靠近，远远看去古老的小巷只有一线天。在顶楼的人甚至开窗就能和对面的邻居握手。

英国人说，走进约克就像回到了中世纪。踩在被岁月磨得光滑的石子路面上，恍惚间进入了狄更斯《老古玩店》中描写的场景那些狭窄的街道依然保留着从前的名字，充满中世纪生活气息。从街头远远看去，一个小坡上的古堡仿佛让时光在倒流，回到了一个我们未知的过去。尤其是古堡上空那一轮在若隐若现的月亮，让人仿佛能感觉到它在夕阳中的寂寞，在蓝天里的清逸，它那诗意的韵味无不见证着这个城市2000多年历史的烟云，让人有无限的遐想和追忆。

眼前，一个古朴典雅的欧洲小城，其浪漫的风情，优雅的风骨又把我带回到现实中的英格兰。小街上有很多酒吧，三两个客人，安安静静，背景音乐曼妙轻柔，奔波了一整天之后，听见那柔美的音乐，瞬间就能将自己安放到一个充满诗意的宁静氛围中，舒缓身心，细细地欣赏身边的风景，梳理一下匆忙零乱的心情，让自己静下来片刻。因为行程中有卡迪夫古堡、温莎古堡和爱丁堡古堡这些英国著名的城堡，就没有在走进这座城堡，也没有去看看约克的英国铁路和机车博物馆，而是选择了一个酒吧的门前，啜饮一杯浓香的咖啡，发发呆，想想心思。在这个古老的荒蛮之地兴起的古城中，不能不遥想当年在这片荒原上走来的勃朗特三姐妹，以及夏洛蒂·勃朗特带给人们的那种化繁为简，返璞归真，追求全心付出的真挚生活，那种不计得失的纯真感情深入每个人的心，甚至深入这个星球里。150 多年来，它犹如一杯冰镇，净化着一代又一代人们的心灵。《简·爱》告诉后人，美好的生活就是：尊严加上爱。此刻，抬头遥望，远处的河面那一湾静谧的蓝色倒影在无声地流淌着。

奥斯河上，一艘红白相间的游艇慢悠悠的行进，晚霞洒满绿波荡漾的水面。

十六、荒原上走来美丽的忧伤

当我在约克街头漫步的时候，我内心摩挲的不光是这狭街曲巷的古城，我还想起了这里曾经的哈沃斯荒原，想起了200年前荒原上走来的那位女子和20多年前我读过的那本书。书中有这样精彩的对白，我至今不能忘怀……

罗切斯特：还没睡？

简·爱：没见你平安回来怎么能睡？

……

罗切斯特：哼！你不觉得我娶了她，她可以使我获得完全的新生？

简·爱：既然你问我——我想不会。

罗切斯特：你不喜欢她？说实话！

简·爱：我想，她对你不合适。你为什么要跟我讲这些！她跟你，与我无关。你以为我穷，不好看，就没有感情吗？我也会的，如果上帝赋予我财富和美貌，我一定要使你难以离开我，就像现在我难以离开你！上帝没有这样。我们的精神是同等的，就如同你跟我经过坟墓，将同等地站在上帝面前！

……

这是《简·爱》里一段简单的对白，这是一种何等的情感！

《简·爱》是英国19世纪著名的女作家夏洛蒂·勃朗特的代表作，有人说是夏洛蒂·勃朗特自身诗意的写照，是一部具有自传色彩的作品。小说塑造了一个出生卑微、生活艰辛，却始终坚持追求个性自由、主张人生平等、维护独立人格的一位桀骜不驯的坚强女性。

女主人公简·爱从小失去父母，寄住在舅舅家。幼年时受到的不平等的待遇，让她幼小的心灵饱受欺凌，小小的年纪就承受了莫大的委屈和痛苦。后来，她成了桑菲尔德贵族庄园的家庭教师，她以真挚的情感和高尚的人格魅力赢得了主人的尊敬和爱恋。然而，她却为这段婚姻付出了巨大的代价，但自始至终她都一直坚持着自己的信念和理想。小说向人们展现了一个情感细腻、追求理想同时又具有不懈抗争精神、不愿受凌辱的女性对人世间自由与幸福的渴望，对人类高尚精神境界的向往和追求。读完这部小说，人们深切感受到作者那穿透人生内涵的鲜明主题：人生的价值就是崇高无上的尊严和纯真无瑕的爱情。

简·爱生存在一个失去父母，寄人篱下的环境。舅妈的嫌弃，表姐的蔑视，表哥的侮辱和殴打，老师和同学的诋毁……然而，这些都没有使她绝望沉沦，所有的不幸换回的却是无限的信心和坚强不屈的精神，一种强大的人格魅力和内在力量令读者肃然起敬。

同样，在罗切斯特的面前，她从不因为自己是一个地位低贱的家庭教师而感到自卑，她认为他们是平等的。她认为自己应该受到别人的尊重。也正因为她的正直、高尚、纯洁，使得罗切斯特感到愧疚，同时对她肃然起敬，并深深地爱上了她。罗切斯特的真诚和真心让她感动，她接受了他的爱。而当他们结婚的那一天，简·爱发现罗切斯特已为人夫，她的自尊再次受到挑战，愤然地离开了他。她这样向罗切斯特说道：“我要遵从上帝颁发世人认可的法律，我要坚守住我在清醒时而不是像现在这样疯狂时所接受的原则。”这就是简·爱必须离开的理由。从内心深处分析，简·爱强大的内心世界受到了玷污，纯真的爱受到了欺骗，自尊受到了戏弄，因为她深爱着罗切斯特。正因为这种无上美好的爱情使她不受富足的诱惑，依然坚持自己的尊严，让人伤感得落泪。

后来，简·爱得知罗切斯特为了拯救在大火中的妻子而不幸

双目失明，身患残疾，丧失了生活能力，同时家破妻亡。简·爱依然爱如当初，将全身心的爱再次献给罗切斯特。

这是一本饱蘸泪水流淌着的文字，而今，我们却流不出这样泪……

在物欲横流的当今，人们疯狂地崇拜金钱追求名利，爱情被淹没在灯红酒绿中。人们在穷与富之间选择爱情，在炫丽的光环中展现爱情。“爱情”可以瞬间走来，刹那消失。“爱情”的含“金”量多少已经在滚滚红尘中被量化被默许。那种化繁为简，追求真心付出的感觉，那种犹如浇注在心灵一湾清泉的爱情，却渐行渐远。

所以，160 多年来，《简·爱》这部在当时的人看来是惊世骇俗的作品却在一代代人中掀起一波又一波狂潮，全世界数以亿万计读者的痴迷证明了《简·爱》的巨大成功。人们被书中那富有张力的情节、独特鲜明的人物、平实却震撼人心的语言所打动。读者随着书中情节的变化、人物命运的辗转，或欢悦或悲怆，或激动或愤然，或笑靥满面或潸然泪下。一年又一年。

……

约克郡哈沃斯荒原的气候经常阴雨绵绵，荫翳、潮湿。这种忧郁的成长环境浸透了夏洛蒂的血液，荒原上那阴沉郁闷变幻莫测的云朵见证了她的孤寂和惆怅。无论是从她自身的生活，还是从她的作品中，我们都不难发现这种环境的变化对她的深刻影响，一种挥之不去的荒原情结，渗透流淌在她的字里行间。离群索居的生活造就了约克郡人独特的秉性，自立、率真、坦然处世、把情感藏匿心底，这些深沉的情怀也成就了夏洛蒂保守深沉的生活态度。小镇上的人们很难意识到自己生活在穷乡僻壤，他们那些远离喧嚣、古朴典雅的生活方式已经如同那里古老的石头房子一样，因为岁月的雕琢成为往日的记忆。

无论是夏洛蒂本人的性格品质还是她作品中的独特韵味无不流露出她的身世——她是荒原上走来的美丽的忧伤。

夏洛蒂·勃朗特于1816年出生于一个牧师家庭，她是这个家里的第三个孩子。有两个姐姐、一个弟弟、两个妹妹。夏洛蒂和她的这两个妹妹就是后来文坛上所说的勃朗特姐妹。她的一生有着太多的坎坷和不幸。幼年丧母，痛失兄弟姐妹；追求完美的爱情，却逃不出无情的命运；渴望有能成为一名卓著的作家，却因生活所迫而去从事自己不喜欢的家庭教师。她内心世界依然徜徉在理想的天国，蓦然惊醒时，眼前依然是不着边际的荒原，荒蛮而苍凉。孤独和忧伤，如同挥之不去的幽灵，缠绕着夏洛蒂。因为深切地感受过孤独的滋味，所以她描绘的一个孤独灵魂的痛苦挣扎是那样栩栩如生。

由于长期生活在荒原，夏洛蒂对大自然有独特的洞察力和深沉的眷恋。故乡的一花一草，一山一水，甚至是那些分散在荒原上杂乱无章的黑石岩，她都十分喜欢并赋予幻想。她喜欢大海，那时而风平浪静时而波涛云涌的蓝色天堂给予她难以忘却的人生时光。她喜欢与大自然独处，独自感受山水的旖旎与韵味。在大自然里，她总能进入一种忘我的境界，并赋予怪诞、荒谬而又非常有趣的想象。无论是在《岛民生活故事》《十二个冒险家》《雪莉》里，还是在《爱尔兰历险》《诗歌集》《维莱特》和《教师》中，她的写作天地，云卷云舒，五彩斑斓。夏洛蒂用真实、质朴而又饶有兴趣的笔调涉猎了她所熟悉的人和事，山与水，甚至生与死。

她，从荒原走来。

1846年夏天，夏洛蒂的父亲由于白内障几近失明。夏洛蒂陪父亲来到曼彻斯特做手术。“爸爸一直躺在屋子里，眼睛上缠着绷带。手术后没有发炎，但还需要非常小心，完全安静和避开一切光亮来保证良好的手术效果。”就在这个陌生城市的一间小屋里，新的不安充盈着夏洛蒂的内心，她日夜操劳照顾着父亲，并开始酝酿创作《简·爱》。一个月后，当秋天来临的时候，夏洛蒂带着父亲回到了哈沃斯，她的行囊里多了一包沉沉的书稿。

夏洛蒂和她的两个妹妹经常聚在一起，如饥似渴地读书、绘画和写作。书本让她们有更多相同的爱好和志趣，也提高了她们的素养；童年的艰辛使她们早熟，同时也为她们提供了生活源泉；于是当她们的创作热情喷薄而出的时候，世界文学史上便奇迹似的在同一年，同一个家庭诞生了三部传世之作：夏洛蒂的《简·爱》，艾米莉的《呼啸山庄》和安妮的《阿格尼斯·格雷》。当她的两个妹妹得知她要把女主人公写得矮小、平凡，相貌平平并不吸引人时，她们都觉得这个想法有些冒险，但夏洛蒂非常坚持自己的思路创作下去。她说："我要向你们证明，你们错了；我将向你们展示一个与我一样平凡、矮小的女主角，她将和你们的女主角一样能吸引人。"经过了许多个不眠的夜晚，《简·爱》终于完成出版了。

《简·爱》的诞生，在世界文坛上产生了巨大的反响，当时有 100 多位著名学者作家联名推荐，在文学的天空里刮起一阵旋风，掀起了一股热流，众多读者爱不释手，如痴如醉，尤其是女性读者更是如获至宝，如遇知音，可见这部小说所产生的精神力量有多大。她所宣扬的女性争取社会地位的平等和婚姻生活的平等以及对崇高纯洁爱情的追求，对生活的态度，即便是在当今也是具有很大的现实意义。

上帝毫不吝啬地塑造了这个天才之家，又似乎急不可耐地向他们伸出了毁灭之手。他们的才情才刚刚被人们所认识，便一个个流星似的消失了。三年后，先是多才多艺的弟弟夭折。接着撰写不朽之作《呼啸山庄》的艾米莉于同年 12 月亡故。随之，次年 5 月另一个妹妹安妮离世。这期间，亲人的离世对夏洛蒂的内心激起的悲情，无以言表。她对死亡的诠释也在小说中体现得让人如此的悲伤，同时给人感觉死亡又是如此的美丽。下面是简·爱的一个小朋友海伦死前，她们的一段对话：

"我很愉快，简，你听到我已经死了的时候，你可千万别悲伤。没有什么可以感到悲伤的。总有一天我们大家都得死去。现在正夺去我生命的疾病并不痛苦。既温和而又缓慢，我的心灵已经安息。”

“可是你到哪儿去呢，海伦?”

“我相信，我有信仰，我去上帝那儿。”

“上帝在哪儿？上帝是什么?”

“我的创造者，也是你的。他不会永远毁坏他所创造的东西。我毫无保留地依赖他的力量，完全信任他的仁慈，我数着钟点，直至那个重要时刻到来，那时我又被送还给他，他又再次显现在我面前。”

“海伦，那你肯定认为有天堂这个地方，而且我们死后灵魂都到那儿去吗?”

“我敢肯定有一个未来的国度。我相信上帝是慈悲的。我可以毫无忧虑地把我不朽的部分托付给他，上帝是我的父亲，上帝是我的朋友，我爱他，我相信他也爱我。”

“海伦，我死掉后，还能再见到你吗?”

“你会来到同一个幸福的地域，被同一个伟大的、普天下共有的父亲所接纳，毫无疑问，亲爱的简。”

我又再次发问，不过这回只是想想而已。“这个地域在哪儿？它存在不存在?”我用胳膊把海伦搂得更紧了。她对我似乎比以往任何时候都要宝贵了，我仿佛觉得我不能让她走，我躺着把脸埋在她的颈窝里。她立刻用最甜蜜的嗓音说：

“我多么舒服啊！刚才那一阵子咳嗽弄得我有点儿累了，我好像是能睡着了，可是别离开我，简，我喜欢你在我身边。”

“我会同你待在一起的，亲爱的海伦。谁也不能把我撵走。”

“你暖和吗，亲爱的?”

“是的。”

“晚安，简。”

“晚安，海伦。”她吻了我，我吻了她，两人很快就睡熟了。

我醒来的时候已经是白天了，一阵异样的抖动把我弄醒了。

但一两天后我知道，坦普尔小姐在拂晓回房时，发现我躺在小床上，我的脸蛋紧贴着海伦·彭斯的肩膀，我的胳膊搂着她的脖子，我睡着了，而海伦——死了。她的坟墓在布罗克布里奇墓地，她去世后十五年中，墓上仅有一个杂草丛生的土墩，但现在一块灰色的大理石墓碑标出了这个地点，上面刻着她的名字及‘我将再生’这个字。”

这样的文字，我无法删减取舍，只好将这段对话全部截取。

夏洛蒂，醒来是白天。

由于社会对女性的歧视，夏洛蒂的第一本诗集和《简·爱》出版时署名不得不用“科勒贝尔”这一男性化的名字；即使成名之后，夏洛蒂那天生的羞涩依旧如影随形，使她无法轻松自在地与人交往。她深知自己并不具备女性特有的魅力，上帝没有赐予她娇美的面容，从小到大的生活环境也不可能使她具有楚楚动人的气质。就像她自己说的那样“没长够尺寸”。鼻子上架着一副厚厚的眼镜，有点弯曲的嘴巴和大鼻子也不太招人喜欢。夏洛蒂曾自卑地认为“一个陌生人一旦看一下我的脸，他就很谨慎地不再看我所在的那部分房间了”。可事实上，她的自尊和智慧使她赢得了众人的尊重和爱慕。在夏洛蒂 23 岁时，曾先后有两位牧师向她求婚，但基于她对婚姻的根本态度是要有爱情，她毫不犹豫地拒绝了这两位求婚者。在她看来，婚姻的组合一定不能在心灵上彼此陌生。夏洛蒂对这种感情有着近乎完美的期待。这一点她在《简·爱》中的表述与她的内心想法是完全吻合的。

吴少平在《一个真实的夏洛蒂·勃朗特》一书中，根据勃朗特日记，这样讲述了夏洛蒂·勃朗特的婚姻。“我认为无财产又无美貌的妇女要把婚姻作为她愿望的主要内容的话，是极为愚蠢的。我决不会这样做，并且也看不起这种做法。”相信夏洛蒂在下此决心时还没有遇到真正使她倾心的对象，因为当她认为自己的真命天子出现的时候，她并没有比一般陷入爱情的女子清醒多少，爱情轻而易举地就冲破了她理智的堤岸。更何况，她的这场爱情从一开始就注定了是一场悲剧，她爱上的是一个深爱着自己妻子的有妇之夫。爱，得不到对方的回应，当全身心的投入并不被对方去接受，她显得那么无力与悲哀。

夏洛蒂在日记中写道："当我日复一日地盼望来信，而天天都是失望把我抛回到不可抵抗的痛苦之中时，当我盼望着看到你的手迹和读到你的忠告所带给我的甜蜜的喜悦成为泡影时，我就发高烧了——我食不甘味，寝不安枕——我便憔悴了！"

多年以后，当这段往事已经失去了往昔灼痛的热度，当夏洛蒂可以用平静的心情回顾它的时候，她把这段感情写进了自己的小说《维莱特》中：

他深知我心中的哀伤，洞悉我灵魂苦恋，
心在狂热、饥渴、衰竭中憔悴，
他深知医治有方，却坐视任其枯萎——
听不见它的呻吟，看不见它正破碎。
一年一度他听到一声低语凄凄，
祈求他援助，恳请他回复；
唯有当病体奄奄，心灵疲惫，苦闷厌倦，
我才吐出那声祈求，发出那声叹息。
他木然不动似塔，悄然无声如墓。
蓦然抬头，方知我误向顽石倾诉；
我乞援于他，他却无动于衷，
我寻觅爱，他却不知爱为何物。
……

夏洛蒂最终的情感归属是一位非常安稳可靠、通情达理、但不是很有风情的牧师。她说："愿上帝使我感恩知足，我有一位善良、和蔼、眷恋着我的丈夫，而我对他的眷恋也与日俱增。"然而，这段平凡而幸福的婚姻生活只持续了九个月，在刚刚体会到真正的爱情甜蜜的时候，1854 年，夏洛蒂在与丈夫出去散步时遇雨得病，1955 年 3 月 31 日早晨，夏洛蒂因病永远地离开了人

世，这时距离她39岁的生日还有三个星期。

吴少平说，这位从约克哈沃斯荒原走来的女人，有着说不尽的美丽，也有说不尽的哀愁。她是一个执着的女人，全身心的付出不为名利，只为热爱；一个有特点的女人，外表的平凡和内心的瑰丽完美地结合在一起，耐人寻味。她因才气而美丽，因智慧而美丽，因坚强而美丽，因反抗而美丽。她的一生实在有太多的挫折与不幸，她的生活本身就是一个哀伤的故事。从幼年丧母到痛失弟弟和两个妹妹，她经历了人间最彻底的心碎；追求完美的爱情，却逃不出“多情总被无情恼”的命运；渴望有足够的时间专心创作，却因生活所迫而不得不去从事自己厌恶的家庭教师；内心渴望自由平等，但现实却让她“竭力恪尽一个女子应尽的职责”。

……

每当想起《简·爱》，想起夏洛蒂·勃朗特。我就会想起她那句“我们在上帝面前是平等的”！

一念起，万水千山。一念起，沧海桑田。当自己脑海中这些所谓的有感而发的拙劣片段从键盘缓缓流出的时候，此刻的感受是如此的复杂。在自己几十年的阅读生涯中，真真切切感觉夏洛蒂具有一支能呼风唤雨、起死回生的妙笔，以季节的容颜贴近人物内心，忽远忽近、忽稀忽疏，欲语还休，欲露还藏……

年华易逝，礁石会被海水浸湿棱角，再美的容颜也会被时间打磨褪色，只有瑰丽的文字会留下来，依旧散发着耀眼的光芒，不朽。

圣洁的《简·爱》，圣洁的夏洛蒂·勃朗特。

十七、多情的英格兰小镇

到达哈罗盖特是在黄昏时分。

哈罗盖特小镇只是我们从英格兰去苏格兰途经的一个栖息点。我们在这里只有一个晚上的时间。下榻的 Holiday Inn 大概有七八层，好像是这里最高的建筑。据介绍，哈罗盖特自古以来是英国皇亲国戚的居住地，是白人区域，这里几乎没有其他肤色的人种。人们很富足，也是英格兰治安最好的地区之一。

当我们稍加收拾走出房间的时候，整个小镇已经是灯火朦胧了。满眼是不同风格的矮矮的三角形屋顶的房子。昏黄的街灯勾勒出小镇简明的轮廓，墙砖深深浅浅的颜色使得历史的沧桑在这里显而易见。光滑的石板街巷，仿佛依然能听见昔日马蹄“嗒嗒”的声响，长满了青苔的石头房子，好像还在诉说着那些过往的缱绻。一些小店的橱窗里陈列着各式各样的古董和艺术品，让人恍若隔世。一幅穿越时空的油画在眼前延伸。

越往小镇中心走，稀疏的灯火渐渐越来越明，夜幕也越来越沉。桔黄色的灯光把街道照得温暖而祥和。街上很少看见行人，只有我们这几位匆匆的远方来客，偶有车辆静静地驶过。商店的橱窗里展示着各式各样的商品，有英国品牌的专卖店，BODYSHOP、克拉克、马莎等等。但是很少有开门的，这里的生意人只要到下班的时间有生意也不做，准时关门。欧洲商人大概都有这样的性格。整个大街小巷一片静悄悄。

这是一个恬静而含蓄的英格兰小城之夜。

小镇不大，稍微走一段路，就会看到火车站、剧院等标志性建筑。在一个 BRASSF. RIE BAR 的门口，挂满吊篮，门前摆放着

别致的椅子，同行的陈女士坐到门口的椅子上，古老的歌德式建筑门口坐着一个现代女性，她在微弱的灯光下挥着手，此举就好像是雷诺阿油画中走出来的主人。此刻月光自遥远的天空随意飘洒下来，夜色如水一样清爽。路旁一对白发的老夫妻也在对我们招手，偶尔有一两个路人笑靥满脸，温馨友善流淌在这里的大街小巷。

此时，不知道哪里传来一阵钢琴声，那么熟悉的曲调，仔细一听是《爱的协奏曲》，此刻在这样静谧的夜色中，在这个异国他乡的小镇上，能听到如此悠扬的琴声，不禁想到海顿的那句“当我坐在那架破旧古钢琴旁边的时候，最幸福的国王我也不羡慕”。

“凡声皆宜远听，惟听琴则远近皆宜”。此时此刻，我仿佛听到了这个小镇的心率。

不知不觉，我们来到了一个广场上，四周古老的建筑上有雕塑的人像，朦胧中我们看不清是谁，也不需要知道是谁，那是历史长河中一个个英国民族的魂。广场中间有个雕塑纪念塔，上面是一个尖顶的空心塔，内有雕像。灯光中我们看到这个纪念碑是立于1885年6月7日，纪念的是一位市长。我们还看到上面刻有维多利亚女皇的名字，大概是为了纪念这里某一位功勋卓著的市长，女皇赐予的一个纪念雕塑。

欧洲的国家走到哪里，都少不了教堂，当然这个小镇也不例外了。广场不远处便是教堂。灯光下彩绘的玻璃、古老的长廊，里面的雕塑都能一目了然，布置精细，色彩丰富，华丽而不失优雅大方。

小镇的中心有大面积的草地，晚上尽然望不到边。草坪旁有个标着“哈罗盖特国际中心”的广告亭子，上面印着“WALLY（豪华游艇品牌）”等各类广告，我们居然看到了一幅醒目的少林小子的广告宣传画，赫然用英语写着，“中国功夫，少林武术”。那种对这座小城陌生的觊觎顿然消失，即刻感到了几分亲近。

我们在这个静谧而温馨的小城夜色中慢慢地闲逛，总会收获惊喜。从各家各户精湛的外饰可以看出这里人的生活是很讲究的，无论是在商店的橱窗，还是民居的房前屋后，摆设和布置都很有品位。漫步在小街上，这里每条小街的景色都是不一样的，而且给人的感觉也是很幽静，很舒服。三三两两不同年龄段的人，悠闲地走着，或相拥，或轻声低语，或步履轻盈，那丝丝声音都能回荡在街巷中。一轮明月在空中穿透这里的空气，也穿透人的心。此刻，我想起了曾经走过的国内的那些小城，凤凰、丽江、阳朔以及江南水乡那些古镇，这里所不同的是没有霓虹闪烁，没有人声鼎沸，更没有那些令人毛骨悚然的嘶哑的嚎叫声。

走在小街小巷，仿佛到处都有酒吧的招牌。没有喧嚣，没有闪烁的广告，一个个温馨的酒吧名字安详地嵌在一旁。其实，早在16世纪，时尚的养生之道就在哈罗盖特盛行，这里地下泉水蕴含纯天然矿物质，小城由于许多英国贵族在这里洗温泉而闻名。如今，这些贵族的后裔们迷恋上了酒吧文化。夜幕降临，哈罗盖特小镇美酒便开始飘香。这里所有的人把泡酒吧看作比上班挣钱更重要，翻上几倍的加班费也不敌去酒吧逍遥一个夜晚。

我推开了一个酒吧的门。好大的厅堂，一屋子人。有坐的，有站的，或拥吻或闲聊着，各个年龄层次的人都有，年轻人居多，但也不乏耄耋之年的老人。整个酒吧好像有数万只蚊子似的，嗡嗡声一片。他们好像图的就是这个自由轻松的氛围。没有菜肴，没有大声喧嚣，也没有狂乱的音乐和舞蹈，一片嗡嗡的说话声。我要了一瓶啤酒，坐了一会，感觉很难融入这种文化中，对他们来说，我是陌生人，对我来说，他们是陌生的。在我迈脚出门的时候，全场突然雅静，一曲《费加罗的婚礼》，让整个大厅肃静的让人敬畏。此刻，我想到了弗兰克·德拉邦特导演的电影《肖申克的救赎》，监狱里响起的那一曲女高音仿佛天籁之音飘然而至，让所有的犯人全神贯注，忘记了身置何处。歌声响起的天空分明是灿烂的天堂，哪里是监狱。监狱都如此，更何况此

刻的酒吧，哈罗盖特的酒吧。

带上门，酒吧的歌声消失在我的身后，我感觉这个小镇是如此多情。温馨的夜色里透着一股岁月的沧桑，就像一个有着丰富阅历和故事的成熟男人，干净的外表下，隐隐透出一阵亲和的力量和雄伟，让人想起遥远的记忆断片。小镇的风韵又像一个婉约动人的少妇，楚楚的风姿让人品味成熟的魅力和优雅的品质，每一寸肌肤都溢出迷人的芬芳。那些石像、那些花艺装饰，门前的那一方修整得十分平整的草坪、那一阵飘来的琴声、那曲《费加罗的婚礼》……

返回的时候，我们尽然迷失了方向，找不到酒店的方位。很久也等不到一个行人问问路。就这样懒散的晃悠吧，走到哪是哪。一种快慰和惬意随意流淌在心头。这时，一辆小车缓缓驶过，我们招了招手，一个时髦女郎友好地停了下来，得知我们问路，她笑容可掬地用手指了指前方："Your hotel is 200 m away from here，you see，that's it."（你们的酒店200米，就在那）。车走了好远，她还回头挥挥手向我们微笑。

这里夜晚的天空黝黑而深邃，清澈静谧的小镇安然入眠。此刻，我在哈罗盖特，我在英格兰，我在遥远的不列颠，难以入眠。

今夜，头顶上的那一轮明月，分外皎洁。

十八、苏格兰情调

车过纽卡斯尔田园上巨大的雕塑“北方天使”后，不一会我们便到了英格兰和苏格兰的界碑处。车是从山下往上开的，远远望去，一块巨大的石头矗立在山顶。石头一面朝阳，一面背光，两面分别刻着“ENGLAND 和 SCOTLAND”。

我想，再往前就是苏格兰了。

车缓缓地停下，我们下车在此感受一下苏格兰情调。此刻，空气异常清新，真可谓一目千里。朋友开玩笑说，英国的空气真好，即便不是站在界碑前，仿佛也可以从英格兰的纽卡斯尔看到苏格兰的爱丁堡。我们站在界碑的高处，可以清晰地俯瞰苏格兰高低起伏的山峦，远远望去，除了地形和地貌不同于英格兰，视野所及都是草地森林，到处依然像明信片一样闪烁着大片的绿茵。看不见村庄，看不见工厂，没有农田，甚至一路就没见过裸露的土地，全是漂亮的人工草地！朋友问，英国全国都是这么大面积的草坪，那英国人吃什么呢？陪同的岑先生说，英国的农业区很少，粮食和食品，大量依赖进口。全国关闭了很多大型的工矿产业，有的改游览区了，目的是保护土地，保护环境。

“我们曾漫步山冈上，那野菊分外香；我们曾荡桨小河上，从日出到夕阳……”放眼苏格兰起伏绵延的重重山峦，大诗人 Robert Burns 的诗句在心中油然飘过。这首《Auld Lang Syne》来自于彭斯记词的苏格兰民歌，后来被配在美国电影《魂断蓝桥》中，于是它就传唱在世界各地。在中国这首“过去的好时光”还被译作“友谊地久天长”。诗人生于苏格兰民族面临被异族征服的时代，他的诗歌充满了激进自由的思想，歌颂了故土苏格兰的

秀美，抒写了劳动者纯朴的友情和爱，渗透并创造着全人类的共同意识，让人们读了难以忘怀。他的《A Red Red Rose》（一朵红红的玫瑰）已经开遍在地球的每一个角落。

此刻，这里的风很大，很冷，我张开双臂，仿佛想让这呼呼的春风把每一行诗句都吹进心脾。感觉自己好像风筝一样快要飘飞起来，可以在苏格兰的空中，大声诵咏："O，my luve's like a red，red rose，That's newly sprung in June……"

就在我们即将启程踏上苏格兰高地的时候，一阵恣意奔放的笛声在风中飘荡，那声音欢快，轻盈，跳跃。仿佛久远的音律一直在抚摸苏格兰秀美的山峦，带来千年不变的宁静……只见一位身穿苏格兰格子裙，背着一根根风笛的艺人出现在我们面前。我仔细观察，苏格兰男人裙上的格子图案十分讲究，构图的色彩、线条、间距都有特定的设计。据说每一款格子图案都象征着历史的符号，代表不同的部落或家族。就在他走近的刹那，我全身仿佛突然浸入了一种久仰的苏格兰情调，一种对异国风情的欣喜，一种对异域文化的敬畏感油然而生。风笛在英语中叫 Bagpipes，是使用簧片的气鸣乐器。每每清晨抑或黄昏，风笛声飘扬在星星点点散落的牧人小屋，点缀着葱绿的大地，人们似乎可以忘记世间一切的罪恶和丑陋，享受着和平、温馨、自由的家园……

其实，风笛在世界各地都有，但为何大家却独独记得苏格兰风笛？只因在世人心中，苏格兰风笛并不是单指乐器本身而言，它还连接着一长串代表苏格兰传统文化的历史。传说苏格兰部落之间盛行吹奏风笛的风气启于 MACCRIMMONS 的时代（关于他的事迹记录在一首著名的歌谣——"MACCRIMMON'S LAMENT"里）。詹姆斯二世在位时，各部落便是靠风笛来相互联络感情，维持传统势力以抵抗异族的侵略。风笛早已升华为苏格兰文化中不可或缺的一部分。直到今天，苏格兰的风笛曲在社会中仍扮演着一个相当重要的角色，是古老传统的历史遗存与文化记忆。由此可见，风笛是凝结古老苏格兰部族力量，维系伟大的高地传统，抵抗异族侵略的精神纽带，是可以直接聆听到的内心深处的同呼吸与共命运的呼唤。音乐是不可征服的，这种不可征服的桀骜和风骨体现在当今的苏格兰清明而旖旎的风光中，无论你走到哪里，所闻所见，所思所想，一切都仿佛依稀在风笛声里飘扬。风笛是苏格兰的灵魂，它以人人都听得懂的语言，叙述着生命的永恒记忆，讲述着苏格兰不可征服的自由心灵和往日的缱绻风云。

风笛声声中，你可以与苏格兰人共有一颗“勇敢的心”，可以与彭斯相遇，你可以走近司各特，可以追随华兹华斯踏遍苏格兰的足迹，可以拥有一颗童心去读《金银岛》，去体验探秘柯兰道尔的福尔摩斯，去感受《哈利·波特》奇幻精彩的魔法世界……

车已经奔驰在苏格兰的山山水水间。草地上一群群牛羊在车窗外不断被我们迎来送往，偶有 WOLLEN MILL 羊毛制品的连锁店在起伏的山峦中若隐若现。这是一片古老的土地，14 世纪后大约 300 年的时间，英格兰征服苏格兰，并在其统治区制定了许多侮辱性的政策，苏格兰的民族英雄威廉·华莱士，他的雕像如今还树立在苏格兰爱丁堡的城门上。导演梅尔·吉布森把英雄华莱士带领苏格兰人民揭竿起义，对抗敌人的可歌可泣的英雄故事搬上了银幕，电影《勇敢的心》感动了无数世人的心。当苏格兰风笛的声音响起，镜头像戴在鸟的翅膀上一样，优雅地掠过青色的山峦，白雾从小河上升腾、散开，树林间出现了人和马的影子，电影就开始了。一个男人的声音在此时响起：“我将为你们讲述威廉·华莱士的故事，英国的历史学家们会说我在说谎，但历史是由处死英雄的人写的……”电影中风笛声悠扬得有些感伤，低缓时如流水潺潺，高昂时好像要穿透心际。苍凉落寞，人声散尽远去，一个人提刀而立，风过之处，卷起尘土飞扬。

历史已经远去，战争时期留下的残垣堡垒已经像古老符号苟延在绿色的大地上，眼前是一片高地，湖区，森林，从城市中开

阔的绿地公园到小镇上花语融融的田野庄园，从高地清澈的山涧湖泊到岛屿上惊涛拍岸的礁石海湾，处处都像幅天赐的自然画卷。看过一些苏格兰的风情介绍，得知苏格兰人崇尚自然，不过分追求物质享受。他们至今保存许多与自然和平相处的生活方式，比如苏格兰传统高地竞技比赛就是其中一种。该活动诞生于700多年前，其原型是抛木杆比赛。苏格兰人在树林伐木后，把长木杆搬到河边，然后把木杆抛到河流，使其横跨水面顺流而下。高地竞技比赛于每年夏天（6—8月）在苏格兰高地举办，除寓于娱乐之外，更是一场欢度节日的传统苏格兰文化盛会。在这些活动中，除了有苏格兰男人展现力量的角力比赛，还可以欣赏到大不列颠最显著的文化象征——风笛和苏格兰格子短裙舞蹈。

苏格兰的旅程如梦幻一般在眼前展现，我一边欣赏路旁的风景，一边回想那些读过的历史和文化。此刻，想起了多萝西·华兹华斯创作《苏格兰旅游回忆》。大诗人威廉·华兹华斯在苏格兰的旅迹不断被脑海追忆和搜索。19世纪初的苏格兰，处在一个贫穷落后的社会现实与千姿百态的自然美景形成极大反差的时代。1803年8月14日，威廉·华兹华斯与妹妹多萝西·华兹华斯、诗人萨缪尔·柯尔律治结伴开始了历时40天的苏格兰之旅。

我们——来自远方的游客
在这陌生的土地上游逛……
头顶上有这片青天引路
哪怕一路上无村无店
谁又会萎缩，止步不前？……

这是威廉华·兹华斯1805年6月到苏格兰旅游两年后写下的诗句。他们从昆布兰出发，首先访问了彭斯的故居，沿途又游览了诸多地点至爱丁堡，拜访了瓦尔特·司各特，然后回到他们的出发地格拉斯米尔。这一个月又十天的旅程为多萝西·华兹华斯创作《苏格兰旅游回忆》提供了丰富的素材。多萝西以浪漫主义的笔调，以诗人的眼光诠释苏格兰的美，尤其对苏格兰境内众多湖泊的描写更是独具一格，各尽其妙。小客栈的女店主、渡船夫、铁匠等等也被多萝西刻画得细致用心。他们淳朴、善良的性情给人留下了深刻的印象。她以聪颖的视野捕捉生活中一闪而逝的瞬间，对自然的描绘充满想象力，她的散文语言优美得像诗歌一样。一颗美好的心和时刻准备发现美的眼睛，笔尖流淌出那些美好的文字成了我最早关于苏格兰的唯美印象，让我心驰神往。

“爱丁堡到了”。朋友把我从历史和文字中拉回到现实。抬头看见迎面大巴上的“Edinburgh Express 43”，爱丁堡确实到了。街头不时飘来的风笛声，让我的心情更加欢愉，忘记了苏格兰曾经的历史和往事。街旁苏格兰格子装饰到处都呈现出一种独特的文化魅力，贴近心灵深处悠扬的风笛声，给人以轻松，让人在自然的氛围里体现出生命的安宁和幸福。爱丁堡，苏格兰的政治文化中心。远远望去，碉堡上那时隐时现的城垛、冰冷的火山岩和高耸的山峦，气势令人慑服。

有人说：“没有比爱丁堡更适合称为不列颠王国首屈一指的地方；没有比这里更高贵迷人的景色。”

十九、古堡托起的缱绻往事

在爱丁堡，从城市的每一个角落几乎都能看见耸立在黑色火山上高高的城堡，它占据了爱丁堡市中心的制高点，远远望去，庄严肃穆。一看便知道，这座城堡在历史上是这个城市的天然要塞。爱丁堡城堡是英国最古老的城堡之一，坐落在一座死火山上，三面是悬崖，只有一面斜坡可以出入，只要把守住位于斜坡的城堡大门，便可固若金汤。

我在黄昏时分顺着斜坡走进城堡，感觉四周被阴森森的空气锁住，整个石头垒砌的城堡在逆光中格外幽暗阴沉，一两只海鸟在头顶上慢慢滑过，让人顿时感到有古堡幽灵的阴气和冷清，一股直达心底的寒意直袭过来。

这是一座历经700年风雨沧桑的古老城堡，曾经的历史已经离我们远去，但眼前的城堡因为经历了太多战火的洗礼而显得沧桑厚重，它在政治和文化上的地位难以被取代，往日的记忆还在眼前，故事依然鲜活。它曾经作为堡垒、皇宫、军事要塞和国家监狱存在于不同的历史时期。历史上，英格兰和苏格兰的恩恩怨怨从未间断，几个世纪以来，在苏格兰和英格兰的漫长争斗历史中，爱丁堡人表现出来的强悍和不屈的精神，体现了整个苏格兰人追求独立的不懈精神风貌，而这座堡垒就是这种自由精神的浓缩和历史见证。爱丁堡城堡在6世纪时成为皇室堡垒，1093年玛格丽特女王逝于此地，爱丁堡城堡至此成为重要的皇家住所和国家行政中心，延续至中古世纪一直是英国重要的皇室城堡之一，一直到16世纪初荷里路德宫落成，取代爱丁堡城堡成为皇室的主要住所。

站在城堡中可以俯瞰整个城市，瞭望远处的北海。城堡内部有皇冠展室，里面展示有苏格兰皇冠、皇杖以及宝剑等王位继承信物，苏格兰国家战争纪念馆，里面收藏各种武器，囚禁拿破仑时代入侵战犯的监狱，女王接待大厅等。古堡外的院子里面向海的方向摆放了几门大炮，仿佛使人看到战争的硝烟曾经弥漫在苏格兰高地。

然而，坚固的城堡也许能有效地抵挡外界的厮杀，但却无力阻拦内部权势的乱象。曾几何时，权势、贪欲、名利、私恨、阴谋在城堡里疯狂滋长。城堡内灰暗的角落，依然留有往日血腥的痕迹。1440 年的黑色晚宴中被弑的道格拉斯伯爵兄弟，那颗象征死亡的牛头不甘瞑目的惨状依然嵌在阴冷的石墙上，现代光电投影重复再现那场杀戮，仿佛绝望的惨叫在刀光剑影间挣扎，至今依然令人心惊胆跳……

玛丽女王因前夫去世，她从法国重返苏格兰，再嫁英国贵族唐莱，但又同贵族波斯威尔相好。1567 年 2 月，苏格兰宫廷突然发生爆炸，唐莱被炸死，4 月波斯威尔同妻子离婚，5 月玛丽女王同他结婚。这一连串闪电般的宫廷事变引起了苏格兰国内普遍的不满，叛乱爆发，玛丽兵败，逃亡英国。伊丽莎白欢迎她的到来，但拒绝帮助她重登王位。玛丽想杀死伊丽莎白，重登苏格兰王位并继承英格兰王位。但伊丽莎白很快识破了她的阴谋，软禁玛丽了近 20 年，直到最后玛丽直接威胁到英国的稳定，伊丽莎白这才征得到玛丽的亲生儿子、苏格兰国王詹姆斯六世的同意，把她送上了断头台。

王室皇宫依然保留着当年玛丽皇后寝宫的模样，当年，她就是在这儿生下了“大义灭亲”的儿子詹姆士六世。这里展示着所谓的“苏格兰的荣誉”（THE HONOURS OF SCOTLAND），包括了詹姆士四世以及五世在 16 世纪所拥有的王冠、宝剑和权杖。这是当今英国所能找到最古老的皇室冠冕。这些用钻石、黄金、珠宝精雕细刻的皇权标记，不但看上去诱人，而且背后

隐藏的权力和财富更让人惊心动魄。苏格兰与英格兰纠缠千年的民族恩仇也多是由它而发的。如今皇权依旧，但刀光剑影已经淡去。

古堡里的苏格兰战争博物馆用各种实物和图片叙述苏格兰的军事演变历史。从最初苏格兰对抗英格兰到加入大英帝国南征北战，他们横扫全球，表现得异常勇敢。那些军服虽然式样有些差异，却都非常漂亮、精致，宣扬着做一名苏格兰士兵的光荣和骄傲。那些闪现着血光的勋章足以证明大英帝国曾经的“辉煌”。

战争总有胜败，而胜者又必然会将战利品拿来炫耀。这里战利品最丰厚的时代要算苏格兰紧随英格兰在全球各地大力殖民侵略的时代。其中，也包括八国联军入侵北京那段不光彩的强盗历史。展柜里大清龙旗以及那些所谓的来自遥远中国的“战利品”，让我的心头涌起难言之隐，一阵痉挛般的痛楚仿佛窒息一般。

……

从城堡出来东行，就是古代专为皇室开辟的皇家哩大道（ROYAL MILE），它连接城堡与皇宫，一路上古老的房舍依地势高低起伏而建，无不诉说着爱丁堡风雨飘摇的历史烟云。

圣十字皇宫（PALACEOF HOLYROOD HOUSE）是16世纪英国皇室的行宫，玛丽女王当年由法国回到苏格兰时，除了在爱丁堡，大部分的时间都是在这宫中。这是1500年由她祖母玛格丽特开始建筑，她父亲詹姆斯五世所完成的，深受罗马风格的影响，有漂亮的拱门回廊，玛丽还引入了法国宫廷的高雅风格，布置了著名的壁画、天顶画，名贵的家私。行走在幽暗阴森的旧日皇宫的高墙下，仿佛能感觉当年玛丽的奢侈生活，她那日渐飘起的野心和狂妄或许就是在这骄奢淫逸的宫廷中得以苟延残喘。

走完皇家哩大道，向北可以到王子街（Princes St），雄伟的哥特式尖顶的司各特纪念塔（Scott Monument）是大街上比较突出的建筑之一。走在爱丁堡旧城和新城的每一个地方，只要一抬头，就能看见这座黑色恢宏的哥特式纪念塔，里面供奉着瓦尔特·司各特的大理石坐像。他身穿长袍，神情凝重，身边卧着他的爱犬。纪念碑中雕有司各特小说各类人物。这座纪念塔是1844年为了纪念这位伟大的文学家（1771—1832）而建。被称为“北方魔术师”的司各特，一生写了30多部历史小说巨著。他的小说情节浪漫复杂，语言生动流畅。后世许多优秀作家都曾深受他的影响。他颂扬流浪汉、疯子和乞丐，他相信预言、预兆，被迷信搅得神魂颠倒。他认为，这个世界上存在着多种文化，他的小说人物通常都是挤在两种不同文化中挣扎而无法取舍。他跟当律师的父亲学过法律，又跑去当骑兵、研究文物、阅读各种文字的书籍，他与拜伦是好友，经常采用诗歌咏颂苏格兰迷人的传统生活，把苏格兰的风俗与特有的自尊心传到世界各地。他成功的作品赚得巨额的收入，到了晚年却又贫困潦倒地结束了一生。

这座黝黑的纪念塔仿佛告诉人们岁月赋予司各特塔以灰黑的石色，黝黑或许能表达人们对司各特传奇人生的诠释与敬仰。塔下，穿着红黑相间的格子裙的苏格兰风笛手，在那里演奏。悠扬的风笛声，把古老与淳朴、浪漫与现实的旋律送入空中，好一幅流动的油画，把历史的天空与现代的氛围融合在这古老的王子街。

走在王子街，整个城市呈现历经风雨的黑灰色氤氲遍布大街小巷。不论走到哪里，这种色调在石板路下延伸，在全城几乎所有房屋的墙面上昭示着曾经的沧桑。特别是那些古塔和教堂尖顶，几乎都已经看不出石头本来的色彩，它们被岁月和风雨磨蚀成黑灰相间的幽暗，哪怕投去一瞥也会产生惊鸿一现的苍茫感。想必是经历了太多风风雨雨的洗礼，也许总愿意追忆似水流年的苏格兰人很爱这一点，任由这些黑色在市井中自由地浸染。

你看，那不是大卫·李嘉图铜像吗？哦，还有休谟的铜像。他们从中世纪的石板路上走来，在踽踽独行的探索之中释放了多

少人类的才华和智慧。数百年过去了，爱丁堡依然保留了他们当年苦思冥想的街景，只是时过境迁，换了另一番人间。

St. Gile 教堂的钟声响了。路边的咖啡馆亮起了温和的灯。街旁的酒吧里集聚了越来越多的人，浓烈的威士忌酒香浸润着爱丁堡人的心情。苏格拉风笛依然声声飘荡在古老的街巷。这是爱丁堡一天最温情、最浪漫的时刻，几百年不消失。

沧桑与凝重，静谧与坚韧就是千年的爱丁堡。

二十、这里书香四溢

“爱丁堡旧为苏格兰首都，现在只是一个教育中心，没有黑气冲天的烟囱，也没有琳琅夺目的珠宝店。居城而有乡村风味，天气好的时候，你如果想到乡下或海边走一遭，费半点钟也就到了……大家大部分的精力都费在听讲读书方面。”这是20世纪20年代，我国著名的美学大师朱光潜先生在爱丁堡大学留学的时候对爱丁堡所作的描述。

离朱先生所处的时间，已经过去了近百年的光阴，爱丁堡与大师描述的情况依然基本相同，没有什么变化。这个被称为“北方雅典”的“欧洲最漂亮城市”16世纪初作为当时的文化中心而迅速繁荣，18世纪已经是欧洲文学、艺术、哲学和科学中心。

不少拥有世界声誉的学术精英、作家、医生和发明家在这里出生，或在这里读书、工作或进行学术研究。古典经济学大师亚当·斯密、哲学家大卫·休谟、进化论奠基者达尔文和电磁学理论家麦克斯韦曾在这里生活和学习；1768年，威廉·斯迈利在这里出版了《不列颠百科全书》。爱丁堡作家司各特、《金银岛》的作者斯蒂文森和以福尔摩斯侦探小说而闻名于世的作家柯南·道尔，至今在世界范围内仍拥有广泛的读者。当然还有乔安娜·罗琳的“哈利波特”……名人旧居、名人纪念碑、雕塑等在爱丁堡市内到处都是。

18世纪中期，亚当·斯密在《道德情操论》中就竭力要证明的具有利己主义本性的追逐利润的资本家是如何在资本主义生产关系和社会关系中控制自己的感情和行为，尤其是自私的感情和行为，从而建立一个有必要确立行为准则的社会而有规律的活

动。他的《国富论》所倡导的是私有制和竞争机制，只有人人在此竞争的环境中，才会有一只“看不见的手（指市场）”使社会资源分配达到最佳状态。

大卫·休谟1711年4月26日生于苏格兰爱丁堡的一座公寓里。年仅12岁时就被家里送到爱丁堡大学就读。年幼的他就发现自己有了“一种对于学习哲学和知识以外所有事物的极度厌烦感”。18岁时休谟的哲学研究就获得了重大突破，使他得以让自己彻底面对这个“全新的思考领域”，也使他下定决心“抛弃其他所有快乐和事业，完全奉献在这个领域上”。《人性论》《人类理解论》的巨大成功足以说明爱丁堡给了他深思熟虑的土壤。爱因斯坦都说他在构思相对论时便是受到了休谟的影响和启发。

在爱丁堡的街上闲逛，放眼远处奇特的山峦和温情的北海海岸，你仿佛能捕捉到16岁的达尔文逃学医学课，“游手好闲”、“不务正业”，到野外采集动植物标本的淘气少年的身影。这里大自然的妙趣横生给了他无穷的智慧。《物种起源》《人类的由来》等等一列科学巨著变模糊为清晰，化复杂为简单，不难看出这里的山山水水对这个博物学中最伟大的革命者带来大自然的启蒙。

……

“司各特先生，您更是一个很有才华的作家，您应该把时间更多地花在写作上，因此我决定免除您的债务，您欠我的那一部分钱就不用还了。”司各特说：“非常感谢您，但是我不能接受您的帮助，我不能做没有信用的人。”事后，他在日记本里这样写道：“我从来没有像现在这样睡得如此踏实和安稳。我的债主对我说，他觉得我是一个诚实可靠的人，他说可以免掉我的债务，但我不能接受。尽管我的前方是一条艰难而黑暗的路，但却使我感到光荣，为了保全我的信誉，我可能困苦而死，但我却死得光荣。”由于繁重的劳动，司各特曾经病倒过。在病中，他经常对自己说：“我欠别人的债还没还清呢，我一定要好起来，等我赚了钱，还了债，然后再光荣而安详的死。”

这就是出生于爱丁堡的英国著名历史小说家沃尔特·司各特，他自幼患有小儿麻痹症导致终身腿残。由于幼年多病，他长期在苏格兰山区修养。这对他后来从事历史小说创作，激发他的想象力产生了决定性的影响。他曾花费很多时间游遍苏格兰各地，广泛了解苏格兰的过去、现在以及风土人情，采集了大量民谣。他被人们称为“小说巨匠”和“桂冠诗人”。他的长诗《玛密恩》《湖上夫人》和《无畏的哈罗尔德》以及小说《艾凡赫》《威弗利》《清教徒》《罗布·罗伊》《米德洛西恩的监狱》和《拿破仑传》等，至今依然受到人们的青睐。他笔下出现了许多令人难忘的劳动人民的形象，他写的下层人民的形象生动、丰满。他对历史进程持保守观点，倡导用妥协办法调和社会矛盾。在揭露苏格兰人民所受的民族压迫的同时，又美化了苏格兰古老的宗法制社会。他的历史小说气势磅礴，宏伟壮丽，反映了英格兰、苏格兰和欧洲历史重大转折时刻的矛盾冲突。在他的笔下，历史事件毫不枯燥，总是和故事人物悲欢离合的曲折遭遇有机地结合在一起。

他一辈子虽然很贫穷，但是人们都很尊敬他……

“我整个儿童时代和青年时代一直在为一个目标忙着，那就是练习写作。我的口袋里总是装着两个本子，一本是阅读的书，一本是写作的本子。”这是出生在爱丁堡的小说家，《金银岛》的作者罗伯特·路易斯·史蒂文森。如果说中国的孩子是看着《西游记》长大的，那么美国的孩子就是看着《金银岛》长大的。《金银岛》（又译《宝岛》），他告诉读者最宝贵的不是金银，而是人性的爱和正义感。吉姆对人友好，善恶分明，在夺宝的斗争中激发了他的机智和勇敢，最终取得了胜利。故事情节惊险曲折，人物形象鲜明生动。《金银岛》历经百余年而魅力不衰。

史蒂文森一生著述十分丰富，有诗篇，也有小说。他是个懂得孩子心理的文学巨人。

中国大部分人在孩提或者年轻的时候，都读过阿瑟·柯南道

尔的经典侦探小说《福尔摩斯探案全集》,《冒险史》《归来记》《最后致意》《新探案》《血字的研究》《恐怖谷》《巴斯克维尔的猎犬》等等让人们记忆犹新。这位出生爱丁堡的侦探小说家塑造的福尔摩斯已成为世界上家喻户晓的人物。就连福尔摩斯的办公地点——伦敦贝克街221号B也成了旅游景点。他的推理引人入胜,结构跌宕起伏,人物形象生动鲜明,从另一方面也记述了当时英国社会的现实状况。

英国著名小说家毛姆曾说:“和柯南道尔所写的《福尔摩斯探案全集》相比,没有任何侦探小说曾享有那么大的声誉。”

24岁的乔安娜·罗琳在由前往伦敦的火车旅途中,奇遇了一个瘦弱、戴着眼、腼腆的黑发小巫师,一个属于她的童话故事就开始了。她笔下的那个戴着眼镜的小魔法师以迅疾的速度开始在全球蔓延。这个出生爱丁堡的年轻女人在开始写《哈利·波特与魔法石》时,连自家的暖气费也负担不起,时常到附近的一家尼科尔森咖啡馆里,把哈利·波特的故事写在小纸片上。然而,今天的世界,多少人还在臆测哈利·波特的未来,想象着那个充满魔法的霍格华兹魔法学校……小说的描述与现实世界中爱丁堡的沉重、古老、灵奇都有着某些相似之处。乔安娜·罗琳,这个富有想象力的苏格兰魔法妈妈把欢笑与泪水带给了无数世人,也给世界带来了一个美丽的梦。

爱丁堡的夜色也是阴郁的,天空沉闷。海鸟落脚躲在亚当·斯密或者约大卫·休谟高耸的雕像下。深夜也许会有小雨,或许风很大,街头会有醉汉,但这里的夜绝对是平安静谧的。你有可能在城堡的墙根下迷路了,那弯曲的鹅卵石路会引着你走上一个斜坡,拐过一个教堂,往前延伸的都是17、18世纪的街灯或者房屋。除了教堂,教堂所处的小村落也很有趣,它是1997年全球第一头克隆羊多莉诞生的地方。但多莉没有为当地带来太多贡献,产生巨大社会效应的是《达·芬奇密码》的诞生……

刘易斯·格拉西克·吉本在那本耗尽了他短暂一生的小说

《苏格兰人的书》里写过这样的话："在东边，衬着深蓝色的天空，是北海的微微闪光，也许在个把钟头左右，那儿的风就会转向，夹带着来自海上的寒气，你就感觉得到生活的变化和事物的无常……"朱光潜先生谈到在爱丁堡求学生涯的时候这样说，他们的读书会往往这样举行，"春秋假日，尝裁柬相邀，虽然供奉的只是一杯例茶，而客中有此点缀，正可大破岑寂。"

这就是爱丁堡，过去的爱丁堡是这样，现在的爱丁堡依然是这样。

也许你躲雨的那个屋檐下，说不定这里就挂着一个生锈的铜牌，告诉你这里正是罗伯特·斯蒂文森当年写下《金银岛》的小屋。也许你经过的房子上有一块牌子，上面写着："亚历山大·格雷厄姆·贝尔——电话的发明者——1847 年 3 月 3 日出生在这里。"《哈利·波特》的咖啡店或许就在不远处，屋内品味咖啡的人们同时还品味着文化和历史，他们手上捧着的是《道德与情操》《人类的由来》？还是《金银岛》《达·芬奇密码》《哈利波特》？

古堡、王宫、画廊、博物馆、歌剧院还有大学府都在这仅有的匆忙光景中擦肩而过。只是在这夜色苍茫中，从这个城市的空气里能嗅到与众不同的气息和韵味，能体验一座古城厚重的历史和深沉的文化，每走一步都能闻到书卷之气，书香飘溢……

二十一、长椅上飘来的风

爱丁堡以王子街为界，分为新城和旧城。旧城与新城在1995年均被列入世界文化遗产名录。其实，所谓的新城也是18、19世纪兴起的，毫无“新”意，没有我们意想中的“现代化”，它只不过与旧城的风貌有所不同，旧城区密布着中世纪时期的教堂、堡垒和各式建筑，悠长如梦。新城是18世纪以来的新古典主义风格，两者有反差，但却和谐并存，使爱丁堡具有独特的气质。我认为，从某种意义上来说，是“古城”与“旧城”之分。

现在的爱丁堡是“旧城”与“新城”一起形成一种整体效果的古朴典雅的城市，不规则的中世纪“旧城”与几何形设计的“新城”有一个鲜明的对比，连接两者之间的主要部分是绿绿葱葱的公园。走在爱丁堡的街道上或者公园里，与众不同的是，你会看到在公园、街边、公共汽车站旁，布有各式各样的长椅，这些长椅全部都是由普通百姓捐赠，而不是市政建设。在椅子醒目的位置还镌刻着捐赠者的姓名和留言。

“女儿今天来到人世，我们祝她快乐成长。露丝的父亲母亲捐。”

“纪念哈里·史密斯先生。本椅由他的妻子玛格丽特捐赠，愿所有在此休息的人感到满足和幸福。”

“怀念布鲁士·哈特教授，卒于1985年7月1日。爱丁堡艺术学院音乐系敬赠。”

“庆祝爸爸今天丢下拐杖。汤姆·格思的女儿艾丽丝捐赠。愿天下所有的人都能健康地行走。”

“纪念克拉克·迈肯锡先生创立了艾博化学公司，公司董事会捐。”

“我们今天结成百年之好，愿天下有情人爱到永远。詹姆斯和露丽捐。”

……

坐在王子公园狭长的河谷，看着这一独特风景的排排长椅，感叹人间的爱和情在无声的延续。长椅上镶嵌着林林总总的留言，记述着五花八门的捐赠缘由和形形色色的捐赠人物。在这些光怪陆离的留言中，体现出爱丁堡人的孝道、情爱和友善，更体现出爱丁堡的古老、厚重和精致……

我们沿着王子街向东走到尽头，就来到郁郁葱葱的卡尔顿山(Calton Hill)。远处的城堡巍然矗立，守护着小城日日夜夜的宁静。向东则可以看到蔚蓝的北海福斯湾上的点点白帆。卡尔顿山其实就是一个小山丘，山顶的正中央伫立的国家纪念碑，是模仿雅典帕提农神庙，纪念拿破仑战争中的牺牲者而特意修建的纪念碑。纪念碑当年因预算不足而未完工，仅有一排巨大的立柱支撑着横梁。然而这座仅有一个框架的纪念碑在夕阳的金色余晖下，散发着一股浓烈的神圣的气息。凝视着它，脚下爱丁堡的沉毅、厚重、坚实是那样意味深长而不动声色，古老沧桑但生机勃勃，神秘莫测又气宇轩昂。

走累了，想停停。就在这风和日丽的黄昏时刻，我又一次坐到了卡尔顿山的长椅上。

我细细打量这木椅，和国内公园的一些椅子并没有多大区别。朴素的造型，宽大的空间，给人以闲适和放松。然而，镶嵌在靠背上的一块铜牌，让我眼眶有点湿润。我原以为是木椅的商标，仔细看，原来是捐资设立者的留言：

“亲爱的爸爸妈妈，我们永远爱你们!”落款是某人和妻子儿女。

“想念你，我的爱犬，基米亚。”这是100米外另一个椅子上的铜牌。

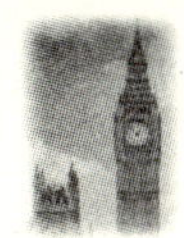

“女儿，你是上帝给我们最好的礼物。”又一个椅子上的……

此刻，我身临这座基本由石头建起的黑黝黝的古老城市，石头、钢筋和水泥是冷漠的，历史的沧桑让这座城市拥有太多的斑驳和烽烟。然而，在这长椅遍布的市区，我被爱的细节充盈着心胸，被爱的无声语言覆盖着。长椅弥漫着温暖和爱，城市因之而温馨生动。散发着迷人的气息。

如今，每当我看到公园里的椅子，我都会想起爱丁堡。在那里，走累了，便可坐到城市一角的长椅上，深深吸一口海风，市井盈盈如握，那些写在椅子上温馨的话语仿佛情如潮水，经徐徐的海风一吹，点点滴滴便飘落在栖息的长椅上，暖暖的情意即刻会生根发芽，满城芳香。

眼前，古老的纪念碑脚基上坐着一对情侣，以庄严的立柱和湛蓝的天空为背景，女孩随风飘逸的长发和男孩清秀俊朗的容颜，在阳光的映衬下，如梦如幻。他们时而深情拥吻，时而窃窃私语。天边金色的夕阳如同薄纱一般也亲吻着幽暗古老的街巷，长椅沐浴在五彩斑斓中，我坐在长椅上，感受着北海飘来的微风，分享着爱丁堡的温情与欢乐，也分享着古朴与现代叠加起来的柔和之风……

此刻，我坐在卡尔顿山上的长椅上，前面是北海的福斯湾，脚下是千年的爱丁堡。

二十二、夜宿 FIFE 王国

在卡尔顿山上待了好久，一看阳光，觉得已经时候不早了，于是，我拎着一包地道的“苏格兰格子”，把灵魂与肉体的爱丁堡一同装入行囊，悠然地向酒店走去。

我们下榻的 Queensferry Hotel 酒店坐落在一个叫 FIFE 的地方。不远处就是横跨福斯河入海口上著名的爱丁堡铁路大桥和公路大桥。晚上在酒店外的花园里散步，才发现有个广告牌子“Welcome to the Kingdom of Fife”（欢迎来到法夫王国）。

关于历史上的法夫王国，我知之甚少。只知道法夫（FIFE）是英国苏格兰 32 个行政区之一。法夫是一个半岛，北面是泰河及其入海口，南缘则是福斯河及其入海口，这里被福斯湾、泰河湾和北海从三面环绕，进出法夫的交通基本全部要通过两条河流上的三座大桥。远处传来隐隐约约的“轰轰”声，是大桥上缓缓行过的汽车声，声音过后，这片“王国”显得异常安静。法夫同样以苏格兰最古老的圣安德鲁大学而出名，威廉王子曾在此学习过。世界上最古老的高尔夫球场也在这里。

一座古老的海边城堡和法夫美丽的海岸线，两条跨海湾的大桥在夜色中犹如两条莽莽巨龙，越发使这里的夜晚美妙而神奇。

福斯河铁路大桥的两端分别叫作南女王渡口和北女王渡口。两岸的人们过去一直是靠着渡船来往的。后来有了蒸汽机车和铁路，人们开始想要在福斯河两岸之间架一座铁路桥。所以，位于这个古老渡口不远的地方兴建的酒店叫 Queensferry hotel，就不难揣摩了。

1879 年，苏格兰另外一座河上的铁路桥在大风中坍塌，造成

一列夜班火车上 75 名乘客和工作人员的死亡。因此人们要求，新建的福斯河铁路桥永远不可倒塌。于是工程师们决定采用悬臂结构，建起了这座狂风也难以撼动的坚固大桥，而其造价也是惊人的昂贵。正因为此，悬臂结构的桥梁在世界上甚为罕见。这也是世界上第一座钢架桥，全长 2.5 公里。大桥于 1883 年开工，用了 7 年时间、54000 吨钢、6500000 个铆钉，花费了 300 多万英镑，损失了 57 条生命，才于 1890 年 3 月 4 日，由当时的威尔士亲王、后来的爱德华七世敲入最后一颗镀金铆钉，宣告建成通车。1964 年 9 月 4 日，由女王伊丽莎白二世主持，在福斯河铁路桥的西侧，公路大桥建成通车了。这是欧洲最大的吊桥。与此同时，运行了数个世纪的渡船正式走向历史。随便摩挲一下，苏格兰到处都是沁人心脾的不朽历史。

一阵节奏奔放的音乐把我带入了酒店的舞厅，门边一看，才知道这是酒店员工举办的私人舞会。从他们的眼神中我便可得知，他们不希望我这个陌生的东方人走进他们中间。一对对穿红挂绿的男女，神采飞扬，肆意地随着音乐似舞非舞，那疯狂的神态分明是在告诉我他们是法夫王国的国王和皇后。音乐停下的时候，原本躁动的大厅，突然雅静下来，只有亲吻声在这夜空中默默延伸，怪怪的，让人心颤。我突然感觉人与天就隔得那样近，又觉得分外遥远。早春三月的阵阵海风，有点凉得透心，穿透心情的同时，也穿透岁月和时空。也不知道为什么，自己问了自己一句，这是哪里？我怎么到了这么遥远的地方来？来干什么？

从英国回来，整理在苏格兰写下的一大堆流水笔记的时候，依然能回想起那晚的心情。一种异域文化的冲击至今还在我的心头泛着涟漪。

……

又是一个春天的早晨，浓墨丹青的爱丁堡，褐色山峦，幽暗的古堡在轻薄的雾霭中不轻易间就被我置于身后。凝重的历史和传统的坚守，人们那颗被炮火和风笛浸染的心，被格子和文字包装的内在和外表，让我有着强烈的震撼。离开爱丁堡，我一直在想，古老而又伟大的苏格兰民族，它没有被罗马征服过，也没有被英格兰所驯服，然而战争与灾祸的频繁袭扰，却铸造了这个民族的坚强与桀骜。他们所特有的深情隽永在苍茫岁月中显现的顽强，造就出他们永久的禀性，受世人尊敬。城市、山峦、河流、森林，以及那些优美酸楚的旧日传说和悠悠往事更像一幅古老的油画，在我心中永久珍藏。

爱丁堡的魅力是不能用语言来表达的，或许你可以坐在长椅上，任凭海风吹拂，用心来慢慢体会他所经历的沧桑和珍藏的深情。

二十三、格子网起的无边岁月

在苏格兰，在爱丁堡，到处都可以遇见身穿苏格兰格子裙，一串风笛背在身后的艺人。如今，每每提到苏格兰，人们自然就会想到风笛和格子呢，仿佛少了这两样东西苏格兰也就少了应有的味道和风情。

有人说，如果能读懂苏格兰的格子，就可以根据苏格兰人身上穿什么样的格子判断出他的姓氏、家庭背景、要去参加什么活动，甚至在哪里工作。在世界纺织界有这样一种说法“苏格兰格子，等于一部大英帝国的历史”。早在1700年前，一位在苏格兰行医的医生在日记中写道：“苏格兰的格子带有明显的地域特征，同一地域的人穿着相同的格子服装，外来人可以通过苏格兰人身上所穿着的格子服饰，辨别出他来自于哪个地区。”可见，苏格兰格子在1700年前已经普及。考古研究证明，最早的格子图案是在苏格兰中部出土的，距今有1700多年的历史。

苏格兰作家马丁·马丁在1703年出版的《苏格兰西部群岛》一书中写道，苏格兰格子呢可被用来区分不同地区的居民，“岛屿和大陆的高地居民穿着并不一样，在岛屿之间，各种格子呢的‘经密’和颜色也有不同”。在格子诞生的初期，这些条纹构成的图案只是苏格兰人日常服装的装饰品。由于某个地区范围内的人们都穿着当地纺织作坊织出的格子，所以人们身上穿的格子可以表示出自己来自某个地区。历史上，这片土地历经战火的磨难，格子也一度成为人们在战争中辨认敌我的符号。电影《勇敢的心》中，威廉·华莱士身披格子披肩，横刀立马的场景感动了无数世人。

1746年，著名的库勒登战役中，穿着方格裙、勇猛的苏格兰战士给英格兰人留下了难以忘却的印象，苏格兰格子也从此被认作苏格兰文化的一部分，并开始流行起来。从 1746 年到 1782 年，英国政府禁止苏格兰高地的男人穿着方格裙。但是，这一禁令并没有阻止格子的普及。苏格兰格子继续在苏格兰和英国的其他地方流行起来。至今，美国、澳大利亚和新西兰的一些地方还设定每年的 7 月 1 日为“苏格兰格子日”，以纪念 1782 年“禁裙令”的废除。男女老少，头插羽毛、身穿格子裙、吹着苏格兰风笛，喊着“勇敢的心：男人穿上裙子”的口号，在这一天庆祝“苏格兰格子日”。

1822 年，英王乔治四世穿着苏格兰格子巡视了苏格兰，并且宣布“让所有英国人都穿着自己的格子”。到 19 世纪末，几乎所有稍有地位与身份的家族都有了属于自己的苏格兰格子图案。英国甚至专门成立了苏格兰格子注册协会，将这些私有性质的格子登记在案，每一种格子的背后，都代表着一个家族。

与人一样，格子也有高低贵贱之分。例如，维多利亚女王的日耳曼丈夫是苏格兰格子的狂热爱好者，由他设计的“灰底，黑红白细条纹”格子图案成了英国皇室的格子，代表至高无上的尊贵，至今仍是女王御用的“皇家格子”。还有特别为皇室成员定制的“红绿格”图案，被称为“贵族格”；家族首领也穿着与众不同的格子，以示身份，称为首领格子。还有黑灰格被称为“政府格”，葬礼仪式上穿着用的一般是灰底黑白线格；用以运动和打猎时的格子是以棕、黑等深暗色为主……如今，家族观念在苏格兰虽已淡薄，但这些拥有特殊意义的格子图案仍被保留了下来。

KILT（“基尔特”方格呢短裙），是用不同染色羊毛按照图案梭织而成的格子呢制作的。每个苏格兰群落都有自己特有的色彩和图案，这种色彩和图案成为每一个苏格兰人的归属标志。它就像织在服装上的文字一样，诉说着每一个苏格兰族群的历史。这是一种从腰部到膝盖的短裙，用花呢制作，布面有连续的大方格，而且方格要鲜明地展现出来。在苏格兰人看来，“基尔特”不仅是他们爱穿的民族服装，而且是苏格兰民族文化的标志。

如今，每当苏格兰高地的居民喜庆联欢会时，他们总是穿上漂亮的方格裙，披上斗篷，头戴黑毛高冠，左边插一支洁白的羽毛，腰上配一支黑白相间的饰袋，穿着白鞋罩，短毛袜，一条不过膝的裤子，奏起欢快的风笛，跳起“辛特鲁勃哈斯”舞蹈，一股浓郁的苏格兰民族风情扑面而来。格子服装在苏格兰已超越了春夏秋冬，那种奔放、古典、刚毅、明快的韵味，那种傲视时空的经典几乎成了苏格兰的象征，是苏格兰历史长河中不老的图腾神话，是苏格兰真正的旗帜。

带着一种对历史的敬畏和好奇的心情，我走进了爱丁堡的格子呢展览馆。这个展览馆从外面看好像是卖格子呢制品的，里面却别有洞天，大概有四层，上面两层是卖各种格子呢成品，第三层是各种花色的格子呢布料，游客可以选择自己喜爱的花色来定做想要的东西。第四层就是加工作坊，机器还在轰隆隆的运转着，操作工戴着耳机，也不知道是在听音乐还是为了阻止噪音。机器已经很旧了，好像文物古董一样。旁边还有古时格子呢的制作过程展览，陈列着一些旧日的纺织工具和机器，那些纺织工人的蜡像仿佛在告诉人们曾经的岁月。

……

走出格子呢展览馆，爱丁堡街头再次飘来风笛声，欢愉的心情让我忘记了苏格兰曾经的沧桑变幻。那风笛，一会儿欢快跳跃，一会儿悠扬奔放，一会儿又哀婉凄凉。时快时慢的节奏，时高时低的音调，让人感受悠扬时的心怀激荡，哀伤时的酸楚岑寂，仿佛就如同这千年的苏格兰格子，阴阳经纬纵横交错、红绿黑白疏密有致，相间的是那些浸染了硝烟和悲情的历史，网起那些无边的往事早已随着北海飘来的和风细雨而远逝，凝重与辉煌、桀骜与悲欢都留给了往日的岁月。历史总是那样，在血腥和温情中并发前行。

唯有音律飘香，格子绚烂，昭示着苏格兰永远的和平、安宁和幸福……

二十四、偷心的小村庄

“亲爱的哈丽特，明天早晨你发现我失踪了，一定会大吃一惊。等你明白我去了哪里，你一定会笑。想到你吃惊的样子，我也会笑出来。我要去格雷特纳格林。你若是猜不出我要跟谁一起去，那你就是一个大傻瓜，因为我心爱的男人世界上只有一个，他真是个天神。我离开了他决不会幸福，因此觉得还是走了为好……”这是简·奥斯丁的小说《傲慢与偏见》中小女儿莉迪娅·贝内特瞒着父母，计划与她的情人私奔时给好朋友哈丽特留下的一封信。

年轻的时候读简·奥斯丁，不明白格雷特纳格林到底在哪里，为什么相爱的人要如此死心塌地奔向这样一个地方。格雷特纳格林很早就像一团迷雾锁住我的英伦情结……

今天是我们离开苏格兰的日子，司机史蒂夫先生一路上很少说话。这次他却风趣地开了口说：“我们不走回头路，今天走的是另一条线，让你们看看一个非常浪漫的小村庄。”师傅是西班牙人，英语说得很一般，但是我们都明白了他所表达的意思。在苏格兰和英格兰边界的地方，他停了车。我看见路边有一个非常明显的告示牌，“Welcome to the world famous old blacksmith’s shop center at Gretna Green”（欢迎来到世界著名的格雷特纳格林老铁匠铺）。

我们在温婉的风笛声中，穿过一个钢架结构有顶棚的走廊，走进了一座温馨而浪漫的大院子。四周环顾一下，我发现这个村子不大，婚礼用品商店、历史展览、老铁匠铺、威斯忌酒吧、故事传说小屋以及诸多关于爱情的泥塑都集中在这个院子里。原

来，格雷特纳格林也叫“老铁匠铺”，这里有着悠远而浪漫的传说。几百年前，英格兰、苏格兰有着不同的婚姻制度。在英格兰，1754年颁布的《Lord Hardwicke's Marriage Act》（《哈德维奇婚姻法》），规定所有的婚礼都必须在教堂举行，并且不满21岁的年轻人在没有父母同意的情况下，不能结婚。可是，苏格兰当时的结婚年龄是16岁，而且年轻人只要彼此相亲相爱、情投意合，结婚也没有必要征得父母的同意，任何人都可以举行简单的、古老的婚礼仪式。所以，英格兰未满21岁的男女，或者是家庭、父母反对的恋人，就想方设法逃往苏格兰。这个边境的小村庄就是情侣们到达苏格兰的最先落脚地，久而久之，这个爱情避风港就因为成了男女“私奔”的天堂而闻名遐迩。

格雷特纳格林凭借其“得天独厚”的地理位置就成了传说中“私奔者”的“结婚天堂”。难怪，简·奥斯丁也看中了这个让人着迷的小村，居然把自己小说中的人物也带往这个浪漫而温情的格雷特纳格林老铁匠铺。其实，这里发生的逃婚的历史无从考证，也无须考证。自古以来有反对就有抵制，爱情的力量总是超越的。

相传在一个月黑风高的夜晚，一对青年男女，婚姻遭到双方家长反对，他们历尽艰辛，经过长途跋涉来到这里。这个又黑又冷的夜晚让他们感到温暖的是一个打铁铺里红彤彤的火炉。铁匠师傅收留了他们在这里过夜，并呼啦啦的一个劲地拉着风箱。炉火被撩拨得格外红，铁匠师傅还为他们端来了热腾腾的饭菜。于是，他们便请这位铁匠师傅替他们主持婚礼。铁匠师傅用铁匠铺里特有的方式为这对恋人主持了婚礼。他将两块铁烧红，放在铁砧上锤打在一起，两个铁片在高温和热火中融合成一起，就像两颗炽热的心从此永远系在了一起，没有教堂的钟声，没有喧嚣的祝福，就在这古老神圣的仪式面前，他们缔结了婚约。后来，人们都称这位老铁匠为“铁砧牧师”，而那块铁砧也成为见证婚礼的“幸运砧”。

从此，这两个人美满幸福地生活在一起，直到老去。

当年铁匠所用的砧板，刻上“Gretna Green Old Smithy Marriage Anvil”（格雷特纳格林老铁匠铁砧婚礼）保存在院子里小小的铁匠铺博物馆里。这里的铁匠因为成了“铁砧牧师”而大名远扬。从18世纪中期开始，许多英国人，为了争取婚姻自由，纷纷到此办理婚姻登记手续。直到今天，因为这里的传说和浪漫的历史，英国人仍喜欢到这里来结婚。朋友和家人在这里聆听风笛声声，品尝着苏格兰威斯忌酒，为新人祝福的同时也享受着生活的情趣。如今，世界五花八门的婚礼仪式令人眼花缭乱，但格雷特纳格林的婚礼风俗依然保留下来。这里每年有来自世界各地的4000多对恋人感受特殊的原汁原味的“格雷特纳格林式婚礼”。当然，这些远道而来的恋人或情侣大多已不再是“逃婚者”或者“私奔者”，他们更愿意选择这块神圣的爱情圣地来见证相守一生的誓言和爱情的浪漫与坚贞。

在人类过去的历史中，铁匠是任何一个村庄中不可或缺的行当，师傅们总是燃着通红的炉火，手中的铁锤“叮叮当当”不停地响着，他们终生在铁匠铺里铸就刀斧，锻造蹄铁，修理马车和农具。然而在过去数百年的格雷特纳格林，铁匠铺已成为这个小村最有名的婚礼举办地，每当一提到铁匠，人们自然而然会联想到格雷特纳格林的婚礼。格雷特纳格林的“铁砧神父”是一群非常有趣的人物，他们在村里的客栈和旅店设立店铺，干起为他人主持婚姻仪式的行当。

打我们走进这个院子到我们出门的两个多小时的时间，风笛声一直不断。院子里有一位穿着大红格子裙的苏格兰风笛手，吹响一曲曲悠长而又别具情调的婚礼乐章。这独具风韵的苏格兰风笛声飘过院落，越过秀美的山川，苏格兰的一切依然如往日的宁静。光阴一去如梭，格雷特纳格林在这悠悠岁月中见证了世间多少痴迷的爱情！在这传说缠绕着柔情的悠扬旋律中，我想到了过去几百个夜晚，格雷特纳格林的铁匠师傅们是不是在这样的情景

中度过的。

漆黑的夜色中，一辆四轮马车在英格兰北部的乡野小道上飞奔，车上坐着一对情绪焦急的年轻人。女孩有点不耐烦，撒娇地问：“还有多远嘛?”“亲爱的，就到了。”男孩握一下女孩的手，沉着地安慰道。不一会，前方隐隐约约出现了一个村镇的轮廓，静谧的乡间夜晚，夜深人静，马蹄踏在青石板路上发出格外清脆的嗒嗒声，回荡在夜空中……马车缓缓地停在村边的一间铁匠铺旁，车夫勒住马的缰绳，盈盈一笑，轻声喊道：“孩子们，我们到了。”还未等车上的年轻人下车，铁匠铺的门就“哧溜”一声打开了，一屋子热气，一堆炉火，暖意伴随着笑声一齐从屋内传了出来，一个铁匠模样的人出现在门口，笑呵呵地大声说：“欢迎来到格雷特纳格林。”

……

院子里有很多预示着爱情的男女相拥的雕塑，充溢着温馨和甜蜜。放眼远望，苏格兰的山峦绿野和英格兰的平川都近在眼前。不禁想起了两百多年前，也就是1803年夏天，诗人威廉·华兹华斯和他的妹妹多萝西·华兹华斯以及诗人萨缪尔·柯尔律治一起走过的格雷特纳格林。在多萝西·华兹华斯的《苏格兰旅游回忆》里，我们看到了两百多年前的格雷特纳格林：“我们越过萨克河而进入苏格兰，在桥的苏格兰一边土地是敞开的牧草地，清脆无际，分散遍布我们叫千里光的黄花植物，青山起伏，十分优美。牛羊在吃草，近河有一些麦田，那里有威廉·马克斯惠尔爵士建立的村落。那里有人举行婚礼。再往前走，是坐落在一座山上树木掩映连成一片的格雷特纳格林村……”

宁静的小村，树影婆娑，尽管作者没有描绘两百年前的婚礼现场，但是我们已经能够感觉到这个小小村落的情趣和韵味。“清脆无际，牛羊在吃草，青山起伏，十分优美。”好像写的就是我眼前的格雷特纳格林。难怪，那么多人从世界各地纷至沓来。趋之若鹜的缘由我想一定是它悠久的历史与传说还有爱恨情仇的往日岁月。

此刻，一对满身婚纱的情侣在院子里“History and Romantic”（历史与浪漫）的地方拍照，一位头戴羽毛帽，身穿格子裙的艺人在他们身边吹起风笛。看着他们幸福的笑靥，不禁想知道他们从何处而来，是不是从英格兰，还是从遥远的美利坚？是不是也坐着马车在夜风嗖嗖中到达，那位笑容可掬的铁匠师傅呢？

带着这些好奇的念头和“八卦”的心理，带上对格雷特纳格林无限的怀想，带上我对来到这里人们衷心的祝福，我踏上了返回英格兰的路程。格雷特纳格林转眼便被置于身后，风笛声却依然在追逐着我，恬淡的音律伴随着这里偷心的往事萦绕在心头，毫无消失之意。

二十五、天使的坠落

在英国的日子，白天到处转悠，晚上就埋在房间里看看书，整理笔记，很少看电视。英国的电视节目大多是新闻、创意短片和一些公益节目之类，少有广告和电视剧。电视的频道也不是很多。

周六的晚上，没有什么事情，打开电视想看看新闻。先是看到为期三天的 G20 领导人第二次金融峰会在伦敦落下帷幕，电视台直播了美国总统奥巴马的“空军一号”离开机场的情景。然后大幅度地介绍奥巴马其人其事的背景概况。觉得很纳闷，20 个国家首脑聚集在一起开会，为什么电视只关注奥巴马？本想再看看等一等是不是也会直播我国领导人离开的情形。谁知接下来电视画面一转，开始重播白天的一个直播节目。

画面中，空中有直升机摄像，地面上数千人聚集在一起，黑压压的人群中，能看见一辆黑色的劳斯莱斯车缓缓地运送着一口灵柩。原来这是一个盛大的葬礼，人们在举行隆重的仪式为逝者送行。电视上传来播音员报到英国首相戈登·布朗的悼词：“我对古迪的去世感到十分难过。她是一位勇敢的女性和母亲，她勇于与癌症斗争的精神将鼓舞着所有癌症患者。古迪一心要为两个孩子创造美好未来的决心，为此她赢得了英国人的尊敬。无论面对生存，还是死亡，她都是一个勇敢的女性，我们整个国家都钦佩她要给自己的孩子提供一个光明未来的决心。”

逝者杰德·古迪（Jade Goody）是一位年仅 27 岁的 80 后年轻女性，原来是一名牙医。她出生在伦敦一个贫民区的“单亲家庭”。母亲是个残疾人。父亲在她两岁时抛弃了家庭，因武装抢劫银铛入狱，后因吸毒过量死亡。童年和青年时期的古迪过着艰辛的生活。一次偶然的机会，2002 年古迪因参加英国著名真人秀节目“Celebrity Big Brother”（名人老大哥）而一夜改变了命运，成为家喻户晓的明星。

葬礼在伦敦举行，数千人目送灵车经过并抛撒花瓣。举行葬礼的教堂外，人们聚集在播放葬礼实况的大屏幕前。有观众在接受采访时说：“古迪是个真实的女人，孩子是她的一切。”英国女王也曾向古迪送去真挚的问候电文。这封从白金汉宫发出的信写道：“我遵从女王的指令，在这个对古迪及其家人都很艰难的时刻，向古迪送上最真挚的祝福。”在英国，能得到女王的祝福是一件很不寻常的事情，而这种不寻常祝福的背后则是古迪 27 年更为不寻常的人生。

与很多伦敦贫民区长大的孩子一样，糟糕的家境、短暂的学校教育和不雅的言谈举止，囊中羞涩且外貌平平。这一切都让这个年轻牙医护士的前程显得黯淡无光。直到后来参加电视真人秀，她因坦言没读过什么书而名闻不列颠。这一点很快显露无遗。她的诸多“名言”成了人们一时的笑料，被举国上下嘲笑。“剑桥是在伦敦吗？”当别人告诉她剑桥在东安格利亚时，她却误以为那是东安哥拉，“东安哥拉不是外国了吗？”“萨达姆是拳击手吗？”“雪貂是不是鸟？”……她还以为里约热内卢是人名；“开心果”则被她误认为是一个很出名的画家。她还曾参加全程 42 千米的伦敦马拉松，结果跑到 34 千米时就被送往医院急救，一个晚上才缓过来。赛后，她解释道：“我确实不知道千米是什么意思，我真的不知道究竟要跑多远。”更让人诧异的是，她在真人秀的第一晚，居然喝得酩酊大醉，脱光了上衣。2007 年，她在节目中对印度宝莱坞影星谢尔帕·谢蒂大加谩骂，先是奚落嘲弄她的印度口音，然后攻击谢蒂“试图将自己的肤色变得更浅”，辱骂谢蒂是狗，还不断怒吼让她“滚回贫民窟”。这个充满种族歧视的片断，引起了观众的极度不满，印度民众对此表示了强烈

愤慨，上街游行示威，抗议谢蒂遭到的种族歧视。印度外交部也表示，将向英国政府交涉此事。眼见即将触发英印两国的外交风波，时任首相的布莱尔被迫出面发表声明：“我们反对任何形式的种族主义。”同一天，正在印度访问的时任英国财政大臣布朗也就此发表了评论，谴责了一切有损英国声誉的行为。

由于粗俗、浅薄和无知，她成了英国公民的攻击对象。英国发行量最大的报纸《太阳报》甚至把她称作猪，号召观众用选票把她赶出真人秀（Vote the pig out）。古迪曾一度被描述为“肮脏”、“英伦最让人讨厌的女人”、“妖怪”。有人不乏黑色幽默的语言要求将她驱逐，安置到国外的某个秘密地点（也许是“东安哥拉”）。

随后，杰德·古迪认真反省，不断学习，想方设法地完善自我。在意识到了自己的言行对谢尔帕·谢蒂以及印度人民造成的伤害后，古迪一次次道歉，向谢蒂本人道歉、向英国人民道歉、向印度人民道歉。而且为了表明忏悔的真诚，2008 年 8 月，古迪到印度参加由谢蒂主持的印度版的“老大哥”真人秀，与谢蒂一同畅谈人生。就在节目制作过程中，她被告知确诊患了宫颈癌，而且已经到了晚期。

接下来的日子，她在电视演播室把自己生活的全部都变成了秀。出自传、制作品牌香水广告、出健身操 DVD，她出现在各类电视娱乐节目里。自己演自己，成了名副其实的英国当红明星。正如她在接受媒体采访时说的那样：“虽然我只能活 27 岁，但绝对比任何人都要耀眼。”

面对死亡威胁，古迪向媒体全程公开自己抗击病魔的历程，甚至要求将接受化疗过程拍下，在电视台播出。以此警示那些被病魔缠身的人们，要坚强起来。古迪决定将病情和治疗的每一步公布于众。她把自己最后的日子交给了英国头号媒体大亨马克斯·克里夫德。“LIVING TV”电视台跟踪拍摄一个三集专题片，记录下她生命的最后历程。古迪说：“我公开病情，也是要让年轻的妇女知道，这样的不幸可能发生在任何一个人身上。”英国癌症慈善组织对古迪的举动表示支持。因为宫颈癌是英国35岁以下妇女第二大常见癌症，每年新增病例在2700人左右。据说英国妇女从媒体上了解了古迪的事件后，有20%的人当即就去做了“宫颈切片”的检查。

古迪决定继续“秀”下去另一个缘由是因为她的两个儿子，一个4岁，一个3岁。她说，她要为两个年幼的儿子尽可能多留下点钱。正如她的经纪人克里夫德所说，媒体是古迪挣钱的唯一渠道，她只能继续自己演自己。于是，古迪人生的最后一章，便成了“古迪与癌症”。她将自己的死亡记录拍摄权转让给生活频道，电视并开始密集曝光。镜头下的古迪，乐观而勇敢，自信而坚强，即使失去视力，头发脱落，她灿然的微笑无时无刻不感动英国市民。只有当她面对两个儿子时，她才显露出对生命的恋恋不舍。“我希望过完最后一个英国的母亲节才离开人世”，古迪曾向媒体表示过。虽然她并没有和自己的孩子们欢度节日就已经离去，但她还是在时间走到母亲节那一天才合上双眼。“我会一直在天堂守护他们”。留下两个可爱的儿子，古迪的戏剧性人生就此落幕。

古迪辞世后，英国社会对这个曾经饱受争议的电视明星给予了很高的评价，悼词从社会各个角落传来，坎特伯雷大主教若望·威廉斯则说，“我不认为她在公众关注下离开是一件悲哀的事情，她是在告诉人们生命的真谛，以及与死神抗争的意义。”一位年近八旬的老太太在祝福卡中写道：“你也许并不知道东安格利亚在哪里，但是你知道我们的心路。”印度女星谢尔帕·谢蒂也在一份声明中表示了哀悼：“得知她终于解除了病痛，我感到既悲痛又欣慰。我对她的家人表示慰问。”英国主流媒体《卫报》在报道中说，“古迪已经从国家耻辱转变为国家财富。”路透社、BBC、《每日邮报》都对她作出了高度的评价，她被誉为“抗癌英雄”。

英国癌症研究中心执行主任库玛告诉记者："她的故事引起了公众广泛的注意，并鼓励了成千上万的女人开始警惕癌症，避免更多的不幸。在她最后的生命里，她仍然做了这么多。"为了提高检查、诊断和治疗宫颈癌的水平，该中心还制定了一个5年计划，预计投入研究经费3亿英镑。"长远上，我们希望推广一种宫颈癌疫苗。"古迪与癌症抗争的故事提高了公众预防宫颈癌的意识。在BBC刊出的《古迪的检查效应》中，一大批年轻的女性于近期开始预约宫颈癌检查。

"她是一个勇敢的女孩。她面对死亡以及整个人生的态度都充满了勇气。她的生命将因拯救了更多人的生命而被人们记住。"电视播音员还在不断地介绍古迪的生平以及世人对她的评价。

"我被宣判了死刑，但我绝不会坐以待毙，我要继续战斗。"

"妈妈即将上天堂。但我会在天上看着你们，只要闭上眼睛就能和我说话了……"

……

电视上再次出现头发脱落、笑容可掬的杰德·古迪生前的声音和图像，而我已经哽咽得不忍再继续往下看，转身看着窗外的夜色，仿佛蓝色的夜空里有一颗闪耀的星星，那就是杰德·古迪在微笑。

二十六、温德米尔湖，醒也沉醉梦也诗

告别格雷特纳格林，我们也就离开了苏格兰。车一路向南，我们将前往英格兰的湖区。说到湖区，英国人总会发出长长的赞叹，因为那是他们心中的宝地，是他们心灵的故乡。很多英国人非常钟情于这片土地，在这里天空属于蔚蓝，柔和的云朵宛如绵羊一般漂浮在天空，湖边的牛羊也似点点云朵洒落在草地上，绿树、青草、湖泊、蓝天、白云、牛羊叠加起来一起冲撞你的视野。

大多来英国的外国人，可能都会到湖区走走，因为这里不仅湖光山色，更多的是这个“让人忘记生活中的年龄和财富”的地方走出了“湖畔派”诗人华兹华斯等大诗人。英语在这个星球上有多普及，“湖畔派”诗人的诗句就有多绵长。

而英国的湖区本身就是一首诗。

英格兰的北部湖区一带依然是类似苏格兰高地的风光，重峦叠嶂，到处古树参天。大约两个小时，我们就来到了湖区。刚下车，我就被一个年近七旬自称是“苏格兰外公”的大叔吸引住。知道我们是中国人，他就和我们说一些简单的汉语。乐呵呵的一再和我们合影。他不停地用蹩脚的汉语自言自语叨咕着“苏格兰外公”、“我的团长我的团”、“要下雨了”、“湖区欢迎你”……我也不知道他想要表达什么，问了句“What do you speak Chinese for?”（为何要说汉语?）他指了指远方的湖水，做了个手势说，“Because so many Chinese come here.”（因为有很多中国人来这里。）可见中国人多到何种程度，大叔都把汉语听会了。我在湖

区，却没有遇见一个中国人。

伴随“苏格兰外公”憨态的笑声，我们来到 Bowness（鲍内斯）小镇湖边叫“The lake view”的一个可以观赏湖光山色的码头。据说，这个小镇的渡船码头早在 15 世纪就存在了。如今已看不到往日的迹象，众多高高耸起的桅杆和湖面上流动的点点白帆将这里装点成一个颇具现代气息的旅游集散地。早春的湖边，游人不是很多。湖边停靠很多红蓝白等各种色泽相间的游艇，在微风摇曳下，缤纷的色彩随绿波晃动，似真似假，亦梦亦幻。远处绿色的山景随意倒映在水面，岸边的草坪上，有老人安详地坐在椅子上，手杖斜靠着长椅，一只爱犬趴在他脚下的不远处，水面上，无数天鹅在慢腾腾地嬉戏追逐，成群的海鸟在头上一个劲地叫。小小的码头宁静而不单调、热闹而不忙乱，忙碌的仿佛是那些天鹅和水鸟，游到东游到西，飞到这飞到那。

这就是我第一眼看到的温德米尔湖。

对岸，远处小村里沙石岩的小房子被树林静静地虚掩着。湖面上缕缕湿润的气息仿佛在诉说温德米尔湖畔那些陈年的故事。此刻，我这个远道而来的匆匆过客，面对这一汪水域，仿佛在幽静的时空隧道里，听到一种声音，一种我不能释怀的声音。难怪生于斯长于斯的大诗人华兹华斯在描绘他故乡湖光山色的时候，感叹那声音“从很遥远的地方历历而来，回音落入我们心灵的耳朵，那是天籁，天籁云间为我落”。也许是这温润的湖水慰藉了诗人的诗思，抑或是诗人被温德米尔湖水所滋养孕育。这片纯粹的湖面就是诗人的湖，诗人也是属于这面湖水的诗人。

在我沉思的片刻，一位女士抱着周岁左右的孩子向湖边走来，孩子手里拿着一个大大的毛绒娃娃，玩具标签上写着“Made in China”（中国制造）。因为这个玩具，我们便有了聊天的话题，她说他们住在不远的地方，一家人每周都要来湖边走走。如今孩子的爸爸去中国的绍兴做生意了，她就带着婆婆一起来。说话间隙，她身旁的老太太十分友善地对我笑了笑，还教孩子说：“I love China”。那位女士说：“我们住在湖区的居民也常常选个阳光灿烂的日子，一家老小一同来到湖边，带上自家的狗，一坐便是一天，有时候时常忘了时间，直到夕阳缓缓地消失在山的那一边，我们还迟迟不肯散去。”

在我走远的时候，突然听到那位妈妈用很不地道的汉语教孩子说着中国话，孩子牙牙学语“种过，种过，烧性，鹿驯……”我懵懂了半天，才明白她原来是想教孩子说，“中国，中国，绍兴，鲁迅……”

此刻，我仿佛又一次真真切切地感受到了历历而来的云间天籁。

华兹华斯曾经这样描绘温德米尔湖：“我不知道还有什么别的地方能在如此狭窄的范围内，在光影的幻化之中，展示出如此壮观优美的景致”。英国诗人济慈也将温德米尔湖比作天堂：“温德米尔湖能让人忘掉生活中年龄与财富的区别。你很容易就会迷失在美景中，忘了时间，感觉是天上一日，地上 10 年。”

我仿佛漫步在诗人的诗行里。这一带是英国湖区的中心地带，家家 B&B（Bed and Breakfast，提供床位和早餐的类似国内的快捷酒店）窗前都挂着鲜花吊篮，路边总有休闲的户外茶座，人们在这里不论时段地品味着咖啡和“下午茶”，时光就这样悠然逝去。此刻，我独自一个人徒步在湖边一个个小小的村庄，除了那些别致的石头房子和一尘不染的乡间小道，让我难忘的还有这些满地的水仙花。看着路旁这些玲珑剔透的水仙花，想起了伊斯兰教创始人穆罕默德说的一句话：“假如你有两块面包，你得用一块去换一朵水仙花。”眼前的那一片水仙花的葱绿与鹅黄让我有一种特别爽心，特别舒畅的感觉。不禁大声吟诵起了华兹华斯的《咏水仙》：

I wandered lonely as a cloud
That floats on high o'er vales and hills
When all at once I saw a crowd

A host, of golden daffodils
Beside the lake, beneath the trees
Fluttering and dancing in the breeze
…

我孤独地漫游，像一朵云
在山丘和谷地上飘荡
忽然间我看见一群
金色的水仙花迎春开放
在树荫下，在湖水边
迎着微风摇曳起舞
……
我在卧榻上躺着
内心空虚或忧虑
他们常在我心灵中闪现
那是我孤独之中的福祉
顿时充满欢愉
与那些水仙一起飞舞
……

一天行走在湖边，晚上回到酒店。窗外，星光灿烂。我对着笔记本痴痴发呆。我想，此刻的温德米尔湖也将陷入一片幽蓝的沉静中。码头上依旧能听见天鹅的划水声，岸边的石头小屋里抑或会有人在轻声地朗诵“别走，留下吧，留在我的身边……”点点的鸟鸣和着清冷的月光，抬头便是满天星斗。

湖边的水仙，天上的星星，都闪烁在我遥远的梦乡。

二十七、120岁的彼得兔

上中学的时候，隐隐约约听说过一只叫“彼得”的兔子，我还以为那是英国兔子的一个种类。在那个红色文化的年代，《雷锋的故事》《向阳院的故事》冲淡了兔子彼得的故事。关于这只兔子的前世今生，我无从知晓。后来自己有了孩子，这只名叫彼得的兔子在孩子的读物里一下子从英国的湖区蹦进了我的世界。

大人们或许难以想象孩子们会从“彼得兔”系列故事里读到那么丰富的人生，但是故事中优美的品质，富有活力的形体语言以及那些经典的处世之道无人可以企及，不仅感动孩子们的同时也影响成年人的思维方式。于是，我这个学习英语文化的人希望有一天能站在让人沉醉的山水间，去领略这只兔子在湖光山色中的百年风采。

120年前的1893年，伦敦一位叫波特的小女孩在一个星光灿烂的夜晚抑或晨曦初露的凌晨，给她家庭教师的小儿子写信。这位家庭教师5岁的儿子身体不好，一直长期卧病在床，波特小姐不知道这封信该说些什么，就开始给这个孩子写故事，在故事中鼓励他坚强快乐。于是，“Once upon a time, there were four little Rabbits, and their names were Flopsy, Mopsy, Cotton - tail and Peter...”（从前有四只小兔子，他们叫弗洛普茜，莫普茜，棉絮尾和彼得……）

《The Tale of Peter Rabbit》（彼得兔的故事）就这样开始了。故事的文字流畅而富于童趣，被世界每一个角落的妈妈们大声朗读……

顽皮的彼得兔拼命地偷吃麦奎格先生菜园的蔬菜。它被发现

了，就拼命地逃。在逃跑当中，彼得兔把自己的蓝夹克和鞋子丢了。后来，麦奎格用彼得兔的夹克和鞋子做了一个稻草人放在菜园。小兔班杰明又和彼得兔一起溜进麦奎格的菜园，打算把比得兔的夹克和鞋子偷回来……

10 年后，也就是 1902 年开始，波特小姐在美丽的湖区开始撰写《彼得兔的故事》，并陆续正式出版。100 多年来，这只命运颇佳的兔子被无数次搬上银幕、画成卡通、印上课本甚至被改编成芭蕾舞剧，蹦腾在世界各地，让数以亿计小朋友们的童年时光充满故事。

彼得兔、松鼠坚果果、老裁缝、两只坏老鼠、青蛙杰里米、小猫默默、母鸭洁玛、生姜和泡菜、松鼠提提、小猪布布、耗子达波丽……这些可爱的小动物和人物就像一个个纯真而调皮的孩子，100 多年来一直打动着全世界孩子的心。波特小姐就像一位慈祥的妈妈，用有趣的故事和生动可爱的图画使一代代孩子的童年充满童趣。这些经典的图画故事，把纯真和爱传承到了今天。

碧翠克丝·波特（Beatrix Potter）小姐童年时候曾和父母来到湖区度假。湖边农家的短暂生活经历使她爱上了这里的山山水水。在湖区风光的激发下，她先后创作出了 23 本“彼得兔”系列书，书中很多故事的场景都是以这里为创作原型的。波特女士童年时期和父母度假的农庄至今依然静静地卧立在湖边。她买下的两层白色小楼被包围在绿意盎然的花园中。古老的石阶、随意摆放的白色座椅依然在门前生动着，好像一切的一切都发生在昨天。尽管我没有走进小楼，但我可以想象，那些出现在书中的角落也许就在你转身之处。楼道里铺着红地毯，那就是想吃布丁的小老鼠冒死推过擀面杖的地方，碗橱下，就是它们的家，院子里，鸭子洁玛曾经在生菜下面藏过它的蛋……

此刻，我站在彼得兔的诞生地，宁静的湖面和满眼的新绿让我心如撞“兔”，难以抑制活蹦乱跳的兔子们在眼前叽叽喳喳闹个不停。坏兔子、兔宝宝、小兔本杰明……

“在日落的时候，我荡舟湖面，看水鸟喂食，他们在水中点水喂食发出像接吻一样的声音。我闭上眼睛，仿佛是你。”这是美国电影《波特小姐》（Miss Potter）中，波特小姐在湖边写给她恋人的信中这样描述湖边的景色和他们的爱情。就在她专心湖边写生，心中流淌着那些无尽的童话故事的时候，她的恋人不幸因病在伦敦离世。后来，她便离开了伦敦，移居湖区。从此成了湖的女儿。这儿绵延的山坡，清澈的湖水，触手可及的白云，使她从极度的忧伤中又重新拾回了那颗安宁的心。

看这部电影，我进一步了解到波特是出生于英国伦敦的一个中产阶级家庭，但她在伦敦的童年却是孤独的，总是在那些小动物身上为自己寻找快乐，她喜欢的那些小动物后来都能成为她故事中的主角，成了她画中的偶像。她很自强，也很独立。母亲给她介绍了一堆有钱的男人，她谁也不想嫁，只是苦苦地爱着自己喜欢的男人。

“Let me teach you how to dance.”（我来教你跳舞吧。）圣诞之夜，她带他来到阁楼，八音盒叮叮咚咚的音乐响起，他轻轻地唱着，他们随着音乐翩翩起舞；一个雪落无声的夜晚，他递上戒指，她笑着并迫不及待地戴上；她去湖区，他冒雨来到火车站为她送行，蒙蒙细雨中，他第一次吻了她……然而，那却是人生的永别。直到20多年后，年近50岁的她在湖边嫁给了他要嫁的人，他们守着湖畔，过着幸福美满的生活。

在这部由美国人拍摄的电影《波特小姐》里，导演克里斯·诺南和编剧小理查德·马尔拜把重笔放在了波特小姐对待爱情的态度，以及对湖区的热爱，没有体现出她在彼得兔故事中所投入的时间和智慧。但是，优美的英国湖区风光、波特那些栩栩如生的小动物都让观众释怀不下。尤其是电影里表现了她生前那些真实的事，更让人肃然起敬。为了保持湖区的优美环境，阻止开发商肆意拆迁农庄，砍伐树木，毁坏草地，她居然用版税和稿费收入在拍卖场买下4000英亩土地。去世后她却把湖边的所有家产，共 4000 英亩土地、15 座农场、庄园以及若干个小湖全部捐赠给国家信托基金会，要求保护好湖区优美的自然生态。

1914 年世界大战爆发，彼得兔系列故事的第一个出版商陷入财务危机，沃恩家族的管理者被控入狱。作为沃恩家族忠诚的朋友，已经搁笔的波特鼎力相助，并重操旧业，出版了《阿普利·达普利的童谣》和《塞西丽·帕斯莉的童谣》，书的利润挽救了沃恩公司。

漫步在湖区的乡间小路上，远处是波特那栋爬着常春藤的雪白小楼，路的前头是蓝天白云，我的身边是湖水，农场、庄园，绿草遍野，牛羊点点，路旁的纪念品商店，各种以彼得兔故事中的动物为表现形式的物品，令人目不暇接。彼得兔依然活得潇洒自如。

我走在满地的水仙花中任湖上清风拂面，任时光回到 100 年前……

100 年前，或许也是在这个日丽风清的融融春日，波特小姐行走在湖边起伏的山丘和田园，漫步在湖边小径，那些可爱的兔子和松鼠朋友，还有农场里的小猪、小鸭子，以及可恶的老鼠们就一个个在她笔下诞生了。100 多年来，波特小姐关于彼得兔的那些妙趣横生的故事散发着经久不衰的魅力，和她高尚的人格一样。

没有她，100 年后的今天，我们不知道彼得兔的故事。

没有她，100 年后的今天，我们可能看不到今天的湖区风光……

二十八、格拉斯米尔的春天

题记：她是英国18—19世纪又一个伟大的女性，人们不应该忘记她。

我读大学的时候正逢20世纪80年代的好时光，大量的欧洲文字被引进，西方文化对那个年代成长起来的人有着强烈的冲击和震撼。英国的简·奥斯丁、托马斯·哈代、勃朗特姐妹、威廉·华兹华斯等这些不同时期的经典作家无不在其作品里向人们描述了多彩的英国乡村生活，那些庄园、那些舞会，甚至那些牛和羊，让人们无比向往。

“如果想真正了解英国人的性格，就不能只关注大都市。就必须去乡下，在村落间逗留；必须探访城堡、别墅、农舍和小屋；必须穿过蜿蜒曲折的公园和庭院，沿树篱和绿色小道缓缓而行；在乡村教堂消磨时间，参加各种节庆和各类乡村集市狂欢，并与各种身份、习惯和性格不同的人交往……英国人天性喜欢乡村生活。”这是美国作家华盛顿·欧文《英国的乡村生活》的开头一段。欧文19世纪初叶在欧洲度过了17年的时光，写下大量有关欧洲风情的旅途随笔和散文笔记。

受这些西方文豪的影响，心中一直敬畏英国乡村的田园生活。所以，在英国的日子，只要有机会，我就尽可能多花时间在这些乡间溜达，我认为，英国的风骨在乡村，英国人在乡村享受天伦之乐，追求他们的思想、性情、和睦与安宁。能捕捉到点滴真实的英国乡间文化也算是我在追寻往日的英国梦，了却一种夙愿。

早春的湖区乡间小路上，游人稀少。我悠闲地走着，道路两

旁尽是参天古树，高高的树梢枝丫上星星点点地盘卧着许多鸟窝，鹧鸪和乌鸦不停地叫着，飞来飞去。树影婆娑，洒下斑斑点点的碎银子一般的阳光，不禁觉得依偎在这样的春天里有一种无可名状的幸福。走着走着，不经意间，看到一个村头的小小告示牌上写着“Grasmere Garden Village”（格拉斯米尔乡村花园），这让我兴奋不已。因为我曾读过诗人兹华斯妹妹多萝西·华兹华斯的《苏格兰旅游回忆》和《格拉斯米尔日记》，这对兄妹在格拉斯米尔度过诗意的乡村岁月，一直如同电影一样，伴随着华兹华斯的诗句多年萦绕在我的心头。

在《格拉斯米尔日记》里，多萝西记述了他们兄妹在历经童年的磨难、结束寄人篱下的漂泊生活多年后相聚到一起共同度过的那些快乐而宁静的时光。天各一方后的再次相守，兄妹情同手足，一起以文字为乐趣。多萝西把湖区的山山水水以精确细腻的语言、充满温情的想象力记述下来，给 200 多年后的我们留下了一笔丰厚的文化遗产。当威廉·华兹华斯与柯尔律治在湖边重新树立英国文学臆想和情感的时候，这位柔弱的女子朝夕陪伴着他们，支持着他们，她的智力水平丝毫不比这些“湖畔派”诗人逊色。她在《格拉斯米尔日记》中寄情山水，把所见所思化作天人合一的真实记载，宁静而优美的文字与哥哥交相辉映，散文优美得像诗歌一样。柯尔律治说她是一位用散文写诗的诗人。

然而，这些宁静快乐的日子和美轮美奂的文字都来自于骨肉分离以后的再聚首。多萝西是家里 5 个孩子中的老三，也是唯一的女儿。因为母亲去世，年仅 7 岁的多萝西就被送往约克郡的姨妈家抚养，后被送到寄宿学校。父亲又突然去世，多萝西兄弟姐妹 5 人陷入了生活危机，他们分别被送往不同的亲戚那里抚养。多萝西离开寄宿学校上了一家女子学校。她在课外时间阅读了弥尔顿、莎士比亚、荷马史诗等等大量的文学作品。后由于经济原因，15 岁的多萝西不得不又投奔外祖父母，在那里她与兄弟们再次重逢。外祖父由于身体不好整天沉默寡言且脾气不好。外祖母严肃古板，经常冲着温和得多萝西大吼。她到这里不久，哥哥威廉就去剑桥大学了，其他几个兄弟也先后离开这里，多萝西非常孤独。后来多萝西又随舅舅一家搬到诺福克居住。她读书、写作、学习法语、帮助料理舅舅的家务，从不考虑自己的婚姻问题。

1794 年，舅父反对威廉的政治热情，断绝了对他的供养。威廉不得不离开初恋情人从法国回到英国，由于对法国革命幻想的破灭，精神萎靡不振，华兹华斯陷入了理想和情感的双重幻灭，几近崩溃。为了安慰哥哥，多萝西就与哥哥一起去英国湖区旅行，湖区美丽的风光驱散了华兹华斯心中的忧郁，恰巧这时，他们得到朋友赠予的一笔财产，第二年，兄妹俩在湖区安顿下来，他们和塞缪尔·柯尔律治之间的友谊就是从这一年开始的。从这时起，多萝西一直同哥哥嫂嫂生活在一起，终生未嫁。星罗棋布的湖泊和秀丽的山川培养了多萝西热爱自然的情趣和温柔善良的禀性，她生性聪慧体贴，洞察力敏锐，她照料着哥哥的饮食起居，抚慰他伤痛的心灵，帮哥哥抄写诗稿，自己还撰写了大量的日记和笔记，也记下哥哥的诗歌创作经过。哥哥那些不朽诗句的源泉和力量很多都来自妹妹的人格魅力和她清秀隽永的文字。

在家里 5 个孩子中，大哥是律师，两个弟弟分别当了水手和剑桥大学的老师，只有二哥威廉跟自己一样没有固定的职业，再加上童年的艰辛造成了他们心灵的创伤对现实世界的失望，兄妹俩的感情尤为深厚。威廉·华兹华斯在很多诗里提到她，例如《写给我妹妹》《丁登寺》等，著名的《露西》组诗也有研究者认为露西其人就是多萝西。兄妹几乎每天结伴在湖区漫游散步。他们甚至做游戏并排在丛林中躺下，假装是在坟墓里。

……

经过多年的流浪，多年的离别，
这些高大的树林，耸立的山峰，

这绿色的田园景色，对我更加亲切

半因它们自己，半因你的缘故！（威廉·华兹华斯《丁登寺》）

多萝西的《格拉斯米尔日记》等一系列日记，是威廉·华兹华斯灵感的源泉之一。他常常一边沉浸“在宁静中的回忆”，一边在妹妹多萝西的日记中寻找素材。《咏水仙》并不是威廉的即兴之作，而是描述了他在两年前偶然见到一片黄水仙花的美丽景象。其实，多萝西在日记中早有记载，她用散文的形式存储思绪和情感，而后威廉沉浸其妹妹的文字中，再把它转化为诗歌。这样的例子在大诗人的诗歌中不胜枚举。

关于多萝西，伍尔芙曾这样说，“一方面向大自然做出奉献，一方面又从大自然得到报偿，随着这辛勤，刻苦岁月的流逝，在大自然和多萝西之间似乎发展出某种水乳交融的共鸣——这共鸣并不是冷冰冰、木呆呆、无人情味的，因为在它的核心之中还燃烧着对于‘我亲爱的人’，亦即对于她哥哥的热爱，而他实际上是这一共鸣的中心和鼓舞着……”

这是一片翠绿的山地，是被一汪水域环抱的山地。在这湖光山色辉映间，在一座座古色古香、错落有致的石岩房子的簇拥中，我走到了 Dove Cottage（鸽舍）。一座白色两层小楼，在绿荫包围下并不起眼，楼不大，院子也不宽。但是这里却透出一种异常的谦恭和安静的氛围。这栋叫“鸽舍”的小白楼是华兹华斯兄妹 1799 年至 1808 年的 9 年时间居住的场所。如今它早已随着诗人的诗句名扬世界各地。多萝西一生写了 9 本日记，《格拉斯米尔日记》《奥尔福克斯顿日记》《高山漫游日记》《欧洲大陆之行》《汉堡与哥斯拉纪行》《苏格兰旅行回忆》《漫步厄尔斯沃特湖畔》《攀登斯科费尔峰》《曼岛旅游日记》以及大量书信和一些诗歌。最受后人赞誉的《格拉斯米尔日记》和《苏格兰旅游回忆》就是居住在鸽舍期间完成的。

在这栋小楼里，哥哥时常外出，多萝西的总是家里家外地忙活。她为哥哥誊写诗稿，给亲朋好友写信，读莎士比亚，和仆人一起烘烤浆洗。她每天都要走出鸽舍一两次，去邮局寄信取信，看乡村风景、欣赏湖上的流云和夜空中的月亮、打量擦肩而过的行人、与路边的乞讨者说话并且布施。时常与哥哥躺在草地上，坐在田间，谈诗写诗，倾听自然的声音，诉说内心的悸动。然后她把这些记录在纸上，那些花草、那些景观，甚至那些乞丐们的故事一个都不会少……

多萝西没有目的地捕捉生活中一闪而逝的瞬间，与哥哥享受宁静而快乐的时光。她的日记一直记到哥哥结婚成家后。多萝西在世的时候，一本日记也没有出版。她在日记中留下这样的话，“我写这些东西只是为了给威廉带来乐趣而已。”9 年后，她随哥哥一家移居到湖边的赖德尔山庄。1828 年，她写完《曼岛旅游日记》后，由于身患重病，不再远行，不再写作。1850 年，威廉去世。1855 年的一个冬日，多萝西病逝于赖德尔山庄，这一天是她 85 岁生日。

76 年后的 1931 年，《彼得兔的故事》作者碧翠克丝·波特买下了鸽舍。就在这个多萝西和哥哥生活多年的家，在一个谷仓里，波特发现了一捆发黄的旧纸。于是，1933《格拉斯米尔日记》出版，人们发现华兹华斯的《采水蛭者》《乞丐》《远足》《孤独的割麦女》《咏水仙》等不朽诗篇的素材，都来自这本日记。多萝西开始被人们重新认识。

伟大的女性发现了另一个伟大的女性。

“那头奶牛望着我，我也望着它，我只要轻微动弹一下，那头奶牛便停止啃草”；“月光如雪一般映照在山峦”；“空气一片澄明，湖面暗蓝生辉，山色渐次又暗下来，湾流冲向低低的黯淡的湖边。羊群在休息，万物寂静无声”；“雷德尔的景色非常美丽，天空上泛出好像一片片叶子似的发亮的钢灰色条纹……这使得我的心归于宁静。我本来是非常忧郁的……”；“非常晴朗的一天。整个上午为威廉抄写。”……《格拉斯米尔日记》里那些一幅幅

完整的风景画在我心目中再次铺开。

伍尔芙在她的《普通读者》里以“多萝西·华兹华斯”为题，对多萝西兄妹的生活进行了充满诗意的描述。“春去，夏来，夏又到秋；冉冉便是冬天，野李树又开了花，山楂树又发了青，再一次春回大地了。现在是北英格兰的春天，多萝西和她哥哥住在格拉思弥尔高山丛中一个小村子里。经历了艰苦备尝、骨肉分离的少年时代，他们终于在自己的家屋中相聚；现在，他们生活在大自然的怀抱里，手头宽裕，足够维持生活，无须为衣食奔走。多萝西可以整个白天在山上跑着玩儿，晚上和柯尔律治谈上一个通宵，没有舅妈骂她不像女孩子的样子。日出到日落，时间都属于他们自己，作息方式可以根据季节变化来加以调整。天气好，不必待在屋里；下雨天，躺在床上不起。什么时候睡觉都行。如果有一只杜鹃在山头兀自啼叫，然而威廉一直想不出什么确切的词句来描写它，那就让做好的饭放凉了也没关系……”

……

走笔到此，我情不自禁地再次开始阅读《格拉斯米尔日记》。日记的第一篇写于1800年5月14日，当天是星期三。

饭后两点半哥哥出发去约克郡，口袋里装着冷肉。我在湖边一块石头上坐了很久，一阵泪水涟涟之后，心里才轻松一些。不知道湖为什么朝我看着，显得无精打采又忧郁。湖水在岸边翻腾像是一种沉重的声音。我从岸上的石头间走过去，尽可能把时间拉长。林中鲜花烂漫；一种美丽的黄花。微略带点黄色，看起来丰满、滚圆、重瓣——芳香扑鼻。车前草、草莓、竹葵、无香味的紫罗兰、玉凤花、迎春花。乌饭树非常美，林檎长出来如一丛矮灌木。遇见一个商人，赶着一头非常大而漂亮的公牛——还有一头母牛——他拿着两根棍子行走……山谷非常苍翠……我决心写这段时间的日记直到哥哥归来……我要让哥哥回来时给他愉快。

在18、19世纪英国湖区的乡村，这个娇弱的女子忘我地陪伴哥哥“以小小的快乐度日”，因为哥哥那些行走在天光云影里的诗句从表象上掩盖了妹妹的智慧和美丽，以致后来人们说到湖区都会想起哥哥，而淡忘了妹妹。正如威廉在一首诗里所形容的那样：“她不为人知地活着，也几乎无人知晓她何时死去。”其实，她，多萝西·华兹华斯，这个伟大的女性不应该被人们忘记。

我想，生活在格拉斯米尔，日子确实就应该这样过。

二十九、行走在天光云影里下的华兹华斯

带我上云霄
云雀呀！带我上云霄
唱呀，唱得你周围
天宇和云霓悠然回响
……

大学时代读威廉·华兹华斯的诗歌，一首激情饱满的《致云雀》唱痴了多少读者的心。人们从中看到了诗人的面庞也看到了湖区旖旎的风光。

英国湖区，多少人向往的地方。

此刻，我徜徉在湖边的小道上，感受诗人在“山林中充满快乐”的心境，确实，这里的“天空属于蔚蓝”。田园，湖泊，树林，牛羊，农庄，乡间小道，一切的一切都在我的脚下。早春三月的林间，百鸟齐鸣，云雀高高的歌喉仿佛引领一场盛大的鸟语交响乐在我的头顶上奏响。这一刻我伸开双臂，仿佛拥有这里一切，同时在心中唱响的还有诗人的诗句。我想，诗人大部分关于湖区的诗歌是不是也是写在这暖风醉鸟语的春日，他和妹妹、柯尔律治沿湖边漫步，他们拿着笔，带着本子，边走边聊，边记下这灵光闪动的瞬间。

湖区是诗人的故乡。

这里位于英格兰与苏格兰边界不远处，拥有英格兰最高山峰斯科菲峰和英格兰最大的湖温德米尔湖，还有众多大大小小的湖泊镶嵌在崇山峻岭中。1770 年 4 月 7 日，也是这样一个春光融融的春日，威廉·华兹华斯出生在湖区西部一个叫科克茅斯地方，他和妹妹多萝西在这里度过了童年时光。他自称，“童年中有一半的时光是在山野中奔跑追逐嬉戏。”后来由于父母去世，他们天各一方，分别被寄养在外祖父家和姨妈家。1787 年，威廉考进了剑桥大学圣约翰学院。怀着对法国大革命的美好幻想，他在大学毕业后去了法国。5 年后华兹华斯回到伦敦，因舅父对他的政治热情表示反对，不再予以接济。从此，他与妹妹多萝西一起移居湖区的乡间，先住在格拉斯米尔的“鸽舍”，后搬到赖德尔山庄。

在“鸽舍”居住的 9 年，是华兹华斯创作的鼎盛时期。他几乎每天都在湖边散步，即使下雨，也不例外。他曾说，“落在湖边的雨有一股气势和韧劲。”他的《序曲》《咏水仙》《丁登寺》以及《永生的悟颂》等都是在这里写就的，并传送到世界各地。人们开始欣赏、甚至背诵诗人关于蝴蝶、水仙花、彩虹和云雀的赞歌。19 世纪 30 年代开始，因为受华兹华斯诗作的影响，越来越多的脚步踏上了这片曾带给诗人无限灵感的土地。英国当代随笔作家阿兰·德波顿在《旅行的艺术》里《乡村与城市》一文中写道，“到了 1845 年，前来湖区观光的游客估计比这里的绵羊还多。”人们在这里瞥见诗人的影子，并且在诗人描述过的山坡和湖畔寻觅自然界的力量。

在这里，威廉写下了震撼世界的诗句，柯尔律治也为后人留下了大量的诗作和评论，多萝西撰写了九本日记……柯尔律治说，“湖区，他们三个人共有一个灵魂。”威廉·华兹华斯与柯尔律治合作撰写出版的《抒情歌谣集》，被誉为揭开了浪漫主义诗歌的序幕。多萝西则亲历和见证了这场伟大的诗歌变革的过程。

如果，与世界水乳交融
我已经满足
以小小的快乐，度日
……远离

小小的恩仇和卑劣的欲望
这些都是你所赐
你的风和咆哮的瀑布！都是你的
你的高山！噢，你的大自然（华兹华斯《序曲》）

他们在湖区“以小小的快乐度日”，留给后人们在流经岁月里无限的感叹和怀想。静谧的湖水、蔚蓝的天空、缓缓行走的羊群、转动的风车、黄黄的水仙，还有草原上的彩虹，这些元素带给诗人诗意的联想，于是，那些飘逸的诗句从湖区飞扬开来。诗的境界是什么样的呢？我想应该就是这湖区浪漫的、无拘无束的、感性的、随意的、甚至还带有一点点感伤的情怀。一座山，一条河，一个瀑布，一朵花，甚至一阵风，都能免于“小小的恩仇和卑劣的欲望”。

在湖区，你会发现英国的村庄几乎和“现代化”没有太大的关系，到处都可以看到原始的风光，很多年过去，这里的自然风貌也不会有太大的变化。仿佛眼前的一切都还是两百多年前诗人所描绘的景物，小路、树林、石头木屋……仍然保存在这里。参天的古树、叽叽喳喳的鸟群，缓缓移动的绵羊，似乎都还是很多年前的画面，很旧，很古老，但是十分干净，收拾得异常整洁。不仅在湖区，英国的乡村几乎都是这样，明信片一样。

在诗人眼中，这里是“痛苦世界里安宁的中心。”如今，依然。

1813 年，华兹华斯带着妻子、3 个孩子和妹妹多萝西开始永久地居住在赖德尔山庄，直到 1850 去世。陈旧雅致的石砌小楼——诗人华兹华斯故居就坐落其间。山庄不是很大，用薄薄的石片垒砌起来院墙也是矮矮的，凝视眼前，有一种敬畏的感觉，仿佛听到了诗人一家和妹妹乔迁新居的欢声笑语，孩子们追逐爱犬的身影似乎就在眼前。“湖畔派”诗人们，在这里酬酢唱和，吟风弄月，悠闲自得的神情依然跳跃在这湖边的小楼庭院里。

我看最低微的鲜花
都有灵魂
但是他们却深藏在
眼泪达不到的地方（华兹华斯《永生的悟颂》）

诗人的每一行诗句，我们都能感受到他是用心在体悟自然，宛若暖阳普照大地，鸟儿、花草顺着太阳的抚慰，飞扬着灵动的心。华兹华斯对于大自然的非凡感受力和鉴赏力令人击节。他伫立在树林里，就能听见“那些小曲的微弱尾声——它专为人耳朵响起。”他在湖边停留，就能看见“一大群美丽的小小精灵，全像月光下的空气，晶莹闪烁”。他可以感受到“爱正在普天下滋生，在心灵之间悄悄地交流——”他“会通过全身去吮吸这季节的精魂神魄”……诗人与大自然进行着精神的交流，在天人合一的融会和结合中，体悟自然，感叹人生，饱含着深情的悸动和透彻的感悟。

时常，在寂寞的屋内
或在市井的喧嚣中
我得以困顿中感到一种甜蜜
获得宁静的回归（华兹华斯《丁登寺》）

其实，大自然是我们人类灵魂取之不尽的宝藏。然而，因为我们的惯性和自私自利的奢求，我们对于大自然赋予人类那种空灵的情愫视而不见，充耳不闻，心灵无法去深层触及感悟，更多注重的则是它带给人们丰腴的物质享受。有时候为了更多的豪取掠夺，我们甚至不惜一切去毁灭它。柯尔律治认为，华兹华斯赋予日常的事物以新意，激发一种超越自然的感觉，唤醒人们的意识，使它从惯性的冷漠中解放出来，看到眼前的世界多么可爱和奇妙。

华兹华斯生活在英国工业革命高涨的年代，那时的英国，到处是高高竖起的大烟囱，热火朝天的机器化进程使得人们纷纷涌

向城市。然而，华兹华斯却悄然隐居在湖区，创作了大量的诵咏自然的诗歌，他在内心深处想用这些文学方式对所谓的“工业文明”进行强烈的抨击。他反对工业化对大自然带来的破坏，他认为大自然的一草一木都充满了灵性。他对蝴蝶说：“你累了，就来这里歇歇翅膀。住这儿，就像住教堂一样，不必担心谁有坏心肠。”他告诫人们，不要“从大自然的书上把珍贵的这一页撕下”，“凡现在使你着迷的一切，从你插手的日子就消失”……他选择“微贱的田园生活”，以诗歌关注同情那些深受工业革命危害的底层贫民，寂寞的山道间吃着讨来干粮的老乞丐、流浪在城市的农村妇女苏珊、抱着最后一只羊的农民，被遗弃的农村姑娘罗斯……当然，他的诗歌里也记述了很多没有受到工业社会污染的那些与自然相伴的人，天人合一的自然状态在英国依然存在着，羊栏里的迈克尔，孤独的退伍老兵，高地上的割麦女……这些都是没有受到“工业文明”污染和扭曲的自然人。还有那些儿童，身上依然保留着“神性”。

然而，时至今日，华兹华斯的警示仍然在告诫当今的人们这样一个颠扑不破的真理，失去自然，人类将会失去自己。以致两百多年后，中国作家莫言几乎以同样的口吻说：“我们要通过文学作品告诉人们，在资本、贪欲、权势刺激下的科学的病态发展，已经使人类生活丧失了许多情趣且充满了危机，我们要通过文学作品告诉人们，悠着点，慢着点，十分聪明用五分，留下五分给子孙！”

其实，行走在湖区的天光云影下之余，诗人也曾反思自己所受18世纪的启蒙运动影响的那些日子。多年以后，他在自传体长诗《序曲》中，记述了自己被法国革命的理想深深吸引，追求理想主义信念破灭时的真实心情：

我仍痛恨专制，反对个人的
意志成为众人的法律；痛恨
那无聊的傲慢贵族，他们凭不公正的

特权站在君王与人民之间

……

因为当希望尚存，会有温情

寄予劳苦大众……

拿破仑上台之后，对其周边他国家发动一系列前所未有的侵略战争，包括对华兹华斯的祖国在内。这些使华兹华斯对法国革命产生了彻底的幻灭感。他在长诗《远游》里借用布鲁图曾经说过的话：“自由，我曾对你敬若神明，但是你原来只是个影子。”直到1795年，华兹华斯在妹妹的陪同下在湖区安顿下来。美丽的自然风光渐渐抚平了他精神的创伤。但是，他也绝不是从此简单地寄情山水，寻花问鸟。他时时刻刻都在思索着人类的前途。

我躯体中的灵魂

与大自然完美融合

我呀，想起了那问题就心疼：

人把人变成了什么？(华兹华斯《早春命笔》)

华兹华斯曾经说：“诗是强烈情感的自然流露。它起源于在平静中回忆起来的情感。诗人沉思这种情感直到一种反应使平静逐渐消逝，就有一种与诗人所沉思的情感相似的情感逐渐发生，确实存在于诗人的心中。”

漫步在诗人的故乡和他的诗行里，诗人自然流露出的强烈情感，我不难体会。人类丧失了本身原始的、纯洁的道义，才会与自然之间的关系紧张，才会丧失了人对大自然的责任感，无端残酷地肆意虐待大自然。在利益面前，在物质诱惑与实用主义盛行之时，华兹华斯看到了人类道德的堕落和沦丧。

200多年后，在遥远的东方中国，莫言这样感叹着：“在人类没有发明空调之前，热死的人并不比现在多。在人类没有发明电灯前，近视眼远比现在少。在没有电视前，人们的业余时间照样很丰富。有了网络后，人们的头脑里并没有比从前储存更多的有

用信息；没有网络前，傻瓜似乎比现在少。我们要通过文学作品让人们知道，交通的便捷使人们失去了旅游的快乐，通讯的快捷使人们失去了通信的幸福，食物的过剩使人们失去了吃的滋味，性的易得使人们失去恋爱的能力。”

莫言先生的言下之意，我们不难看出，200 多年来，人类对自然的毁坏和摧残却一直没有停止过。“我们要通过文学作品告诉人们，没有必要用那么快的速度发展，没有必要让动物和植物长得那么快，因为动物和植物长得快了就不好吃，就没有营养，就含有激素和其他毒药。”莫言如是说。其实，这些现象早在200多年前的华兹华斯就意识到了，莫言只是在重申而已。

“我们或处于空虚、焦虑的思绪中，或在动荡的世界里、在城市交通阻塞中穿梭，但都能凭借旅行中所见的自然现象，如一片树林或湖畔的几朵水仙花，来缓解一些怨恨和卑劣的欲望。”阿兰·德波顿在《乡村与城市》里借喻华兹华斯的思想告诫当今的人们何为旅行的艺术。我想，这种想法正是我到湖区慢步行走的初衷。

“我孤独地漫游，如山谷上空悠悠飘过的一朵云霓……”

三十、远去的机器轰鸣声

1866 年，时值慈禧太后垂帘的同治时期，清政府洋务派人物恭亲王奕䜣派一个名叫斌椿的海关官员赴欧洲考察，他考察了英国曼彻斯特后，在《乘槎笔记》一书中写道：此地人民五十万，街市繁盛，为英国第二埠头。中华及印度、美国棉花皆集于此。所织之布，发于各路售卖。织布大行楼五重，上下数百间，工匠三千人。棉花由弹而纺、而织而染，皆用火轮法。织机万张，刻不停梭，亦神速哉！

这是 150 多年前，一个腐败、落后时代的中国官员眼里以棉纺织业为代表的英国“工业革命”的生机。字里行间，可见这位官员当时的心境。早在上中学时代，课本就告诉我们曼彻斯特是英国“工业革命”故乡，也是英国工人运动的“摇篮”，恩格斯曾在此居住多年。

此刻，身临其境，视野所及的是一座历史与现代相融的赋有活力的城市。1727 年建设的曼彻斯特大教堂巍然屹立，1827 年修建的铁路如今还在运行，1877 年建设的市政厅以及一批 18 世纪和 19 世纪的建筑在曼城中心地带处处皆是，1927 年建成的有轨电车依然是这个城市的主要交通工具之一……这里弥漫着百年以前浓郁的工业生活气息。但是，这里同时拥有欧洲最大的室内时尚购物中心，生机盎然的 China Town，还有举世瞩目的顶级足球队——曼彻斯特联队及其现代化体育场馆。

在曼彻斯特，所到之处，工业革命的历史遗迹星罗棋布在这座城市的每一个角落，一排排旧日的厂区，厂房，尽管人去楼空，不再有旧日繁忙的景象，但是依然保存完好，整洁有序。穿

行其中，烟囱林立，车轮滚滚，马达轰鸣的场景依旧弥漫在人们的记忆之中。这座城市曾经被人们冠以“北方之都”、“棉都”、“仓库之城”等美誉，人类文明进步的步履在这里经历了艰难的转折和跨越。

17 世纪初，英国出现了最早的棉纺织业，100 年后，纺织技术还很原始，一个人手摇纺车，拉着一根长长的棉线，既耗时又费力，满足不了当时纺织品市场的需求，更难以抵御来自中国、印度等东方国家棉纺织品的冲击。为此，1700 年英国议会通过法令，禁止从中国、印度进口染色的棉织品。其目的是为了保护本国纺织业的发展，所以，棉纺织工业在英国率先进行了史无前例的技术革新。

在纺织业实行技术革新和实现机械化的过程中，与纺织业相关的行业也相继发生了技术变革。尤其是蒸汽机的诞生，大力推动了英国工业革命的进程，造船、机车、煤炭、冶炼、农业机械以及其他机械动力行业，将工业革命的滚滚浪潮推向前进。于是，成千上万吨的棉纺织品就从曼彻斯特装上列车，运往 30 英里以外的利物浦，然后运往世界各地。这场首先发自曼彻斯特的工业变革，也让世界发生了改变。当年一位英国商人说：“英国人的船舶像飞虫一样地蜂拥云集，他们的印花布覆盖了全世界。”当时的曼彻斯特因此被称之为“世界工厂”。

英国的工业化进程推动了社会各个领域的强劲发展，社会生产力实现了空前的飞跃。几十年的时间，英国的棉织品产量增长 50 倍、采煤量增长 8 倍、钢铁产量增长 1300 多倍。到 1800 年的时候，英国的煤、铁产量比世界其他国家生产的总和还要多。1820 年，英国工业生产量已占全世界总产量的 50%。工业革命使英国社会经济结构和劳动力分布发生重大变化，农业在国民生产总值中的比重从 1770 年的 45% 降到 1841 年的 22%。农业劳动力的比重大幅下降，原来以农业为基础的社会一下子转变为工业社会，国力大幅度提升。

在2012年第30届伦敦奥运会的开幕式上，英国人以艺术的形式再现了300年前那个时代的故事场景。

从20世纪初的经济大萧条开始，曼彻斯特的工业结构发生了变化，纺织工业开始衰退。市中心在二次世界大战中遭到纳粹德国的轰炸，战后重建过程中，保存了大量原有的工厂、仓储设施，重新建设的建筑具有一定的现代特征。曼彻斯特歌剧院、那些时尚的购物广场、旧日厂房改建而成的各种科技馆、博物馆和展览馆让许多人流连忘返。往日机器轰鸣的车间现在即便什么都没有，空空荡荡、安安静静、整整齐齐地在那里向人们昭示曾经繁忙的岁月，成为人们追忆人类遗产的历史见证。

漫步在曼彻斯特一排排陈旧而整洁的厂区，能深切感受到这座城市的历史所承载的民族文化，点点滴滴的追忆都彰显着这个民族的凝聚力、熔铸英国人的情感。一个城市的城市符号，是一个民族生生不息、世代传承的纽带。每一座城市的历史变迁，都浓缩民族发展的历史演变，蕴含厚重的文化内涵，是人们宝贵的物质遗产和精神财富。如何面对历史，体现的是一个国家和民族对人类文明发展和社会进步的崇高责任，也深刻体现了一个城市的价值追求。

如今，这座古朴典雅的城市早已远离了那段“蒸汽和汗水”的岁月，足球场上的呐喊和喧闹代替了昔日隆隆的机器声，人们吹着口哨悠闲地穿梭在那些时尚的酒吧间和时装店，在绿茵满地的河边静静地慢读。如今，在英国，除了伦敦外，这里还是华人聚集的最大城市。中国人的脚步在这里络绎不绝。这里的唐人街也是欧洲第三大唐人街，是全英第一的。曼城唐人街是于20世纪70年代开放棉花仓库时逐渐形成的。如今，到处布满汉字的广告招牌，中国商品的超市、中药店和中餐馆在唐人街比比皆是。

走马观花，没有更多的时间去仔细品味曼彻斯特深藏的风韵，只是触景生情地怀想这里曾经给人类留下的记忆。大多时间

我是坐在车里穿行在曼城的大街小巷，干净整洁的古老厂区，窄窄的马路，有序的车辆，庄重简洁，古朴典雅，让我在历史的细节中品味这座城市的历史和文化。

时至中午，一家叫“国民饭店”的华人饭馆让我止住了脚步。“中国结”、大红喜字、中国剪纸以及中国山水画，这些浓浓的中国元素让我忘记了此时是身置异国他乡。想到下午要去曼彻斯特联队的主场 Old Trafford Stadium（老特拉福德球场）体验曼联足球疯狂的历史，于是匆匆吃了饭，便赶往老特拉福德球场。

有人曾说，“麦加是伊斯兰教徒的圣地，这里是球迷的圣地。”

三十一、曼联足球的百年疯狂

早年读《新概念英语》第四册，里面有一篇关于体育精神的文章，说的是一个国家的民众若在足球场或板球场上交锋，就不愿在战场上互相残杀。可见，足球之类的体育赛事在人们心中是多么激烈。不管你是哪个国家的人，不管你是男是女，是老是少，也不管你懂不懂足球，一场惊心动魄的足球赛，肯定让你废寝忘食。足球给普通的体育爱好者以无穷的乐趣和回味，给商人带来无限的商机和财富，让智者思考，让仁者更爱生活。足球带给人们的震撼是其他任何运动都无法比拟的。

说起足球，人们可能无不关注世界杯，欧洲杯，英超联赛等等这些让人兴奋的赛事。奥莱·索尔斯克亚、大卫·贝克汉姆、克里斯蒂亚诺·罗纳尔多（C 罗）和韦恩·鲁尼等等都是球迷们耳熟能详的世界级球星。然而他们都与曼彻斯特联队辉煌的历史紧密相连。

曼联确实是一支实力强大的球队，“凶狠”的逼抢，强有力的远射，攻守兼备，都是球迷们难忘的。球迷说，主场上曼联那身红上衣，白短裤的球衣，很鲜艳、很显眼，很有王者的感觉，再加上老特拉福德球场的宏大，看曼联的比赛总有一种莫名的神圣感，很容易让人一眼就爱上这支球队，这支球队也因此被人们称为“红魔”。

曼彻斯特联队成立于 1878 年。1892 年加入英国足球联盟，1902 年改名为曼彻斯特联队。曼联队的第一鼎盛时期出现在 20 世纪初期，取得两次联赛冠军和一次足总杯冠军，成为当时英国足坛最受欢迎的一支球队。1945 年，巴斯比爵率领他的“巴斯比

孩子”于1956和1957年两度夺得联赛冠军，并在1957年人足总杯决赛成了当时的英国霸主。

1958年2月6日，曼联队在南斯拉夫参加欧洲足球冠军杯四分之一决赛中淘汰了南斯拉夫贝尔格莱德红星队，获得半决赛权。曼联兴高采烈地踏上了返乡路程，可这却成了一场死亡之旅。满载着俱乐部官员、教练、球员和随队记者等43人的客机在慕尼黑加油之后，在风雪中两次起飞都没有成功，第三次尝试起飞，飞机在滑行了一段距离后消失在茫茫的夜空……共有23名球员、记者在空难中丧生。但是，让人们欣慰的是两位关键人物——巴斯比爵士和博比·查尔顿都在空难中生还，为曼联的重新崛起留下了火种。1965年和1967年巴斯比率领曼联两次联赛称雄。1968年他们夺取了欧洲冠军杯的冠军。自1992—1993赛季开始，曼联几乎包揽了所有的联赛冠军。在1999年，更是创造了三冠王（联赛、足总杯、欧洲冠军联赛）的奇迹。

进入21世纪，曼联战果依然辉煌，2011年5月14日，曼联客场提前一轮夺取2010—2011赛季英超冠军，这是曼联第十二座英超联赛冠军，也是第十九座英格兰顶级联赛冠军。2011年8月7日，曼联在补时最后一分钟，由纳尼完成绝杀，最终凭借着这一进球实现大逆转，击败曼城队，第19次获得社区盾杯……

我不是一个狂热的足球爱好者，但是，到了曼彻斯特，不能不说足球。此刻站在老特拉福德球场，鲜红的英文大字“MANCHESTER UNITED”（曼联）异常醒目，告诉人们这里因为足球而倍觉辉煌。老特拉福德球场是曼联的主场，它还有一个响亮的昵称，“梦剧场”（The Theatre of Dreams）。因为在这里，过去100年里上演过数不清的经典比赛，世界上最好的球员和最好的球队都曾在这里献技。

球场的小商店里出售各种与曼联相关的纪念品，球鞋、球服、球袜还有各种图案的足球。有的人在挑选球袜，有的家长为孩子选择球衣。同行的邓先生，是个足球爱好者，他几乎不问价格，买了一套球衣，当即穿上。我问他为什么在这里买球衣，价格不低啊。他笑了笑说："亲自光临，机会难得，该出手时就出手。"尽管他以幽默的口吻和我说话，但我已经感觉到了他浓郁的足球情结。

我们走进球场内一个类似博物馆的地方，相关的资料介绍了体育场设计的色彩庄严而瑰丽。四面和曼联球衣一样美丽的红色的看台是老特拉福德的骄傲。在北面看台上由白色的座椅拼成了巨大的"MANCHESTER UNITED"的字样，在东西面看台上是分别曼联最大的赞助商 AIG 和 UMBRO 的名字。整个球场容纳量现在为 76000 人，还有家属看台、私人包厢、客场球迷座位和残疾人专用位置。私人包厢提供闭路电视播放慢镜头或重播射门镜头，并配有专人侍应。老特拉福德拥有的世界上最好的草坪，由四种不同颜色的草种植成。

南看台上的巴斯比雕像和慕尼黑之钟更为引人瞩目。高高悬挂的慕尼黑之钟指针永远停在 1958 年 2 月 6 日 8：15 那一个叫人痛彻心扉的时刻。那场空难后，巴斯比爵士在废墟中重建曼联。为了纪念他的功勋，人们将他的塑像放在这里，巴斯比右手叉腰，左手抱球，凝视着前方，仿佛在默默为红魔的明天祈祷。与马特·巴斯比爵士塑像遥相呼应的是对面广场上一块名为"Holy Trinity"（神圣三人组）的雕像。这座雕像是为了纪念博比·查尔顿爵士、乔治·贝斯特和丹尼斯·劳的伟大功勋，他们三人一共为曼联打进了惊人的 665 球。而在 1964 年至 1968 年间，这三位足坛巨匠都获得了欧洲足球先生的殊荣。

如今，每当球迷们步入梦剧场，这些足坛名宿的英姿就高高竖立在眼前。

站在足坛名宿雕像旁和红魔徽标前留个影吧，也算到过曼联主场。此刻，身临其境，此情此景让人感叹足球的魅力和疯狂。仿佛置身其中的不仅仅是一座体育馆，而是一个永恒的精神符号的象征，它的每一根钢梁仿佛像精灵一样浓缩了曼联的历史，它

的每一级台阶都诉说着一段酸甜苦辣的往事。

无论你是新生的“80、90后”，或许你刚刚体验过曼联三冠王的狂喜，还是你是80、90岁高龄，白发苍苍的你忆起曼联百年的风起云涌，都会体验出一种豪气万千、壮志凌云的人生。当你在老特拉福德球场前漫步，即使在它空无一人的时候，你也能强烈地感觉到一种深沉博大与激情交融的特殊气氛。所有的期待，失落，欢乐与泪水都曾在这里倾注，所有的希望与梦想都在这里实现。这里欢腾一片，无时无刻。

老特拉福德球场被全世界几百万曼联球迷称之为“梦剧场”，其实这个让他们魂牵梦萦的圣地，何尝不是演绎人生的剧场呢。

三十二、拜谒莎翁故居

与众多历史悠久的英国小镇一样，斯特拉特福也是一座古朴娴静的小镇。然而，因为莎士比亚，每天慕名而来的世界各地的游人纷至沓来，打破了小镇的宁静。今天，我也成了游人中的一员，怀着崇敬和膜拜的愿景来拜谒莎翁故居。走在斯特拉特福古老的街上，一种敬畏之感油然而生……

大学时代，老师在课堂上深入浅出地给我们讲解这个被称为“英国语言之父”的莎士比亚。那位老师因言获罪，不幸被囚禁多年。平反昭雪后来到大学教书，他激动的心情化作了课堂上兴奋不已的肢体语言，他用已经生涩了的英语依然流利地向我们诠释莎士比亚，手在空中比画着，手臂微屈，手指摆出个奇特的造型，似乎莎士比亚在他心中储藏了多年，一下子要迸发出来。由于我们是初接触那些古体英语，对老师的讲解不是完全明白，他因为我们似懂非懂而时常眉头紧锁，还不时地停下来沉思，像是在解决一个世界性的难题。说实话，当时我们听进心里的并不多。对莎翁的作品以及闻名遐迩的十四行诗只是了解点皮毛。但是，深刻记住了莎翁在《哈姆莱特》中丹麦王子的那句经典独白：

“To be or not to be，that is a question.”（生存还是死亡，只是一个问题。）

就这样，大学毕业后，我居然想报考兰州大学水天同教授的莎士比亚研究的研究生。水老先生给我写来了洋洋洒洒的信鼓励我报考，因为才疏学浅，我最终不敢问津。后来才知道，这位博学的老先生是央视主持人水均益的伯父（水家是兰州著名的书香门第）。

英国回来后，想写写大文豪莎翁，却一直不敢轻易动笔。从书房找出了一些大学时代读过的书，想从过去的记忆中找回一些莎翁曾经留在自己心中的影子。那个年代，西方文学刚刚被大幅度引进，相关的资料也不是很多。打开仅有的几本英文和汉文的文学史和英国文学作品，密密麻麻的英文笔记涂鸦了整个章节，现在看起来也不是很明白，粗劣看看笔记大致记录了莎翁一辈子创作的作品名称和创作阶段，他的人生基本轨迹和老师对其作品的点评。倒是也很欣慰，在大学时候学习莎士比亚，我是认真的。于是，花了几天时间，重新快速阅读了英文版的 Ifor Evans 的《英国文学简史》、程嘉的《英国文学史》和刘炳善的《英国文学简史》以及汉文版的杨周翰等主编的《欧洲文学史》和朱维之赵澧的《外国文学简编》中涉及莎翁的章节。现在看来，那个时候出版的这些文学研究著作中有些观点和看法有失偏颇，也不合时宜了。

于是，这几天，我开始重新阅读莎翁的一些原著。

有朋友打来电话，“什么年代了，还读莎士比亚?”我说，“我有心情。”

莎士比亚一生创作的文学巨著多不胜数！光戏剧就有 137 部，还写过 154 首十四行诗，三首长诗。其代表作有四大悲剧：《麦克白》《李尔王》《哈姆雷特》和《奥赛罗》，四大喜剧：《皆大欢喜》《仲夏夜之梦》《第十二夜》和《威尼斯商人》。其经典剧作之一《罗密欧与朱丽叶》写的是中世纪时期发生在意大利北部小城维罗纳的一个真实故事。故事的男女主人公罗密欧与朱丽叶，用刻骨铭心的爱殉情而亡，最终换来了两个家族的握手言和。几百年前封建专制时代的悲壮情节，在莎翁笔下被刻画得栩栩如生，莎士比亚用诗意的语言，使悲怆的死亡闪耀着人性的灵光，浪漫的旋律一直回响到几百年后，甚至永远。他的那些经典历经四五百年而不衰，成为人类永久的精神食粮……

朱光潜先生在《旅英杂谈》里这样评说莎翁的《哈姆雷特》，

“我们不能把《哈姆雷特》当一本书读，也不能只把它当作一本戏看。《哈姆雷特》是一部悲剧，而上品的悲剧都是上品的诗。看《哈姆雷特》不能看出诗意来，便完全没有领会这本悲剧的美。”

到了莎翁故乡，才知道他故乡小镇的全称为“埃文河上的斯特拉特福德”（Stratford-upon-Avon），坐落在埃文河边，小镇窄窄的街道两边保存着不同时期的古旧建筑，有中世纪伊丽莎白时代的，有18世纪乔治时代的也有19世纪维多利亚时代的，尖尖的屋顶，有的色彩鲜艳，有的陈旧灰暗，特别是那些墙壁用黑色的木条分割成黑白相间的网格状，如同积木，好像童话故事里的房子一样。走在古镇的街巷，身临16世纪的英国乡村，仿佛身边吹来中世纪纯朴暖和的微风，浑身舒适惬意。其实，在莎士比亚生活的时代，这是个只有1000多居民的小镇。

正是由于莎士比亚，这个小镇才得以大扬远名。随意环顾一下小小的街心四周，莎士比亚研究中心、莎士比亚遗产监管会、皇家莎士比亚剧院、莎士比亚书店、莎士比亚饭店、莎士比亚酒吧、莎士比亚纪念品商店、莎士比亚画廊、莎士比亚古玩店、罗密欧与朱丽叶咖啡屋……无不昭示着这位文学大师显赫的名声。居然，我看到了一堵墙上写着硕大的“SHAKESPEARIENCE”，我的理解是“经历着莎翁一样的经历”，让人感慨万千。

威廉·莎士比亚于1564年4月23日生于埃文河畔斯特拉特福的一位富裕的市民家庭。其父是经营羊毛、皮革制造及谷物生意的杂货商，当过镇长。他7岁时被送到当地的一个文法学校念书，学过拉丁语和希腊语。但因他的父亲破产，未能毕业就走上独自谋生之路。从学校回来后，当过肉店学徒，也曾在乡村学校教过书，还干过其他各种职业。这期间，经常有一些旅行剧团、马戏团之类的演出团体到斯特拉福德小镇表演。他在这里初步接触了戏剧。后来他到伦敦，先在剧院当马夫、杂役，后入剧团做过演员、导演和编剧，并最终成为剧院股东，不久即开始独立创作。打破了有牛津、剑桥背景的“大学才子”们所把持的剧坛，这个曾经被人讥讽为“粗俗的平民”、“暴发户式的乌鸦”的人最终却成了“无与伦比”的剧作家。

从1594年起，他所属的剧团受到王公大臣的庇护，称为“宫内大臣剧团”。1596年，他以他父亲的名义申请到“绅士”称号和拥有纹章的权利，又先后3次购置了可观的房地产。1603年，詹姆士一世继位，他的剧团改称“国王供奉剧团”，他和团中演员被任命为御前侍从，因此剧团除了经常的巡回演出外，也常常在宫廷中演出，莎士比亚创作的剧本从此蜚声社会各界。他在伦敦生活了20多年，在接近天命之年时隐退回归故里与妻子团聚。1616年4月23日，年仅52岁的莎士比亚不幸去世。

在故居的门口，我遇到了刚从剧院出来的演员模样的两位女士。她们告诉我她们是专门扮演《仲夏夜之梦》剧中人物的演员。我就随意问了一句：“当初莎士比亚为何背井离乡奔赴伦敦?”其中一位女士给了一个让我好奇的回答：“相传他曾在一个财主兼地方官员的土地上用猎枪偷猎，结果被发现，他为此挨了揍。莎士比亚出于报复，就写了一首讥讽大财主的打油诗。这首诗没过多久便传遍了整个乡村。大财主无论走到哪里，总有人用这首打油诗来嘲笑他。财主非常恼火，于是准备想办法惩治莎士比亚，莎士比亚因此被迫离开斯特拉福德小镇，逃往伦敦。”

如果这位女士所讲的传说是真实的，那么，我可以幽默地认为是那支猎枪，成就了莎士比亚。

莎翁故居位于小镇上亨利街的北侧，是一座带阁楼的二层小楼，瓦顶斜坡、泥土色的外墙、陈旧的门板，古色古香的门廊使这座16世纪的老屋格外引人注目。当年，莎士比亚的父亲买下它，一半用做住宅，一半为手工作坊。莎士比亚的童年和青少年时代都是在这里度过，晚年，又从伦敦回到这个小镇，退隐故里。

走进大师的故居，我居然从这里成列的物品里看到了那支已经损坏了枪托的猎枪。突然间，眼前出现这样一幕情景：一个幽默诙谐顽皮聪颖年轻的莎士比亚奔跑在乡野的树林间，拼命地追赶一头鹿，瞄准以后，举枪射击。一声枪响过后，他的麻烦随即而至，一帮人追逐他满地奔跑，终于，他摔倒了。接着，一顿拳脚相加的狂扁……后来嘛，后来，至于那首什么讥讽的打油诗被到处传诵，弄得那个财主名声扫地，因为没有记录，后人不得而知。

故居里还展示莎翁幼年童年时期使用过的物品，甚至他的烟盒、他扮演哈姆雷特时的那把剑、他和父亲在作坊用生皮制作的手套以及一些用具原物都展现在游人面前。当然，还陈列着他诸多不朽的巨著。我看到了放置在一间阴暗斗室炉灶旁的角落里的一把古老的椅子。它让我想到也许在幼年时这个顽童多次在这把椅子上，凝视着在炉火上的烤肉，咽下一口口垂涎；或者坐在这椅子上，聆听镇上那些长着讲述奇闻趣事，妖魔鬼怪的传说……旧居室房间的墙壁上甚至窗户的玻璃上涂满了几百年来无数朝拜者前来瞻仰莎翁时留下的名字和缩写字母，在这些签名留念的人中有赫赫有名的拜伦、司各特、华兹华斯、济慈、华盛顿·欧文、萨克雷、白朗宁这些文学大师。我还看到了“查尔斯·狄更斯于1838年参观了莎翁故居”、“马克·吐温于1873年到此”……

走出故居后门，就进入了莎士比亚故居的后花园。据说，园中的那些各类花草树木都是莎翁作品中所提及的，可见后人们对莎翁著作的青睐程度。古屋在鲜花绿草的映衬下，越发显得质朴无华。现场有演员在花园里表演莎剧小品，让人们身临其境地欣赏了一回莎翁的幽默与诙谐。

埃文河边是一个风景如画的公园，三三两两的游客，有的在河中划着小船，有的在草地席地而坐，享受野餐的乐趣。河畔矗立着一组青铜雕塑是莎士比亚和他塑造的四个人物：《亨利四世》中的福斯塔夫、《麦克白》中的麦克白夫人、《亨利五世》中的皇

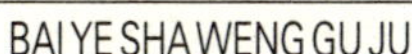

太子和《哈姆雷特》中的哈姆雷特。据说雕塑家以此象征莎剧的四个基本类别：历史剧、哲理剧、悲剧和喜剧。莎翁风度优雅地坐在纪念碑碑顶的一把椅子上，默默地沉思着，仿佛凌驾于时空之上，在俯瞰着来来往往的人们。

此刻，埃文河在阳光的映射下缓缓流去，一只只休闲的游船懒散地停靠在水面，偶有天鹅和野鸭在河中游动，搅起片片金色的涟漪。近处莎士比亚剧院的红色砖墙，远处的教堂的尖顶依次倒影在宁静水面，让人感觉仿佛处在梦境之中。看着青铜雕塑一个个栩栩如生的面容，那富有勇气的亨利五世、质疑人生的哈姆雷特、野心勃勃的麦克白夫人以及自吹自擂的福斯塔夫仿佛让人们在莎翁的作品中穿插到500年前。

500年前莎翁那些不朽的至理名言，至今依然在人们心中传诵。

“金子？黄黄的、发光的，宝贵的金子？……只要这么一点儿，就可以使黑变为白，丑变为美，错误变成正确，卑贱成为高尚，老变少，怯变勇……”

“名称有什么关系？玫瑰不叫玫瑰，依然芳香如故。”

“善良的心地，就是黄金。”

“望见了海岸才溺死，是死得双倍凄惨；眼前有食物却挨饿，会饿得十倍焦烦；看到了敷伤的膏药，伤口更疼痛不堪；能宽慰悲哀的事物，使悲哀升到顶点。”

“世界是一个舞台，所有的男男女女不过是一些演员，他们都有下场的时候，也都有上场的时候。一个人的一生中扮演着好几个角色。”

……

逝者如斯，如今的埃文河早已不是莎翁之所见，世界也与500年前的日子天壤之别，斯特拉特福不再有小鹿可以捕猎，马戏团业已消失，故事已经远去。然而，威廉·莎士比亚，“他不是一个时代，而是所有的岁月。”

三十三、落日下的奢华

布莱尼姆宫（Blenheim Palace），是英格兰最精美最富丽堂皇的巴洛克式乡村庄园之一。因温斯顿·丘吉尔出生在这里，人们习惯地把这里叫作“丘吉尔庄园”。

到达这里已经是午后，布莱尼姆宫在阳光的沐浴下，闪现出金色耀眼的光轮。四周花园里的绿色植物被人工雕琢成大大小小的几何图案，长方体、圆柱体甚至立体三角形，酷似童话里的王国。比十个足球场还要大的草坪，一株株参天古树在蓝天下拔地擎天，桀骜不驯的风骨仿佛在告诉人们这里曾经的辉煌和荣耀。

布莱尼姆宫世代居住的是一个非常显赫的家族。其辉煌的根脉可追溯到 18 世纪初。当时的马尔伯勒（Marlborough）公爵一世约翰·丘吉尔才华出众，作战英勇，1704 年 8 月 13 日，他在布莱尼姆，击溃了法国国王路易十四的军队“太阳之师”，并俘获法军首领泰拉德元帅，令整个欧洲为之震惊。约翰·丘吉尔浴血奋战，前方不断传来胜利的消息。此举深得当时女王安妮的器重，女王将自己贴身的女仆萨拉赐给约翰为妻，约翰·丘吉尔同时以平民身份获得“马尔伯勒公爵”称号。1705 年，安妮女王将牛津附近数百公顷的皇家猎场赐予了马尔伯勒一世公爵约翰·丘吉尔，以表彰他的丰功伟绩。

“在慷慨的君主幸运之光照耀下，这所房屋建给马尔伯勒公爵及其夫人萨拉，由温布勒先生在 1705 年到 1722 年建成。”丘吉尔庄园东门上的碑文依然记录着曾经的光环。

庄园的四周环绕着公园、湖泊、喷泉和因“礼节”而营造的各式私家花园。徜徉在这些斑斓的花园中，一个个英语标识牌提

醒着人们所到之处是 Secret Garden（神秘花园）、Italian Garden（意大利花园）、Water Terraces（梯田水景园）、Rose Garden（玫瑰花园）和 Cascade（瀑布花园）、Pleasure Gardens（开心花园）、Marlborough Maze（马尔伯勒迷宫）、Lavender Garden（薰衣园）……巨大的几何形花坛、喷泉、一个个水神雕像、一尊尊古罗马雕塑在湛蓝天空下是如此生动，无不呈现出典雅和高贵。坐在辽阔柔软的青草绿地上，布雷顿教堂和丘吉尔家族墓地就在眼前的不远处，温斯顿·丘吉尔在那里与先祖相伴，如今已躺过半个世纪的春夏秋冬。

其实，温斯顿·丘吉尔出生在这里是非常“偶然”的，因为按照英国的贵族爵位“有长不传次、有子不传女”的世袭制度，温斯顿·丘吉尔的父亲身为第三子，没有资格继承“公爵”头衔，所以成年后，便搬出了庄园，和夫人住在伦敦的一幢公寓里。1874 年 11 月，身怀六甲的丘吉尔母亲随丈夫来到“布莱尼姆宫”参加聚会，据说，当时她情绪高亢，夜夜舞蹁跹，至 30 日晚，终因兴奋疲倦过度，她在靠近西边大厅的一个不足 20 平方米的小房间里早产，生下了温斯顿·丘吉尔。

“我这一生没什么遗憾，我为英国生下了温斯顿·丘吉尔！”老人家临终前自豪地说。

这位母亲之所以引以为自豪，是因为儿子温斯顿·丘吉尔一辈子智慧过人，才华横溢，不仅是杰出的政治家、军事家，还是一位颇有造诣的画家，更是一位获诺贝尔文学奖的浪漫诗人。不仅是那一行行浸透浪漫的诗句，一幅幅层层叠叠云彩和天空的图画，更有他先后两任大英帝国首相，叉腰挥手间，千军万马面在其脚下奔腾向前，敌军狼狈逃窜。因二战中叱咤风云取得辉煌功绩，他成为决定世界命运的“三巨头”之一。他震撼了世界，世人对这位伟人肃然起敬。艺术史学家戴维·库姆斯曾动情地评价道：“作为艺术家的丘吉尔，其对艺术的贡献不亚于其对政治和军事的贡献。”

“我一生做了两件非常正确的事情，在‘丘吉尔庄园’出生，在‘丘吉尔庄园’结婚。”温斯顿·丘吉尔曾不无幽默地说过。他对布莱尼姆宫感情深厚，身为这个家族的一员，在有生之年经常重返故里，瞻仰祖辈们的伟业，深入了解辉煌的家族历史。他对这里依依不舍，硕大的庄园每一寸土地都留下了这位伟人的足迹，直至他走完人生之路后，依然和先辈们一起长眠在布雷顿教堂。

在丘吉尔出生的房间，放着一张大床，墙上挂着由丘吉尔自己亲手画的他母亲的油画画像，一个玻璃柜里还摆放着丘吉尔出生时穿过的绣花婴儿背心以及他作首相时穿过的皮拖鞋等等，往里走，长廊上设有关于丘吉尔的遗物展览，展示给人们的是丘吉尔那些气壮山河的岁月。

富丽堂皇的宏伟豪华殿堂，大厅高达 20 米，仰头便能看见天花板上的油画，这是英国著名画家詹姆斯·桑希尔在 1716 年绘制的，画面生动地再现了“布莱尼姆战役”的全过程，展示了“马尔伯勒公爵一世”的辉煌胜利。大厅还陈列着织锦、绘画、瓷器和家具等华丽的艺术收藏品。离开大厅，人们可依次参观“瓷器走廊”、“起居室”、“书房”、“第一、二、三国宾居室”及“长廊图书馆”等。每间居室墙壁上，都挂满了家族先辈们的肖像、各种风景油画及珍贵壁毯，地上铺满奢华的丝织地毯，古旧的家具桌子上，摆着大量王室赏赐的奢侈金银装饰品及瓷器餐具等，在那里向人们默默昭示着往日的辉煌。

如今，丘吉尔家族仍然居住于此。第十一世马尔伯勒公爵依然在这里无微不至地守护着这座历史悠久的宫殿。

据历史资料，建造布莱尼姆宫的过程并非一帆风顺。约翰·丘吉尔在前线的时候，他的敌人们却在后方挖空心思地破坏女王对他的信任。结果，女王下拨的建造庄园的资金一直不能完全到位。1712 年，建造庄园的所有工作，因资金匮乏而被迫停止。安妮女王逝世后，马尔伯勒公爵一世和夫人用自己的钱财耗时 17 年才完成了浩大的庄园修建工程。遗憾的是，公爵一世本人未能活着看到宫殿的全貌。

那些满眼的金银饰品和瓷器器皿让人眼花缭乱，一时眼球都消化不了这样的奢华。于是，还是走到外面看看满眼的绿色。草坪上有几个孩子在玩耍足球，湖岸边、花圃里，各种肤色的游客三三两两或坐或卧，远处湖边的林子里到处是羊群，偶有水鸟贴着水面掠过，瞬间惊起的涟漪顷刻又复归平静。

古罗马人因为名利，建起了奢侈的庄园，俄国人建立贵族的庄园，是因为有很多农奴，法国人营造自己的庄园是为了酿造葡萄美酒。为了逃避烟囱林立的城市，远离工业革命隆隆的机器声，英国人有了自己的乡村庄园。漫步在布莱尼姆宫，放眼四周，就能深切感受到这是典型的英国式乡村庄园，花草一望无际，牛羊在栅栏圈起的牧场内细嚼慢咽，建筑随地势起伏延绵，蓝天下仿佛有炊烟在远处袅袅升起，处处充溢着乡村气息。

和罗马人的奢华不同，与法国人的浪漫也不同，英国的贵族庄园都是在偏远的乡下，完全是远离喧嚣、回归宁静，在无数英国文学作品中我们都能看到。仿佛英国的贵族们钟情于乡村，他们特别愿意做个"乡下人"。那些文学作品读起来也都是纸上谈兵，对我这个在乡村长大的人来说不以为然，可徜徉在丘吉尔庄园，才真正明白英国的"乡下人"是如何生活的。

转眼太阳已经西沉，夕阳映照下的布莱尼姆宫金碧辉煌，大厅里手推小车的妈妈带着牙牙学语的孩童，回廊里双鬓斑白的爷爷奶奶，草地上淘气的少年，光阴在轮回中过了一年又一年，丘吉尔庄园依然在不绝于耳的喷泉声中展示着奢华，炫耀着威严和粲然的光景。这里不同于苏格兰的荒凉和粗犷，也不像伦敦的海德公园、圣詹姆斯公园那样车水马龙，热闹喧嚣，它多了一份从容，多了一份婉约，这里更加宁静。回眸凝视，日落下的布莱尼姆宫在晚霞中依然妖娆富贵，如今，它实际上已经成为一个时代留下的符号，成为人们游山玩水的栖息地。

此刻，我突然觉得落日背影下的赫赫庄园显得如此孤独，寂静的原野和温婉的流水好像在宣告曾经“日不落山”的帝国阴云已经散去。日复一日，往昔的不列颠疯狂如今已是英伦一杯下午茶，啜饮一口，芬芳四溢，荡涤尘埃的雨丝在云卷云舒的光景中道出月升日落的年轮。

三十四、岂止是雪茄的芬芳

“作为艺术家的丘吉尔，其对艺术的贡献不亚于其对政治和军事的贡献。”

走在布莱尼姆宫，不能不认真地仰视诞生在这片土地上的曾经改变世界的巨人——温斯顿·丘吉尔。他从布莱尼姆宫走出，也曾回到自己的这座庄园，召集千军万马，作战争动员令。刀光剑影，铁蹄铮铮，民族的未来在他的指挥刀下凸显曙光，他燃尽的雪茄给整个世界带来了浓烈的芬芳。他的战略计谋、他的演说措辞、他的画、他的著作，还有他抽雪茄的模样，至今仍被人们传诵。他是诺贝尔文学奖获得者，先后两度成为大英帝国的首相……他是布莱尼姆宫的骄傲，英国的骄傲，世界的骄傲。

“在黑暗的年代里，他的言语以及与之相应的行动唤起了世界各地千百万人们心中的信念和希望。”这是1953年瑞典文学院院士利列斯特兰德在当年诺贝尔文学奖颁奖仪式上对前来领奖的丘吉尔夫人这样说的。

他总是喜欢做一个“V”字的手势。“V”字是英文“Victory”（胜利）的第一个字母。他在当选首相的时候，在发表演说的时候，在盟军登陆诺曼底的时候，在法西斯灭亡的时候，在获得诺贝尔奖的时候，他总是喜欢打出一个豪迈的“V”形手势。如果在不做“V”形手势的时候，他的食指和中指之间，常常是夹着一支雪茄。当他摊开世界地图在硝烟弥漫的疆场，决定改变世界的某一个历史性时刻，当他在撰写恢宏巨著《二战回忆录》和《英语民族史》的时候，当他在涂抹画卷吟诵诗行的时候，他的手指间一定燃烧着一支气宇轩昂的古巴雪茄。

丘吉尔曾说过，“生命已尽，雪茄不歇。”

说起丘吉尔，人们对他的印象总是以手里夹着雪茄或者嘴里叼着雪茄的形象出现在大众面前，有人幽默地统计，他一生抽掉25万支雪茄，约3000公斤。如果把这些雪茄连接起来，长度可以绕布莱尼姆宫20圈。

“选雪茄要选最长、最粗壮的。吸雪茄就如谈恋爱，最初是被其外形吸引，能否继续就要视乎其味道，谨记永远不要让激情的火焰熄灭。”丘吉尔早在中学时代就开始吸烟，在古巴担任战地记者的日子里品尝到了古巴哈瓦那雪茄的美味，从此以后他就与能够提神的雪茄结下了不解之缘。由于丘吉尔就爱抽哈瓦那雪茄，古巴烟商就在二战期间，创制了一种纸环上写有丘吉尔名字的哈瓦那黑色长雪茄，作为古巴国礼赠送这位英国元首。“丘吉尔”成为哈瓦那大号雪茄通用的一种标准规格。古巴的“丘吉尔”型号雪茄，就像英国的“丘吉尔型”步兵坦克、美军的“丘吉尔号”驱逐舰一样，都是对丘吉尔一种崇高的永远的纪念。

早在1929年至1939的10年间，丘吉尔由于与当局者政见不合，一直处于在野的位置。他和夫人霍齐尔一起在查特韦尔庄园闲居，每天抽着雪茄著书、绘画、砌墙、养猪……一幅风景画被拍卖掉了，卖画的钱用来资助失业者；他饲养的猪在肥猪展览会上屡屡获奖。人们从表面看，丘吉尔吞云吐雾享受雪茄的芬芳，似乎活得悠闲自在，其实他正忧心忡忡地注视着欧洲及世界时局的巨大变化，身在查特韦尔庄园，心在远方的世界。

提到丘吉尔的名字，第二次世界大战中的德、意、日法西斯侵略者们无不胆战心惊。战前，丘吉尔就频频揭露希特勒疯狂的野心和多端的诡计，反对张伯伦的“绥靖”政策；1941年6月，希特勒背信弃义，突然袭击苏联，丘吉尔当天就发表广播演说，全力支持苏联人民的反法西斯战争。年届古稀，他精心设计了英、美与苏联结成的伟大同盟，不知疲倦地日理万机，亲自部署从欧洲、地中海到北非、中东、远东等广阔战场上的大小战役，

他甚至还深入地研究了诺曼底登陆作战的种种技术的细节，为战胜法西斯贡献出全部力量和智慧。他冒着德国飞机、潜艇截击的巨大风险，频频在英、美、苏联之间奔波，协调盟国之间错综复杂的矛盾和分歧；他魁梧的身影时常出现在战壕里、弹坑边，鼓舞人们的斗志，决心把战争进行到底，一定要迫使德、意、日侵略者“无条件投降”，直到他以刚毅不屈的神情伸出食指和中指，打出象征最后胜利的“V”字手势。

丘吉尔的一生，留下了诸多他和雪茄的故事，让人有些荒诞不经的感觉。在一组关于丘吉尔的摄影图片中，我看到了那些一张张妙趣横生的丘吉尔与雪茄深厚渊源的照片：他书房内收集了三四千只雪茄，这些雪茄被放在架子上，标有“大盒”、“小盒”、“有盒”、“无盒”的标识；他一边抽着雪茄一边给查特韦尔庄园翻修屋顶；“让我为您点烟。”一名码头工人在吉普车外为丘吉尔点雪茄；丘吉尔和罗斯福在魁北克讨论战事时腾云驾雾；还有一张举世闻名的摄影精品名为《愤怒的丘吉尔》，有位加拿大摄影家卡什，他一直琢磨不抽雪茄的丘吉尔该是什么样子？1941 年 12 月 30 日，机会来了，丘吉尔应加拿大总理的邀请，到众议院发表演说。演说结束，丘吉尔就在议长办公室抽起了一支哈瓦那雪茄。卡什走上前，提出要为他拍照。丘吉尔答应了，可他嘴里还是叼着雪茄。卡什走近他说：对不起，阁下。说罢，突然伸出手，把雪茄从首相的嘴里拔了下来。丘吉尔被这突如其来的冒失举动激怒了，瞪大双眼，两手叉腰……于是，就在这一瞬间，《愤怒的丘吉尔》诞生了……

1940 年夏天，丘吉尔在北非前线与他的爱将蒙哥马利就餐时，他关心地问蒙哥马利喝什么酒。蒙哥马利将军回答说：“水。我不喝酒，不吸烟，睡眠充足，这就是我保持百分之百的状态且捷报频传的原因！”丘吉尔看着蒙哥马利怡然自得的神态立即回敬道：“我嗜酒如命，很少睡觉，酷爱雪茄，这就是我保持百分之两百的状态且指挥你获胜的原因！”

1955年4月5日，81岁的丘吉尔向白金汉宫递交了辞呈。当天下午4时30分，当他拄着拐杖，步履蹒跚地走出唐宁街10号时，他的嘴里还是牢牢地咬着一支大号哈瓦那雪茄。

走下战场步出政坛的丘吉尔，常常拿起画笔，描绘出了层层叠叠的云彩和天空，为后人留下了500多幅特色鲜明的油画作品。此外，他的著作《从伦敦到莱迪史密斯》《伊恩·汉密尔顿的进军》《萨伏罗拉》，他关于父亲的传记《伦道夫·丘吉尔传》《我的非洲之行》《自由主义和社会问题》《人民的权利》第一次世界大战回忆录《世界危机》《我的早年生活》《印度》《随想和奇遇》《当代伟人》《马尔巴罗传》以及最伟大的巨著《第二次世界大战回忆录》和《英语民族史》都是不可多得的人类文化瑰宝。正如瑞典学会会员席瓦兹在宣读诺贝尔颁奖词时说："大政治家和大战士难得也是大作家。我们想起恺撒、马库斯甚至拿破仑。……丘吉尔的政治和文学成就太大了，我们忍不住要将他刻画成拥有西塞罗文才的恺撒大帝。以前从来没有一个历史领袖人物两样兼备又这么杰出，跟我们如此接近。"

1965年，丘吉尔以91岁的高龄逝世时，手中还夹着一支雪茄。

三十五、牛津是烟熏出来的?

如果说剑桥的浪漫和奔放是康河上飘飘而来悠悠而去的一叶叶平舟，那么牛津的婉约与厚重则深藏在一个个相对封闭的古老学院内。是教授们坐在藤椅上点燃的烟斗，烟在他们的指间燃烧，淡定从容，深邃迷情。

千百年来，牛津的学子们就是在袅袅“烟雾”中获得了丰厚的知识和文化。

每一个到访英伦的中国人都想领略一下剑桥的浪漫和牛津的厚重。我当然也不例外。此刻，随着一条洁净的柏油路，我已经踏上了 Oxford Campus（牛津校园）。和众多西方的高等院校一样，这里所谓的校园其实就是一座城。没有气势恢宏的大门，没有围墙，也没有的“XXX 大学”字样的标识牌。大学城中心一条不宽的马路一直通向远处，路边时不时摆放着简易的桌椅，那是人们用来喝下午茶的。马路两边店铺林立，门面的商业广告清晰而不娇艳，商业中心、商品小卖部、邮局、酒吧、超市、甚至车站、影剧院、医院等都可随意穿梭。路边一座座不大的院落就是牛津各个学院，或大门紧闭或门口放着“游人免进”的警示牌。唯有门边上那些小小告示牌，会告诉你，这是贝利奥尔学院（Balliol College）、这是赫特福德学院（Hertford College）、拉斯金学院（The Ruskin College）、圣十字学院（St Cross College）、圣约翰学院（St. John's College）……

和剑桥一样，牛津大学并无独立的校区，每个学院就散落在城市的不同角落，大学便是城，城便是大学。从殉道者纪念碑开始，沿着宽街（Broad Street），经过古老的贝利奥尔学院，每隔一段距离就会有序地停放着很多很多的自行车，这是我在英国看到的少有的场景，也使我的牛津之行多了几分亲切和温润。宽街给人的感觉一点都不宽，那么多停放的自行车，即便是上午，也有人坐在路边喝茶，加上来来往往的人群，这里显得有些狭窄。

抬头远望，蓝天白云下，密密麻麻的尖塔和圆顶建筑向前方排列过去，不同时代不同流派的古老建筑和盘满青藤的庭院，在身边排列开来，让人感觉仿佛是穿越行走在历史中的某个时刻。一排排以灰暗色为主色调的城堡式建筑写满了斑驳的沧桑。即便是现代的柏油路，建设者在路的中间刻意留有一块不到一平方米的往日鹅卵石的路面，似乎让人们走进牛津就能摩挲到这里千年的风雨历程。徜徉在牛津城，那种悠远的气场和厚重的门庭让人能体验出一种历史的传承，一种时代的象征，一种对旧日的怀恋和一种对未来的追寻。

1000 多年前的“前大学时代”的牛津是一座临河小镇，泰晤士河和柴威尔河在此会合，当时河水不深，来来往往的商贾们牵着牛驮着货物在这里渡河，牛（Ox）津（Ford）意为牛群涉水的渡口。久而久之这里也就成了商品集散地。牛津大学的历史从 1168 年开始。当时的英法两国存在着宗教和政治纠纷，英王亨利二世下令禁止英国大学生到法国留学，在法国的英国学者、老师和学生纷纷从巴黎回来，聚集到了牛津，据说当时亨利二世有一个宫殿建在牛津，可以为学者们提供国王的庇护。于是，小镇平日里宁静的生活被扰乱了。由于英国宗教派别间的纷争不断，学生们和小镇居民的矛盾开始激化，暴力事件不断，1355 年，爆发了大规模武装冲突，牛津镇上的居民自发组织起来武装攻打牛津的学院，学生们也拿起武器，保卫学院，这就是历史上的“城镇和学院之斗”（Town and Gown），最后英王爱德华三世出兵干预，才平息了这场冲突，并最终决定牛津镇由牛津大学管辖。自那以后，牛津的学院越办越多。

“我们到他的房间去，他只点起烟斗，与我们攀谈。”……

有人幽默地诠释，牛津的导师制教学，就是老师召集少数学生，然后向他们冒烟。千百年来，就在导师吐出的一缕青烟中，一个个震惊世界的精英从牛津教授小屋里的烟熏雾绕中走来，经济学家亚当·斯密、哲学家培根、诗人雪莱、作家格兰特和奥斯卡·王尔德、历史学家约瑟·汤因比、化学家罗伯特·胡克、天文学家哈雷、物理学家斯蒂芬·霍金以及英国前首相撒切尔夫人、托尼·布莱尔、美国前总统克林顿……英国历史上有25位首相毕业于牛津大学，牛津培养了来自6个国家的10位国王、来自19个国家的28位总统及总理和近50位诺贝尔奖获得者……

几百年来，牛津大学成功的关键就是由于导师制。学校在本科生中就开始就给每个学生配备导师。导师和学生定期约见，导师会根据每个学生的具体情况，给学生布置一周或一定时间内需要阅读的书目和研究的课题，并要求学生在读书、研究过程中去了解历史、社会以及自己的专业领域，同时要求他们撰写读书笔记、论文，必须严格遵循学术规范。导师每周都可以给学生单独的交流机会，让他们阐述自己的读书心得、研究进展，并举办读书沙龙和主题讨论会，让学生在会上宣读自己的研究成果，并与导师以及同学进行思想交锋、探讨、辩论。可想而知，学生在大量阅读、写作、表达的基础上，有机会得以锻炼，从而提高自己临场应变能力、逻辑表达能力、学术思考能力、哲理判断能力。据说，牛津的本科生每年要读近500本书，才能撰写出导师满意的读书笔记和论文，才能应付各种学术沙龙和教授安排的各式辩论会。

所以，“一张牛津文凭在手，足以笑傲天下。”

我想到曾经毕业于牛津的一位老外谈起过牛津教授们的严谨和不懈的学术追求。他告诉我，牛津的老师授课时在讲到兴奋之处时，常常完全沉浸在自己的学术表达与喜悦当中，即便首相和教育大臣亲临教室门前视察，教授也会熟视无睹，亢奋的牛津音调依然持续，仿佛要将心中所有的思考通过气息一气呵成向学生彻底表达出来。

牛津的每一个学院都有教堂。走在牛津的街道上，教堂每个时辰的钟声仿佛告诉人们久远的恪守，让人在千年的约定中会有丝丝冥想，为什么看似严肃古板的牛津会如此的魔幻？我漫步在圣母玛丽亚教堂前，牛津大学独特的城堡式建筑群沐浴在明媚的阳光下中，高高的石墙上爬满老藤，稀疏的绿叶中绽放着鲜艳的花朵，教堂的尖塔上停留着一群群鸽子，他们一会腾空而起，飞翔在天际中，一会云翔而落，摇头摆尾。我忽然领悟到，牛津就像儿时最美的童话，缘起于古朴与典雅，缘起于对往日情怀赋有感激的铭记。

我站在波德里安图书馆（Bodleian Library）前，由于这个超过700万藏书量的图书馆不对外开放，只供本校学生服务，我无法进入。有关文字表明它的藏书只能阅览，不能外借，就连英国国王也不例外。查理一世国王，跟国会军作战的时候曾经驻扎在牛津，想从这儿借两本书看，被图书馆拒绝了。虽然我没有走进这个世界最古老的图书馆，但屋顶雕满流畅的线条和各种古旧的装饰就足足让我感觉到它就像一个充满智慧、饱经风霜的守门人，虽沉默寡言，安坐牛津一角，但是这份沉静是千年的等候，是百年的孤独，更是人类斑斓文化穿越时空的积淀，是一种独立的精神品质。

一路风景，一路沉思，走过 Merton College 著名的 Redcliffe Camara 阅览室，便来到叹息桥。这是一座拱形的廊桥，建于两座楼之间，是模仿威尼斯的叹息桥而建的，不过下面不是水而是街道。据说该桥命名为“叹息桥”，就是备学子们考试不佳时，到桥上叹息用的，当然也可以大发雷霆或做各种发泄。

每天几乎要读一本书，该有多少次叹息？

英国有一句民谚：“穿过牛津城，犹如进入历史”。牛津真是太古老了，它的每一块砖头也许都有着一段动人的故事。英国的每一段历史都在这里留下痕迹，走在牛津的石道上，会有一种穿

越时空的感觉。在牛津漫步，你得小心，因为很有可能在某个地方你就会踩到坟墓。有人说，在牛津读书就是与死者“同窗”。随意环顾，便会看见牛津大学的学生坐在坟墓边，读书、聊天。在随意的一条街巷，或某个教学楼的一侧，你会猛然发现一堆墓群，有的矗立着墓碑，有的横躺着石棺，周围杂草丛生，古树屹立。仔细观察那些坟墓的碑文，会发现有的已年久失修难以辨认，有的刻着拉丁文，有的刻着古英语，只有上面标明年份的罗马数字告诉行者，这里曾经数百年的沧桑。坟墓是古老牛津的一个侧影。埋下的是历史，是文化，是那些被烟熏袅绕的缱绻往日。

牛津的坟墓，折射英国千年的历史。

……

“Free hugs”、“Free hugs”（自由拥抱）！一群年轻的学生拉着小旗，向行人微笑地喊着。他们的提议得到了路人的响应。街上行人纷纷和学生们紧紧拥抱在一起。这大概类似国内流行的“抱抱团”吧。“Free hugs”的叫喊瞬间又把我从历史的长河中拉了回来……

我的同伴呢？我走失了。没有电话，没有联系的人。我想到了去找警察，带我到早晨就餐的中餐馆，他们肯定有领队的电话。

就在我踟蹰不前的时候，一位女学生笑嘻嘻地对我说：“Can we hug?”（让我们拥抱吧！）我感到有些突兀，但看到她笑靥满面的样子，那样友善，和蔼，我大胆地张开了双臂。这时，我远远地看见同伴中的陈老师款款向我走来，她穿着红色的衣服，像一大朵移动的玫瑰。“他们说我穿红衣服，比较显眼，让我在这一带等你。”陈老师说，“原来你在这里练习拥抱啊，嘻嘻。”

我上前一步，和她紧紧相拥。心想，这就是牛津，在时光隧道中穿梭的地方。

此刻，牛津的街头，有人在街道上摆着雕塑的造型，有人在拉手风琴，有人在写生作画，有人在弹吉他唱歌，有人则端坐在熙熙攘攘的人群中，目中无人地在看手里的书，可能是书中的故事太精彩，也可能是书中的学问太深奥，或许他根本就当我们这些过客不存在。

在牛津城，放慢了的脚步遏制了躁动的心，让人几许安宁，怕是这厚重的历史之城，浓郁的学术氛围使人不得不变得从容淡定起来，丝毫不敢慌乱烦躁。还有那些仿佛被烟熏火燎过一样的盘满青藤的古老建筑，黝黑的墓碑和坟冢，更有那些吞云吐雾的教授，让我心存敬畏。

有人说，牛津是烟熏出来的。

三十六、庄园一夜 300 年

今晚我们被安排住在一个高尔夫乡村俱乐部。这是一座根据古老庄园改建而成的四星级乡间别墅，酒店的名字叫 Heythrop Park（海斯洛普公园），离牛津很近。

在绿树环抱中，我们来到一片开阔的草地。走过一块小小的蓝色标识牌“海斯洛普酒店、高尔夫乡村俱乐部”，我们便进入一栋城堡一样的巴洛克式建筑。步入大厅，我不禁迸发出一种异样的感觉，大厅几乎看不见人，十分寂静。高高的天花顶，装饰着各式图案，四周的墙壁上有许许多多的人物雕塑，让人感觉居住在这里是一种奢华。此刻，我仿佛是一个穿插历史时空的幽灵在此游荡，脑子近乎空白。登记入住后，沿着那长长的室内走廊寻找自己的房间，走廊的转弯处到处是门，如果稍不留意走错一个门，就有可能迷失方向。自己一个人莫名其妙地被迫顺着回廊前行，也不知拐了几道弯才找到房间。

稍事休息，我拿出了刚才在前台服务人员给我一份打印的材料《A History of Heythrop Park》，洋洋洒洒的几张纸详细叙述了海斯洛普的前世今生。史料告知这座庄园建于 1707 年和 1710 年之间。一个叫查尔斯·塔尔博特的人当时生活在意大利，1697 他在海斯洛普买下了一块庄园。回到英格兰后，他就委托设计师托马斯·阿切尔在海斯洛普来设计一栋罗马风格的房子。被称为绅士建筑师的阿切尔曾参加布莱尼姆宫的设计，负责许多意大利风格的建筑设计，像圣约翰史密斯广场、圣保罗大教堂和伯明翰大教堂等。现在看来，这座巴洛克式的庄园的风格依然有布莱尼姆宫的影子。

塔尔博特的后人把这里当作狩猎场，1831 年不幸燃起大火，房子被烧只留下石墙和一些内部的砖。后来一个叫托马斯布来赛的铁路承包商买下了海斯洛普这片房地产和废弃的大厦，并于1871 开始重建。他请到的建筑设计师沃特豪斯设计建造了不同风格著名的建筑，如哥特式曼彻斯特市政厅、罗马式的伦敦自然历史博物馆、法国文艺复兴时期的凯斯学院、剑桥大学等。据说，海斯洛普巴洛克门面的设计灵感是来自罗浮宫。今天看到的所有内部结构以及精心设计的石膏天花板、镶板和各种各样的壁炉，充分反映了维多利亚时代巴洛克风格特色，豪华的装饰炫耀布来赛家族的财富和奢华。每个房间的天花板和壁炉都是独一无二的，有的天花板甚至是镀金的，壁炉的四周全是用稀有大理石包围，上面嵌着非常好的花布面板和精致的木雕。

300 年来，历经无数次周折，一家叫 Firoka 的公司在 2000 年的春天买下了占地 450 亩的海斯洛普，目的是建立一个英国一流的豪华酒店、高尔夫乡村俱乐部。

……

有了对这个拥有 300 年历史的庄园初步了解，晚饭后，我在这里悠然徜徉。看着这栋在落日余晖映衬下的巴洛克式建筑，我仿佛听到了查尔斯·塔尔博特先生在此查看地形时的扬鞭策马声，仿佛看到了托马斯·阿切尔、沃特豪斯叼着烟斗，手持羽笔在画稿上熬过一个又一个不眠之夜，还有那场燃起的熊熊大火。不禁想起大学时候老师在讲述英国历史的时候说，英国的一栋房子可能就是几百年甚至上千年的历史，房子就是故事累积起来的载体，有的城市也可能没有一栋现代建筑，但是有千百个讲述不完的故事和传说。当时我们不能理解，因为在当代中国，我们几乎看不到 30 年前的城市是什么样子。人们对中国最大城市上海市容的青睐大多来自上海外滩和南京路上那些 200 年前的万国建筑群。所以，中国那些古镇，那些古老的文化遗址，如今人们络绎不绝，趋之若鹜。随之而来的也是被“现代化”所污染，古老

宁静的痕迹渐行渐远。周庄、乌镇、丽江、凤凰等小镇正在从天堂滑落下来。遍地开花的“农家乐”，大都不是农家，也确实乐不起来。

说到英国的庄园，我就会想到亨利·斯坦利·贝内特在《英国庄园生活》中所描绘的中世纪乡村生活的模式，勾画了英国庄园农民物质生活与精神生活全方位的立体景观。“绝大多数农舍内，人们正在醒来，不久出现在门口，抬头看看天，接着开始简单的早餐，吃一块面包，喝一口啤酒，然后再次出门，从草棚里取出镰刀和钉耙，开始走上街道。几分钟后，邻居之间的大声闲聊和相互问候打破了沉静。不久，他们就路过教堂，来到敞开的田野。”莎士比亚笔下那种“古朴的民居、蜿蜒的小路、憨厚的乡民、绿茵茵的草地、哞哞欢叫的牛羊”式的英国，给世人留下了极为深刻的印象。

眼前的景象依然如故。黄昏的海斯洛普寂静得如此奢侈，唯有鸟声会让你感觉，这里依然是人间。在英国，放眼望去，目击之处几乎都会有那种古老的庄园静静地卧躺在蓝天白云下的绿野之中。

“昨夜梦中，我又回到了曼德利庄园……曼德利终于出现了，神秘且宁静的曼德利，时光无法伤及那匀称完美的墙垣，月光在围篱上施展花招……我们深深知道再也无法回到曼德利。然而几许梦里，我却又走回那段奇特岁月……”这是《蝴蝶梦》（又译《吕蓓卡》）里让人无法忘记的独白。达夫妮·杜穆里埃在书中成功地塑造了一个神秘的女性吕蓓卡的形象。主人公吕蓓卡于小说开始时即已死去，从未在书中出现，却时时处处阴魂不散，并能通过其女仆、情夫等继续控制曼德利庄园，直至最后将这个庄园付之一炬。

《蝴蝶梦》中的女主人“我”对旧日的怀念与缠绵，然后产生阴森压抑的绝望和恐怖，使得曼德利庄园扑朔迷离，一位花季少女与长“她”20余岁的德温特先生萍水相逢，坠入爱河后同返曼德利庄园。庄园奢华富丽，镶金嵌银，然后在大火中沦为废墟，残垣断壁，杂草丛生，从浮华到颓败，尤其是凌晨时分的那漫天的火光，曼德利庄园给人一种梦幻迷离的神秘。

早年读英国文学作品，英国作家的“庄园情结”给我最初的庄园表象认识。古老的庄园城堡内，人们或悠闲地喝着下午茶，或翩翩起舞，庄园外的草场上，爵士们骑马扬尘，拉弓狩猎……

“这是一个晴朗的秋天早晨，朝阳宁静地照耀着透出黄褐色的树丛和依然绿油油的田野。这是幢三层楼屋，虽然有相当规模，但按比例并不觉得宏大，是一座绅士的住宅。更远的地方是小山。不像罗沃德四周的山那么高耸，那么峻峭，也不像它们是那么一道与世隔绝的屏障。但这些山十分幽静，拥抱着桑菲尔德，给它带来了一种我不曾料到在熙熙攘攘的米尔科特地区会有的清静。一个小村庄零零落落地分布在一座小山的一侧，屋顶与树木融为一体。教堂就坐落在桑菲尔德附近。”这是夏洛蒂·勃朗特笔下《简·爱》里的桑菲尔德庄园，简·爱在这里追求她的自尊和爱情。

简·奥斯丁的作品以其独特的乡间庄园风格吸引着一代又一代读者。她以女性细腻的洞察力，真实地刻画那乡村庄园生活的一幅幅场景：聊天，跳舞，喝茶，会客，绅士淑女间的婚姻和爱情风波在富有浓郁古典气息的庄园生活中展现得淋漓尽致。于是人们记住了一座座庄园：《傲慢与偏见》的彭伯里庄园，《曼斯菲尔德庄园》中的曼斯菲尔德庄园……在柯南道尔的笔下，福尔摩斯在格兰其庄园、巴斯克维尔庄园等地大显身手。还有劳伦斯的《查泰莱夫人的情人》，贵夫人和花匠之间的恋情在庄园里肆意绽放。《呼啸山庄》《名利场》《霍华兹别墅》……近年热播的连续剧《唐顿庄园》（Downton Abbey）在北美、欧洲和英国本土都创下了极高的收视率。《唐顿庄园》所描述的不只是英国乡村的风光，也展现了人们在相处时的一种分寸，一种秩序，一个关于建立自由平等博爱的平衡；也就是人性的和谐。《唐顿庄园》撩拨

了英国贵族文化的衬裙，将一些原始的细节呈现给观众。让人们在茶余饭后体会到真正的贵族不是生活方式上细枝末节的奢华，而是沉稳的性格及守护传统的责任。

其实，一直以来，不只是浪漫和幸福飘洒在古朴典雅的庄园，痛苦和绝望同时也在破旧的残垣断壁里滋生。人与人的差异，人性与人性的相悖在庄园里缠绵纠结千百年。

……

夜幕下的海斯洛普显得几分狰狞般的庄严。《蝴蝶梦》里那个阴险的女仆，《简·爱》里阁楼上的那个疯女人，让我多了几分莫名的恐惧。

我听到了房间门前的厅堂内响起了《春之声圆舞曲》。原来，同伴中来自厦门大学的林老师用她自己的手机放起了音乐，因为厅内很静，加之回音，手机音乐给人的感觉依然清脆响亮。于是，我们几个人随着音乐跳起了舞。那晚，我异常兴奋，因为这首约翰·施特劳斯作于1883年的《春之声圆舞曲》，是我们大学时代热衷的一首舞曲，很多年没有听过了。这个春日的夜晚，在这样一个庄园内，随音乐而起舞，真可谓轻舞飞扬。一对新西兰夫妇也聚集在这里听音乐。得知我们来自中国，他们说，他们到过中国的山东，从未见过那里的人那么好客，那么能喝酒。只是觉得，中国太热闹，人太多，少了点像这里的宁静。从他们的眼神里，我不难看出，他们是如此喜欢眼前的氛围。

“真的很感谢你在牛津把我找到，不然我会丢失。”我拉起了陈老师，以这个为借口，跟她跳了一曲又一曲。其实，那晚，我的灵魂已经走失在一种奇异的梦境里。这时，我想到了《罗马假日》的台词，“要么读书，要么旅行。身体和灵魂，必须有一个在路上。”

……

早晨，我起得很早，在庄园里开始又一次漫步。春日的阳光照得草坪绿光闪闪，原来，这个庄园的前后左右，都有一眼望不到边的草地。我和同伴漫步在树林间，我居然对他朗诵起了《傲慢与偏见》中的片段，“绿草如茵的平原，枝繁叶茂的参天大树，蜿蜒流淌的清泉，古拙威严的城堡、雕像，时隐时现的丛林绿篱，用花草精心装饰的乡间小屋……阴霾的清晨，达西先生走出自己美丽的庄园，跨过起伏的山丘，在清晨的薄雾中走向伊丽莎白的家，对她说：我爱你！”

同伴好奇地说：“你是不是还沉浸在昨晚的舞会中？”我笑了笑，没有理他。

在如此的庄园里沐浴春日的晨光，庄园 300 年的历史在眼前漂浮，我的心确实在荡漾。想到华盛顿·欧文遍游英国之后写下的那本《庄园见闻录》，他说，英国一直以来被很多旅游爱好者认为有世界上最美的乡村。行走在如此的历史天空下，切身体会了林语堂先生的那句话，“世界大同的理想生活，就是住在英国的乡村”。

从英国回来以后，每每想起这个夜晚，我都想感谢林老师的匠心独运，给了我们一次难忘的浪漫而美好的经历。我到广州出差，陈老师面对霓虹闪烁的珠江夜色，回忆起英国庄园的那个夜晚，“城市也好乡村也好，它们都是情感寄托的载体，否则，就不会有记忆。”

说得真好，其实，在英国，乡村绝不只是逃避喧嚣的休假地，也不仅是更为舒适的居所，更是传承文化、寄托情感的载体。英国人坚持认为他们不属于自己实际居住的城市，而是属于自己并不居住的乡村，他们觉得真正的英国人是个乡下人。你要问英国人真正的英国人怎么生活？他们的回答一定是，住在乡下，一杯接一杯喝茶。

李孟苏在她的《庄园与下午茶》一书中说，住在乡下，是英国人最理想的生活方式，每个人都愿意为此奋斗终生。因此，人们无法容忍他们梦想的或现实的生活被破坏。乡村生活情结使园艺、乡间漫游、徒步旅行、杂货零售业以及文学出版业等发展成巨大的产业。一本《乡村生活》杂志，畅销了 100 多年，至今仍然让人爱不释手。

“英国就是乡村，乡村就是英国。”这已经成为一种精神，千百年来，都是这样。

三十七、“血拼”比斯特

“在回伦敦之前，今天我们去比斯特（Bicester Village）看看吧。”我听过 BBC 介绍牛津附近有个购物村叫比斯特，因价廉物美，折扣很大而闻名于世。我的建议得到了大家特别是女士们欢呼雀跃般的赞同。

在国内，我是很少逛商场的。如果陪同家人一起，我也很勉强。大都是去电子、电器类的柜台走马观花看看，要不就坐在商场的椅子上发愣，观赏来来往往的俊男靓女们的神情和姿态。但是，到欧洲来了，总得要买点东西回去，也像是出国的样子。何况，英国许多商品确实比国内货真价实。

据 BBC 资料介绍，比斯特购物村于 1995 年开业。它是欧洲著名的设计师品牌商品经销店。这里有超过 100 多个设计师品牌，大部分商品达到40%至60%的折扣。之所以便宜，是因为这里出售的很多商品是刚刚换季的产品。有的前几天还是原价，随着季节的变更，即刻开始降价销售，因此受到世界各地游人的青睐。这里销售的产品大多数是男女品牌时装，名牌日用品、化妆品等等。据统计这里是非欧盟游客在伦敦城外的购物首选。

不一会，我们的车就到了比斯特。小小的村庄只有一条呈 U 字形、长约百余米的街道，这里分布着近 200 家世界名牌店，街道清新亮丽，干净整洁。各种肤色的人拎着大包小包穿梭在店铺中，其中不乏很多中国人的面孔。

“I think you get incredible value because you are buying authentic branded product at such a great saving-you can save up to 60%. So you are going home with perhaps two items for the price that you'd

normally pay for one.”刚下车，就听到售货员用非常流畅且十分清楚的英语对前来光顾的客人们热情地招呼着，“你们来此购物，非常超值，在这里购买正宗的品牌产品，大都可以得到高达60%的折扣，买些商品带回家中，通常几乎是‘买一送一’。”听到这话，同行的女士们挤眉弄眼，兴奋不已。

转眼，同伴们随人群自然散开，各自去豪迈地掏出他们兑换来的英镑。

我在人群中穿插，总能听到有人兴奋地讨论着要买这，要买那，诸如“Prada 手袋”、“Burberry 风衣”、“Estee Lauder 化妆品”，“Clark 鞋子”甚至“Longines 手表”等等，顺着林林总总的店铺向前走去，仔细看看，这里还真有许多火热的名牌呢，如法国的、意大利的、英国的、美国的等等，男式女式、珠宝首饰、日用品和美容品，应由具有，款式多不胜数。尤其受到欢迎的是英国产的克拉克鞋子以及雅诗兰黛等美容化妆品，同样的商品比国内要便宜三分之二。

比斯特购物村拥有知名内衣品牌 Agent Provocateur 在全球范围内唯一的一家专卖店，Theory 也在这里开了欧洲的唯一一家专卖店，英国地标品牌 Jimmy Choo、Burberry 与 Mulberry 都在这里开有专卖店。除此之外，无与伦比的品牌 Luella 也是如此，由此可见比斯特购物村的吸引力。

“Thirty pashm scarves，please.”（给我来三十条羊绒围巾。）我一看，是一位中国女同胞。我上前问了问，“买这么多啊?”她笑了笑，“英国羊绒围巾很好的，好不容易来一趟，买回去送亲戚朋友。”我在心里想，这真是地地道道的“血拼”啊。

在另一个卖箱包的店，来了男男女女一群中国人，就像这里是免费赠送一样，顷刻间一个货架上的货就没了！

“在比斯特购物村你一定能挑到好东西，不但折扣大，你还可以申请退税，享受额外折扣！著名模特伊丽莎白·赫莉、雅斯蒙·勒·邦，大名鼎鼎的时装设计师斯黛拉·麦卡特尼，流行音乐家米·积加以及贝克汉姆夫妇都时常光顾这里。”一位类似导购员的姑娘向顾客耐心地介绍着，不时回答客人提出的问题。我原本只打算到这里来看看这个“名牌折扣村”为何能吸引世界各地众多游人，这里到底是什么样子，无意于在此“血拼”(shopping)，此刻，我竟然也挡不住眼前的诱惑，也开始“血拼”起来。

Alexander McQueen、Burberry、Vivienne Westwood、Church's、Gieves & Hawkes、Smythson、Anya Hindmarch、Mulberry、Matthew Williamson、Temperley London 及 Paul Smith 等英国品牌应有尽有，同时这里还搜罗了 Gucci、Armani、Dolce &Gabbana、Dior、Diane von Furstenberg 及 Polo Ralph Lauren 等大批国际知名品牌均有销售。……我几乎看不过来，眼花缭乱。甚至我不知道这些品牌的汉语都被叫作什么。一件外套的价格是 400 英镑（4000 多元人民币），折扣以后只要 88 英镑（1000 元不到）。一双 Clark 的男鞋只卖 25 磅，30 磅可以买到意大利奢侈品牌范思哲（Versace），35 磅可以买到在国内要 2000 元的雅诗兰黛……

几个小时过去，我们也都和其他客人一样，拎着大包小包来到车前，大家你看看我，我看看你，不禁莞尔一笑。女士们脸上表露出的感觉好像还是意犹未尽。仿佛还想再去血拼一段时间。

回到车上，大家都在欣赏自己的“战利品”。大连海事大学的王老师开始给我们诠释起国际品牌以及时装和化妆品的内涵。这个怎么好，怎么划得来，那个穿起来怎么舒服，这个品牌的设计师是个大美女，什么季节用什么样的化妆品……这时我说：“你们看，你们女士总是缺一件衣服，到哪都会买衣服。”“这你就不懂了，买衣服是一种心情。以前只要和老公生气，我就上街狂购。”另一位女士笑着说。

“所以这就叫 Retail therapy（购物疗伤）”。我一句话把大家逗得哈哈大笑。

其实，这些天来从威尔士到英格兰再到苏格兰，英国的商品

（除食品和儿童用品之外），都含有 20% 的消费税。外国人在英国购物，一次性在 50 英镑以上，在商店凭护照开退税单，然后在离境前到机场还可以办理退税手续。但是，一般的英国商店，没有二价，是不允许讨价还价的。但是，英国的商品比国内确实便宜很多很多。令人不解的是，国内往往花高价还买不到真货。

“他们的收入和消费，我们的消费和收入……”同伴们有的开始发感慨了。我说，刚才看到一群同胞几乎把人家的货都买空了，我想到了在网络上非常流行且很时尚的两个汉字。

“什么字?”“哪两个字?”大家纷纷在问。

“汗颜!”我说。“哈哈哈哈……”一阵笑声。

司机史蒂夫先生不明白我们笑什么，也跟着乐呵呵地傻笑。他说，其实，这里每年圣诞节以后的 1 月、2 月，夏季的 7、8 月，都有两次大折扣的时段，有高达 80% 的折扣，也就是说你可以买得到打两折的商品。

“那我们 7、8 月再来，或者明年 1、2 月再来?”又是一阵笑声。

大家的笑声让我想起了前几天看到的英国《每日邮报》报道：研究发现，购物确实可以改变人的心情。研究人员在购物中心对顾客进行采访，并要求购物者记录下他们的购物习惯、心情和任何让他们买回来感到后悔的物品。那些怀着糟糕心情走进商场的人说，他们好像更容易冲动消费。62% 的人说他们买了一些可以让他们感到愉快的东西，28% 的人把购物当成是庆祝的一种方式。赛林 · 阿特利和玛格丽特 · 美罗利专门撰写了一本书叫《购物疗法：改善情绪的战略性尝试》，他们说，这本书不仅只是对于顾客的，小商贩们或许也可以从中学到一些有用的东西。

我很少购物，也不会购物，但是比斯特之行是如此开心而富有收获，我想，女士们，主要是因为有你们的同行才使得比斯特“血拼”是如此难忘。我或许应该去读读那本《购物疗法：改善情绪的战略性尝试》。

三十八、初识伦敦

其实，我这已经是三过伦敦了。

刚到英国的那天，因为飞机晚点4个小时，出机场，伦敦已经满城华灯绽放。因为要赶往卡迪夫，车急速穿行在伦敦的夜色中，还没来得及深呼吸一下伦敦的气息，就到温莎了。第二次是由威尔士去剑桥大学的时候，在伦敦海德公园不远的地方住了一宿。这次是住在温布雷体育馆旁边的一家假日酒店。

很多中国人读过狄更斯的《雾都孤儿》或者看过这部电影，说起伦敦，国人对伦敦的印象大都是雾霭笼罩，朦胧迷离。可如今这样的状况不再是伦敦可能是中国的北京了。就像白岩松走访美国后感叹道："提到美国，人们马上想到这是一个现代化的国家，生活节奏快，都市霓虹灯闪烁，酒吧餐馆歌舞升平，人情冷漠，家庭观念不强，性方面非常开放，钱才是上帝。到了美国你会发现，以上描述基本符合如今中国的状况，与美国关系不大。"如今，伦敦的日出如同彩虹般绚烂，每当人们从泰晤士河上任何一座桥上走过，都会想起莫奈，不会错过晨光中经典的画面。工业时代已经过去，伦敦的大雾业已远去，往日雾霾中灰色的抑郁和阴沉，已经属于过去，眼前，明媚的伦敦傲立在大河两岸。

在伦敦，无论白天还是夜晚，视野开阔而辽远，空气透明度非常好，若是站在高处，能看得很远很远。"雾都"的称呼好像与伦敦一点关系都没有。白天的伦敦也是车水马龙，熙熙攘攘，马路大都只是双向每边两车道，没有高架桥也几乎看不到立交，但是，车是那样有序行驶，没有乱变道的，没有一声汽车喇叭响，也不见拥堵。英国人不像我们这样忙乱，这样焦急。一切都

显得很悠然很宁静，即便是在繁华的闹市区，展现在人们眼前的都是恬淡幽静的场景，丝毫没有让人感觉到眼花缭乱、心烦意乱。夜晚行走在伦敦的某个街区，那种多维的视觉和嗅觉给人一股清新和静谧的感觉，让人仿佛是漫步在某个小镇，甚至是某个小村庄。月亮就在你的头顶清晰地挂着，幽蓝的天空如水一般明亮和透彻，泼洒得你全身温润而清澈，使得你异常“精神”，步履轻盈。记得有位西方作家这样描写月夜，“如果你（在月色中）唱歌，歌声会传到乡下；甚至你发出低低的叹息，悲伤的语调也会惊醒睡梦中的人们。如果你唱首摇篮曲，它的魔力将使整个无眠之城进入梦乡。”我认为，这里写的就是伦敦的月亮。

“如果你厌倦了伦敦，那就是厌倦了生活。”塞缪尔·约翰逊的经典名句，虽然显得有些夸张，但也足以形容伦敦的巨大魅力。对我这样一个只凭借读书和看影视资料了解异域风情的普通人来说，伦敦素来就是狄更斯或者柯南道尔笔下的那个城市，永远都是伍尔芙笔下大雾笼罩的码头，是大本钟滴滴答答流淌出的人们眼角眉梢间的眷恋，是圣保罗大教堂千年约定的钟声……泰晤士河、唐宁街 10 号、白金汉宫、伦敦塔、伦敦眼、大本钟、威斯敏斯特教堂以及弗朗西斯·培根、丹尼尔·笛福、拜伦、狄更斯、托马斯·艾略特、弗吉尼亚·伍尔芙……伦敦不仅是英国的，也是全世界的。

漫步在伦敦，面前走过的每一个女人我都会把她和朱自清的《房东太太》联系起来，从她们笑容可掬的面庞便可以断定，她们肯定“爱说话，也会说话，一开口滔滔不绝；决不垂头丧气，决不唉声叹气。”每每看到一群群聚集在街头品尝下午茶的人们，我就会想起董桥先生说起的“茶是英国人的‘图腾饮料’，每天上下午两顿茶点是人权的甜品。”先生在英国，“午后冷雨溟蒙，散步回家换上拖鞋，披件旧外套，蜷进书斋的软椅里等喝下午茶——满架好书、几幅图画、一管烟斗、三两知己……”伦敦的某一个角落，每一个下午都是这样从容安静，人们在这宁静的下午呷着香醇馥郁的红茶，不知不觉沉浸在幽雅的情趣之中，阵阵温馨和暖意肆意地飘洒开来。

伦敦的公园绿地到处点缀着灌木丛，参天古树下清澈见底的小河蜿蜒流淌。鸭子在水面上游来游去，留下道道波澜。灰色的松鼠在草地上蹦来跳去，天鹅、野鸭和各种小鸟，懒洋洋地落在草地上。刚刚抽芽的垂柳，浅粉色的樱花随风飘落，满地芬芳。人们在街头悠闲地喝着下午茶。广场上或者街道旁随时都可能走过一支支游行的队伍。笔者就遇到一队上百号深色皮肤的人手拿标语，边走边呼口号，“请关注达尔富尔冲突中的难民”、“还达尔富尔地区和平与安宁”。在另一条街道，又有一些人不知道来自哪里，好像呼出的口号是“反对美国武力干涉中东和北非”。在特拉法加广场，一群斯里兰卡人举着标语，高呼“立即制止屠杀泰米尔人”。游行的人群有秩序地排列成一个长队，有警察领路，队伍后面也有警察跟随。行走在伦敦街头，每天都能遇见一队队为各类问题而游行的人，而这些人都不是英国人，关注的问题也基本不是英国国内的问题。路边喝茶的人对游行的队伍视而不见，依旧悠然地品尝着他们的茗香。没有任何人去围观游行的队伍。

在伦敦逛街，你会发现商店或者酒吧外面，都放有一些小桌子和椅子，人们随时可以吃点什么，喝啤酒，品茶，看看报纸，或者坐着闲聊。伦敦的大小超市、商店，顾客可以把自己的东西随便带进商场，买的东西付款就可以。没有谁会认为你自己的东西是商场里的，更没有谁会白拿商场里的东西不付钱。如果你在街上照相，过路的行人不小心碰到了你或者妨碍了你，他会一再表示歉意，不停地做出表示抱歉的动作。

“（货船）为某种无法抗拒的潮流所吸引，它们取道大海，寂静而孤独地来到被分派的锚地，一路赶来，既经历过狂风暴雨的袭击，也享受过风平浪静的慰藉。”这是伍尔芙在《伦敦码头》里的叙述。仿佛在她的笔下，伦敦码头永远是一个雾气缭绕的码头，永远是飘着雨的码头，牛津街嘈杂却又古典，独立而又决然。如今，伍尔芙笔下的伦敦已经远去，眼前的它是一个大熔炉，包容着这个世界的一切，这里有贵族也有平民，有古典也有前卫，是世俗的更是艺术的，是广阔的、更是深邃的。

在伦敦漫步，不几步就会有广场和公园，广场上绿树葱茏，公园里芳草萋萋。从人工培植的切尔西药用植物园到野生的汉普斯特德石楠园都独具特色。圣詹姆斯公园令人赞叹的花坛植满了球茎及幼苗而且每季更换。春天时，水仙花和番红花在海德公园盛开，引人注目。位于摄政公园内玛丽女王的花园是伦敦最美的玫瑰园。在肯辛顿花园建有英国典型的混合型花坛。在园艺史博物馆，一座建于 17 世纪的小型花园争芳斗艳。巴特西公园也拥有一座迷人的花园……伦敦，在环境质量的城市品牌指数中，位于 215 个测评城市中的第 13 位。这里到处草木繁茂，鲜花灿烂，红红绿绿，生机盎然。伦敦是国际公认的“绿色城市”和“最适宜居住的城市”。一位英国朋友告诉我，“在伦敦周围，政府建设了有 2400 平方公里的绿色生态保护圈，城市绿地覆盖率达 40%，人均绿地面积达 30 平方米。”

一座古老的建筑，旁边也许就有一棵几百年的大树，仿佛城市的记忆就呈现在你面前。街头的某个角落，或许就是一堆坟冢，墓碑上竖立的一个个小小的十字架仿佛向行者诉说这里曾经发生的故事。有了对生命和自然的敬畏，这座城市让人感觉是厚重的，是有底蕴的。这种天人合一的氛围对行者也会产生气场，使得你行程的举止都在无形中受到潜移默化的影响，脚步轻轻地，动作缓缓地，优雅地与这市井融合在一起。

伦敦的大街小巷酷似一个庞大的迷宫，你不可能、也不应该匆匆忙忙地穿过每一条街巷。那些华丽的豪宅、古老的庭院、秀美的公园、舒适的酒吧以及美丽的教堂让人感觉在 2000 多年的沧桑中目不暇接。古罗马军团、撒克逊人、北欧海盗、国王、皇后、瘟疫、伦敦大火、乔治王朝、维多利亚时期、帝国主义、以及二战中的炸弹呼啸声，都仿佛跟随你的脚步让你在历史的长河中穿越。

伦敦的下午，是喝茶的下午，没有下午茶的日子不是英国的日子。听到一则好消息或者坏消息，人们坐下来，需要一杯茶；商讨下个月去何处旅行时，需要一杯茶；谈婚论嫁，需要一杯茶；想要离婚时，需要一杯茶；下雨时，需要一杯茶；忙中偷闲时，需要一杯茶；无所事事时，那更要来一杯茶……

夜晚的伦敦好像一下子静谧起来，街上顿然失去了白天的热闹与喧嚣。英国朋友说，他们的上午属于办公室，下午属于户外，晚上属于家里，属于歌剧院，属于酒吧，不属于露天。想着这些日子我走过的一座座古老城市和乡村，那些留有岁月痕迹的建筑，那些农庄和古堡，看到眼前街灯闪烁的伦敦城，盘满青藤的围墙、一个个庭院深深的私家花园和斑驳陈旧的古老建筑，不禁觉得英国人的严谨庄重、孤僻冷峻以及温文尔雅的风范与他们曾经一路走来的风雨历程是辅车相依的。

“德国人住在德国，罗马人住在罗马，土耳其人住在土耳其，而英国人则住在自己的家。”

三十九、莫奈与雾霭已经远去

“泰晤士河上蓝金斑驳的夜曲，渐变为灰色的协奏。带有赭石色干草的驳船驶出码头：肃杀，阴冷。黄色大雾蔓延开来。爬过桥梁，直抵屋墙，似化作幻影，又化作圣保罗教堂。一触即发，如同悬挂城市上空的泡沫……”这是王尔德在《清晨印象》一诗中描写19世纪末的伦敦。

眼前的泰晤士河，水汽氤氲中看不到一丝昏昏的色泽，一脉河水和春光一样明媚，悠悠地流淌着。大河两岸那些古老和现代的地标性建筑呈现出一幅幅古朴与现代镶嵌的印象派画面，历史的沧桑和眼前的时光一同沉入岁月的年轮，那些或近或远的记忆随着河水静静地流向远处。国会大厦、大本钟、威斯敏斯特大教堂、伦敦塔桥、贝尔法斯特巡洋舰、伦敦塔以及伦敦金融中心、伦敦眼和那些不同时代建造的跨河大桥，一个个英姿勃勃地屹立在大河两岸，仿佛以其不朽的情怀向来来往往的人们诉说着伦敦曾经的风花雪月，这一独特的场景让我想起了莫奈的《伦敦，印象》，只是莫奈描绘的维多利亚时期伦敦浑浊的空气仿佛被过虑了，身临其境的伦敦在面前是那样的清新和靓丽。

莫奈认为没有雾的伦敦是不美的。他的画作中，滑铁卢大桥和议会大厦淹没在浓雾中，阳光跳动在泰晤士河上，天空背景是深深浅浅昏昏庸庸的红、橙、蓝、紫各色。整个画面弥漫着满天的鹅黄，形成了彩色的雾霾景象。

伦敦漫长的历史也造就了一批浪漫的画家和文人。好像他们站在大雾弥漫的街头，就能激动得“窒息”。莫奈带着惆怅和忧郁来到伦敦，走到伦敦的桥上遥望远方的海平面，因为没有了雾

的遮掩，越远的地方似乎越清晰，于是，模糊的日出，在那一刻铭刻在伦敦的雾里，也铭刻在那遥远的天边。很多画家笔下的伦敦因为雾霾给人神秘而阴冷的感觉，泰晤士河水也被涂抹上厚重的铅灰色。艾米莉将伦敦的雾写得逼真浪漫，她笔下所有的角色都浑然一体，仿佛生起弥漫大雾的是文字而非伦敦。生活于维多利亚时代前期的狄更斯描写了处于工业现代化进程中的伦敦，狄更斯是一位长期失眠者，他常常漫步于夜间的伦敦街头，泰晤士河、伦敦街景成为他小说情节和人物创作的源泉，狄更斯曾经说过伦敦是他的“幻灯机”。他笔下的伦敦，天气阴沉沉，雾霾紧锁，他文字所描述的社会底层劳苦大众那些悲惨的处境，给伦敦这座烟雾腾腾的城市更增添了忧郁的气氛。侦探大作家柯南道尔那些发生在浓雾笼罩下的伦敦城里的神奇案件，扑朔迷离，马车载着福尔摩斯和华生在伦敦的大街小巷里穿行，人们会跟随作家的文字莫名其妙的感觉因雾气而带来的阴森和不安。

然而，100 多年后的伦敦，早就改变了旧时的模样。

20 世纪 50 年代，英国人开始意识到环境对于生活质量的影响，政府也开始致力于环境的保护和改善。工厂陆续迁移、能源利用不断改进以及对城市废气废水的治理，都收到了理想的效果。英国朋友告诉我：下班高峰来临，当你看到人们匆忙地奔向各个地铁站，很多人都把自己的汽车停在郊区，他们乘坐地铁先到郊区，然后再开车回家。这样的举动不仅仅减少了尾气排放的污染，也避免了城市交通的堵塞。经历了漫长雾霾历史后的伦敦人，环保意识都非常强，而且很执着。几十年来，政府出台了一系列措施，保护环境、保护历史和文化，并且倡导现代化生活与大自然的融合。

此刻，我在泰晤士河边漫步，春日的阳光灿烂而明亮，随处可见游弋的水鸟和海鸥、天空飞翔的鸽子以及草坪上玩耍的孩子、晒太阳和看书的年轻人。还有那些坐在长椅上的男女老少，静静地看着湛蓝的天空、享受清新的空气，体会着人与大自然和

谐共处的悠闲时光。人们早已摆脱了阴霾下曾经的忧郁和暗淡，一个愈加熠熠生辉的国际之都在蓝天白云之下桀骜悠然。

大河岸边，游人秩序井然；即便上下班的高峰期，在公交车站和地铁站，再多的人，他们也不会拥挤。很少看到有人拿出手机摆弄的，即使接听手机声音也很小。在公共场所，前面通过大门的人是不会让推开的大门或者门帘反弹回去打到后面的人的，都是自觉地挡着门让后面的人通过后才放手下。河边的大街小路，公园和广场，时常有悠闲的鸽子在行走，没有人会去打扰它们的生活；这里的法律对伤害鸽子的行为是有严厉的处罚的。商店或者酒吧外面，都有一些小桌子和椅子，人们随时可以坐着喝茶闲聊。

“……午后，穿过树林斑斓明媚的阳光，透过古朴的玻璃窗，投影在悠闲品茶老人侧脸的景象，宁谧得像一首王维的禅宗诗，又如英国管弦低吹着佩里的英国民歌《多年以前》似的幽恬而温暖。”这是董桥先生的伦敦，让人不知不觉沉浸在下午茶幽雅的情趣之中，心头涌起阵阵温馨和明媚……

伍尔芙说，“了解伦敦不仅仅要把它看作一种灿烂的景象，一个商业中心，一家法院，一处工业闹市，也应把它看作是这样的一种地方，人们在这里相遇，谈话，欢笑，结婚，安息，绘画，写作，表演，管理，立法……”

在伦敦漫步，我怎么也不能把眼前的景象和以前了解的大雾弥漫的雾都联系起来，清澈得让人“窒息”的蓝天每日高悬在我的头顶，明媚着。一目千里的感觉宽了行人的路，也宽了路人的心。

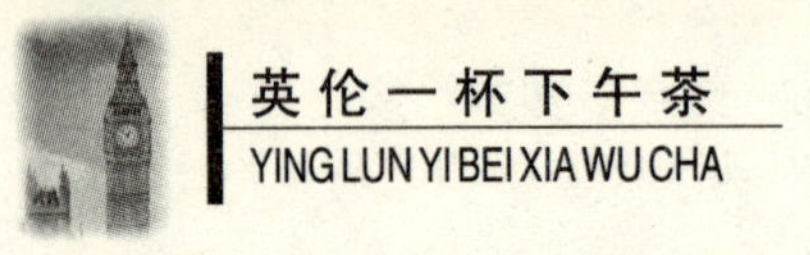

四十、一脉河水，长桥卧波

我在泰晤士河边悠闲地走着。想着莫奈、狄更斯，甚至想到了《新概念英语》。

“当，当，当……”大本钟的报时声打断了我的思绪。第一次知道它是早年读《新概念英语》，简短的文字说的是一个除夕的夜晚，大群的人聚集在大钟下面等待新年的到来。而就在23点55分时，这座大钟停了。那枚巨大的分针不动了。于是，大家在没有新年钟声的夜晚中无奈地庆贺新年的来临。

此刻，举目仰望，我已经在这座大钟的脚下。金碧辉煌的大本钟巍然屹立在它的钟楼“伊丽莎白塔”上。一个半世纪以来，世界各地的人们都可以通过BBC随时听见它那清晰、动听、深沉、浑厚的铃声报送格林威治时间。即使是在二战期间，伦敦经历了1000多次空袭，伊丽莎白塔依然屹立着，沉稳悠远的钟声在空袭警报和炸弹声中一次次悠然响起，它也见证了150多年来泰晤士河岸边沧海桑田般的缱绻往事……

在泰晤士河上行走，不能不说桥。此刻孩提时的那首传遍中国的英国童谣“伦敦桥垮了”，在耳边回响起来。“伦敦桥要垮了，我美丽的姑娘。快拿木料架起来，我美丽的姑娘。木桥架好要冲倒，我美丽的姑娘。快搬石头垒起来，快用金银架起来，我美丽的姑娘。金和银我还没得到，我美丽的姑娘……”（London bridge is falling down，falling down，falling down. London bridge is falling down，my fair lady...）为什么“伦敦桥垮了”，儿时的我们不知所云。后来看过一些资料，说伦敦桥是守护伦敦的圣地，一旦被污秽侵袭，便需要被制定的少女祭品（也就是歌词中唱的

My fair lady）来巩固被施加在伦敦桥上的圣咒。人们很容易把伦敦塔桥（Tower Bridge）、伦敦塔（Tower of London）和伦敦桥（London Bridge）混为一谈。

伦敦桥始建于公元43年，当时是一座木结构桥。桥被大水冲垮过；因北欧海盗入侵，大桥在他们的烧杀抢掠中被毁掉。1014年，英格兰国王埃塞尔雷德二世为了将入侵的丹麦军队一分为二，下令烧毁伦敦桥。这件事据说导致了“伦敦桥垮了”这首著名童谣的产生。1176年伦敦人用了30年的时间，造成了这座拥有20个拱桥的伦敦大桥。1825年，伦敦大桥经过几百年的人来车往，眼看就千疮百孔了，于是又进行了一次翻修。1902年，桥面又进行了加宽。可是到了1968年，这座几百岁的老桥终于奄奄一息了，眼看就要坍塌到泰晤士河里。当年英国伦敦市政府决定拍卖这座年久失修的大桥。于是，消息传到了大洋彼岸的美国。

1968年的夏天，伴随伦敦人几个世纪的伦敦大桥，就要离他们远行了。每日天刚亮，工人们就来到桥边，一砖一石地拆着，许多伦敦居民走到桥边总是要站一站，给他们的老桥行注目礼。与此同时，被拆掉的材料，也封箱编号装在一条条驳船上，越过大西洋和太平洋，在美国旧金山上岸，再装上卡车运往哈瓦苏湖市。整整花了一年的时间，才将拆下的全部材料运到。

如今，美国“大峡谷”的故乡亚利桑那州，每天要迎来送往成千上万的游客。而仅次于“大峡谷”、在亚利桑那州排第二名的旅游景点却是一个叫哈瓦苏湖的小城。当游人来到小城时，首先扑入眼帘的就是一座气势恢宏的大石桥，像是给美丽的科罗拉多河戴上了一顶桂冠。小镇的尽头便是大桥头下，桥边碑立的招牌上大字赫然耀目：伦敦大桥。这座桥的确就是那座曾经横跨泰晤士河的“伦敦桥”。

塔桥是泰晤士河上一道亮丽的风景，是伦敦的一大标识。歌德式的外观，有“伦敦正门”之称。泰晤士河上一只大船悠悠而来，只见塔桥桥身慢慢分开，向上折起。据英国的朋友介绍，桥板可达40米高、60米宽。两块活动桥面，各自重达1000吨。我站在河边，看伦敦塔桥升起时打开成“八”字形样子，船只过后，桥身慢慢落下，然后缓缓地合上，恢复车辆通行。在这一张一合中，高耸的双塔，巍然屹立，蔚为壮观，到此一游的人无一不为英国人的智慧和科技是如此的巧夺天空而叫绝。当我们的车穿过塔桥的时候，举目远眺，可将泰晤士河上下游十里风光尽收眼底。从桥上或河畔，可以望见停在不远处河上的“贝尔法斯特”号巡洋舰，这是二战以来英国保留得最完整的军舰。1963年该舰退役后，从1971年的特拉法尔加海战纪念日开始在塔桥上游供游人参观。此舰曾参与朝鲜战争。

漫步泰晤士河畔，每走一段路都会经过一座桥。这些桥记录着伦敦过往的繁华与衰退，是伦敦文化与历史的积淀。滑铁卢桥，电影《魂断蓝桥》取景此处，一座桥，因为一部电影和一对男女的爱情故事而名扬天下。此外还有威斯敏斯特大桥、黑修道士桥、千禧桥……

据说泰晤士河上有80多座条桥。每座大桥都有其岁月的传说和故事，像一个个坐标点，组合成了英国悠长历史的抛物线，起起伏伏，曲曲折折。

四十一、历史与现代的变奏曲

过了塔桥，泰晤士河对岸就可以看见伦敦塔。这几乎是一个硕大的城堡，阴森灰暗，无论从哪个角度看，它都不像一座塔。其实它是一座具有900多年历史的诺曼底式的城堡建筑。远远望去，伦敦塔在绿树丛中若隐若现，上空乌鸦的叫声在很远就能听见。伦敦塔曾作为堡垒、军械库、宫殿、避难所和监狱，关押着上层阶级的囚犯。都是宫廷斗争的牺牲品，里面的故事异常悲壮。英语里有一条短语“sent to the Tower”，意思就是“送进监狱”。由此可见塔桥腥风血雨的历史。英国历史上不少王公贵族和政界名人都曾被关押在这里，许多人在此魂归西天。黑斯廷斯第一任男爵威廉·黑斯廷斯、凯瑟琳·霍华德、伊丽莎白一世、安妮·博林皇后、英格兰国王爱德华四世的兄弟克莱伦斯公爵、爱德华四世的两个儿子，爱德华五世和他的兄弟约克公爵……

“呱——呱——”一阵阵乌鸦盘旋在幽暗建筑的上空，乌鸦嘶哑的鸣叫仿佛至今还在为那些冤魂叫屈。

我没有走进这座阴森的建筑，据传说伦敦塔从建立之初就有数不清的人在城堡内丧命。在它的地下土牢里，有各种残酷的刑具，而堡外的塔山则是家喻户晓的断头台。从此无数的鬼魂似乎就顺理成章地徘徊在伦敦塔内，而更为奇特的是还有许多游客都声称自己曾亲眼看见过这些游荡的鬼魂。这座古堡似乎至今还弥漫着浓重的血腥气，长久以来，一直有传闻说这里是鬼魂出没的地方。

岁月如梭，建筑依旧。现在的伦敦塔已经是一个旅游景点。除了建筑物本身，这里展出的还有不列颠王冠宝石，一些精美的皇家军械收藏，一段残存的罗马人的要塞城墙。历史是无情的，这座充满苦难和血腥的古堡昭示世人，它是西方文明进程中的一滴苦涩的浪花，却在人类的历史长河中留下了不可磨灭的一页。

站在泰晤士河对岸，国会大厦雄浑壮观，与大笨钟紧连一起，虽然年代久远，外观依然金碧辉煌，是泰晤士河畔一颗璀璨的明珠。自13世纪以来，此处便是英国国会开会之处，也同时兼为国王宫殿。1512年发生大火，爱德华六世在1547年把它拨给下议院，从此成为国会大厦。国会大厦有1100个独立房间、100座楼梯和4.8公里长的走廊。尽管今天的宫殿基本上由19世纪重修而来，但依然保留了初建时的许多历史遗迹。

我站在对岸遥望国会大厦，神圣的建筑让我仿佛看到了议长右侧的内阁成员和执政党议员，还有议长左侧的反对党和“影子内阁”成员，批评执政党对应官员的声音此起彼伏，迫使执政党为施政辩护的演讲络绎不绝……英国旅行作家戴维曾经这样写道：“英国有许多迷人的城市、城镇、乡村和小部落，不过，只有当你来到规模巨大的首都后，才会真正感受到英国的魅力。不同的人对伦敦可以有不同的看法，但绝不会是平庸的感觉。”只有身临其境，才能真正体会到戴维那种不是平庸的感觉。

不知不觉，我来到了“伦敦眼”。眼前巨大的摩天轮在不停地转动，像一个硕大的记录光景的年轮，把泰晤士两岸的风花雪月旋进光阴的轮回。“伦敦眼”是新千年的新景点，也是伦敦的新地标。在“伦敦眼”的入口处，一张夜幕里下“伦敦眼”的照片分外妖娆。据说上面的彩灯每晚不尽相同，会根据节日和季节变化与河水和夜色连成一片，交汇出梦幻般的斑斓。

远处，一个鹅蛋式的现代建筑物，就是伦敦市长的官邸了，是伦敦市政厅办公大楼。从不同的角度看这座建筑，所得到的视觉效果是不一样的。给人有移步换景的视觉感受。没走多远，便是威斯敏斯特大教堂了。这里从1066年起就成为所有英国王储的加冕之地。伊丽莎白女王1953年的加冕典礼和1997年戴安娜

王妃的葬礼就在这里举行。威廉王子的婚礼也在此举行。这里的“诗人角”安葬了狄更斯、乔叟、斯宾塞、休斯、布朗宁、哈代等英国著名的文学家，维多利亚女王、伊丽莎白一世、牛顿、达尔文和丘吉尔都在这座大教堂长眠。莎士比亚也在这里占据了一个空空的墓穴。戴安娜王妃也在这里继续她的童话故事……除了王室的陵寝，这么多伟大的英国人埋葬于此，由此可见，人世间的雍容富贵，尊荣，从这里获得，却也终结于此。

此时，教堂内传出了童音合唱的圣歌，我的脚步也随之慢了下来，沉浸在清脆的歌声里。一种信念感染着我，一股暖流在心中涌动，让我顿生敬畏。遗憾的是，在英国的日子，我没有能走进这座记录和展示英伦文化和历史的“荣誉宝塔尖”。只能在华盛顿·欧文200年前的文字里感受这里的神奇与迷离，体验它的巍峨壮丽和恢宏凝重。

“秋日的金色阳光洒在拱廊环绕的广场上，照着中央一片稀疏的草地，点亮了拱顶通道的一角，呈现出一种朦胧而壮观之美。站在两条拱廊之间，抬头可看见小片的蓝天或一缕漂浮的云彩，阳光照射的教堂尖塔直耸碧蓝的天庭……这威严的气氛压迫着人的灵魂，让参观者肃然起敬。只觉得四周是昔日伟人的骨骸，他们的事迹满载史册，声名远播全球。然而，看到他们拥挤一处，入了尘土，想到人类的野心终将化为虚无，不禁为之一笑……”

“伦敦眼”、市政厅这样的现代建筑与伦敦塔、国会大厦和威斯敏斯特教堂互相交融，在泰晤士河两岸唱响了历史与现代的变奏曲，人们在追忆历史氤氲的过程中，不自觉地就跨越到了一个崭新的时代。

我悠然地孑孓，泰晤士河边一家红茶坊让我默默地驻足，门口几位喝茶的男女朝我点头微笑。我朝茶坊里一瞥，只见淡红色的灯光在这个幽静的春日黄昏温婉地氤氲着，墙上挂着英国乡村的小幅油画，桌台上摆着镶着金边的杯壶，杯中冒出缕缕热气，一曲淡淡感伤的小提琴曲在茶坊里袅娜着。街头，熙熙攘攘的人潮，唱歌的，弹奏的，跳舞的，杂耍的……远处，临水的花园、绿地，闲适的人们在遛狗，晒太阳，野餐，成群的鸽子在挣食。

这就是伦敦，它华丽而又简洁，桀骜而又温润，高贵而又卑微，喧嚣而又静谧，古老而又年轻……它就像印象派的油画，每个人从中读出自己想要的东西，它给每个人心中留下了不一样的伦敦。

早在200年前，华盛顿·欧文就在自己的心中留下了对伦敦的印象。他在《英伦见闻录》中《伦敦的礼拜天》一文中写道："太阳因为没有烟雾聚成的浓云遮蔽，而将自己朴实的金黄色光辉照射在静悄悄的街道上。街上为数不多的行人都一反往日急匆匆赶路的焦虑神态，悠闲自在地踱步。人们平素由于公务及劳顿而紧锁的双眉舒展开了，换上星期天漂亮服装的同时，他们也换上了星期天的表情和星期天的风度。"

200多年前的伦敦在欧文笔下就是这样既忙碌又闲适，既奢华而又朴实。"教堂的高塔传来悦耳的钟声，将一群群教徒收回。体面的商人一家从宅第出发，小孩在前，气候是商人和他美丽的太太，他们有手帕包着皮革装订的祈祷书，女仆从窗口目送他们……"

一脉河水，传承着悠远的记忆。历史的伦敦是这样，现在的伦敦依然如此。

四十二、雍容的王室，尊贵的女王

此时此刻，一个春日融融的正午，我站在白金汉宫的大门前。

2012年第30届伦敦夏季奥运会开幕式上，英国人匠心独运地通过电视屏幕向世人展现了英国王室和女王，连那两只皇室的“威尔士柯基”宠物犬也倍受人们的青睐。英国人喜欢看到女王的形象出现在他们的生活中，让他们感觉踏实和安全。作为一个来自遥远东方的中国人，我认为女王更多的则是一种历史文化意义上的符号，她就是英国的历史图腾和文化象征。如果没有女王，不知道英国人会有什么样糟糕的感觉。

年少时读书，书中是这样记述这座宫殿的，“白金汉宫是英国王室生活和工作的地方，是英皇权利的中心地。白金汉宫的主体建筑为5层，附属建筑包括皇家画廊、皇家马厮和花园。每年夏天，英国王室在花园内举行盛大的皇家招待会。除此之外，来英国做国事访问的国家元首也在宫内下榻。白金汉宫的广场中央耸立着维多利亚女王镀金雕像纪念碑，顶上站立着展翅欲飞的胜利女神。皇家卫队每天上午都在广场操练。如果皇宫正上方飘扬着英国皇家旗帜时，这表示女王仍在宫中。升起的若是英国国旗，那就说明女王外出了。”

宫殿、女王、皇家卫队在我的心中好像根本不在地球上一样，仿佛是在遥远的天际，与天王星、海王星一样的遥远和不着边际。

从来没有想过，有一天我会站在这座宫殿的门前。此刻，我像做梦一样从皇家兵营马场经过皇家大道，来到富丽堂皇的白金汉宫前的御花园，花团锦簇的广场上金色的维多利亚胜利女神像耸立在高高的大理石台上，在阳光的映衬下散发着耀眼的金光，好像从天而降又仿佛凌空欲飞，庄严而肃穆。一座四层正方体灰色建筑的皇宫就在我的面前，我伫立在悬挂着王室徽章庄严的正门前，四周的围栏镶嵌着金色的浮雕，高高的金色栅栏外的广场四周，来自世界各地不同肤色的人群让这个广场略显拥挤。顾不了嘈杂的人群，我已经深深感受到了这座始建于300多年前的宫殿散发出来的皇家特有的奢华与富贵。

自1837年维多利亚女王迁居于此，这里就成了英国皇室的居所，皇家的办公与起居均在此地。在伊丽莎白一世统治英国的45年间，英国打败了西班牙的无敌舰队，称霸海上。英格兰也在这时进入了文艺复兴时期，出现了托马斯·莫尔、莎士比亚、培根等一批文化巨人。这位女王一生未婚。自25岁那一年，在威斯敏斯特宫举行加冕典礼。她将一枚结婚戒指戴到自己手上。那一天，她成了一位新王，也将自己嫁给了英格兰。被称为“童贞女王”。后来的爱德华八世爱上了一个结过两次婚的美国平民女子，辛普森夫人，由此遭到英国朝野的反对。1936年12月，即位不足一年的英国国王爱德华八世毅然宣布退位，与辛普森夫人结婚。在江山与美人之间，国王爱德华选择了放弃王位，演绎了一个“不爱江山爱美人”的美丽故事。爱德华八世的弟弟乔治六世继位后，授予他温莎公爵的头衔。

岁月的更替让皇室里的那些缱绻往事早已变成一桩桩枯萎的记忆，而温莎公爵“弃江山爱美人”的动人故事至今还在广为传诵。

近些年来，英国王室里发生大大小小的故事，总能招来全球的目光。威廉王子的大婚、女王加冕60周年的大典，让人们在憧憬未来的刹那间又追忆起往日的岁月。曾几何时，多少人为戴安娜王妃童话般的身世感慨万千，啧啧称羡她的婚礼盛典，又有多少人唏嘘不已她悲壮的结局。

正如旅游卫视董事长孔德明先生在《伦敦 AB 面》一书的序言《向青草更青处漫溯》中所说，“有多少王室剧正在上演，就会有多少稗官野史在流传。这些故事虽然无法让旁观者断清王室的‘家务事’，但却足以令游客们在身临其境时更加兴味盎然……”

此刻，广场上已经是人头攒动，各种语言传来不绝于耳的欢叫声。皇家换岗仪式开始了。威武的卫兵骑在高大的马上，格外高贵典雅，据说那些英国纯种马的草料都是从苏格兰高地运来的。戴着闪亮头盔、骑着抖擞骏马的骑兵，神气地策马而过；皇家军乐队一个个身穿耀眼的大红色上装，深黑色的长裤，头上戴着黑色的熊毛皮帽，腰间挂着佩刀，脚蹬大皮鞋。昂扬地迈着整齐步伐，军乐队先在白金汉宫西侧的威灵顿军营彩排一遍，然后再吹拉弹唱的开拔前往白金汉宫，沿途有骑警一路保护，场面极为壮观。整个换岗仪式好像是一场演出，威武和庄严的过程叫人目瞪口呆。

黑帽子队伍和白头盔队伍吹吹打打地分别从两个侧面的大门进入皇宫的广场上，与各自的上一班队伍进行“交接班”仪式。换岗仪式结束后，新的队伍进驻皇宫，而下班的队伍则出了皇宫，逆时针绕着白金汉宫广场走了大半圈后就消失在皇宫一侧的小路上，剩下仍然兴奋的游客在原地欢呼雀跃，流连忘返。皇家军乐队从我身边走过，我好奇地注视着，他们从皇家大道走来，在白金汉宫门前广场上绕行，然后消失在围观的游客身后，那富有节奏的旋律，渐行渐远，越来越轻，我依然伫立不动，如梦游般神驰。难怪有人说：“仅仅凭一张门票，就可以享有那些神奇的金银财宝，这张门票简直可以把青蛙变成王子，把普通的女巫变成仙女。”即便没有深入宫中去一睹国宴厅、典礼厅、音乐厅、图书馆、画廊、皇家集邮厅等 600 多个厅堂和那些富丽堂皇的家私和珠宝，我已有飘飘欲仙的感觉了。

卫队已经走远，我抬头才发现，白金汉宫上空悬挂的是英国国旗，人群中有人说女王今天去温莎了。

提起女王，由于英国的君主立宪制，给人一种浓浓的神秘感。伊丽莎白二世，是当今的英国女王。她生于1926年4月21日，是英国第六位女王，也是执政时间最长的女君主。她在1952年26岁时继承王位，早就到了退休年龄，但没有退。她自己宣布，如果公众让她退位，她就让查尔斯王子接班。为此，英国特意搞了一次民意调查，同意女王在位的支持率还很高。所以，她依然在位。

走在伦敦的大街小巷里，时时都能感觉到女王的存在，明信片上的女王，茶杯上的女王，英镑上的女王……塔桥，上议院的大厅，温莎城堡几乎处处都有女王的影子陪伴着天南海北的游人。英国的书店里关于女王的书也有很多，女王早已成为英国人的精神寄托和安慰，国家遇到什么大的灾难，不可收拾的场面，只要女王到场，就能稳定民众的情绪。

女王是国家元首、法院的首领、武装部队的总司令、教会的领袖。有权任命内阁首相、政府大臣、高级法官和各属地的总督，有权统率军队、对外宣战，有权加封贵族，有权批准法律。人们说女王是“一切权力的源泉”，“国家的化身”。英国政府被称为“英王陛下的政府”，英国的武装部队被称为“皇家部队”，英国所属的领地被说成是“英王陛下的领土”，甚至议会中的反对党也称自己是“英王陛下忠诚的反对党”。一切公函都印有“为女王陛下效劳”的字样。先后有十几位首相每星期二晚上6点在白金汉宫向伊丽莎白女王汇报工作，共商国是，这是沿袭了英国260多年来一成不变的惯例。

其实，女王也不是无忧无虑的，她也有她的烦恼。女王的几个子女婚姻接连破裂。王室的大事小情都是媒体关注的“焦点”，隐私权得不到保护。王室在百姓中的形象已大不如前。民众对王室的印象为自私、浪费、吝啬、高不可攀、骄傲及态度冷漠，几乎所有传统文学中描写贵族的最坏的字眼都用在当今英国王

室上。

有人说英国王室在没落。纵观近年的历史，王室丑闻不断，使得皇家荣誉大伤元气。三位王妃分别给王室带来沉重打击，最严重的要算黛安娜。当黛安娜的灵柩沿海德公园行进时，有超过200万人为她送行，众人潸然泪下，人们把对黛安娜死的悲痛转化为对王室的不满，认为王室对黛安娜不公。王储查尔斯被人偷录与情妇卡米拉对话。爱德华王子婚前被传是同性恋，被认为是最不具风采的王室成员。女王自己也因几十年墨守成规、远离民众而被批判，菲利普亲王更是经常口无遮掩说错话，甚至被形容成种族主义者……20世纪90年代，温莎大火、王室遭遇婚变、宫廷丑闻不断，一时之间王室何去何从，成为王室成员和英国社会挥之不去的巨大阴影……

喧嚣过后，广场上安静了下来。广场对面的圣詹姆斯公园，三三两两的游人在晒太阳、散步、野餐。公园中央长形水池聚集了各种颜色的水鸟，它们一会再水面上展翅快飞，留下道道水痕，一会不停地扎猛子互相嬉戏。圣詹姆斯公园前前后后的这一带地方被称为伦敦的“绿色三角”，是英国王室、贵族的生活区。在这片区域里充满了大自然的宁静、安详，少了伦敦闹市的喧嚣气息。伦敦这片广阔的绿色，就是在上流社会的精心呵护下，被完好地保存了下来，成为时下人们休闲、观光的宝地。同时，它也引导着社会生活的时尚，潜移默化地教育世人要爱护大自然、与大自然和谐相处。

此刻，漫步在这片“绿色三角”，我深切地感到，多少皇权享尽荣华和富贵，在经历了岁月的风云变幻后，都化作了浮云随风而逝，亦被世人所遗忘，往事成了锈迹斑驳的古董。世上的事情实在不必太认真计较，权势和钱财有也罢，没了照样活在世上。看看这富丽堂皇的宫殿，那些雍容华贵犹如昙花一现，谁能带走呢?

我凝视广场上的维多利亚女神金象，感觉如不赋予历史内涵，会认为过于招摇了。皇家卫队的马蹄声铿锵地回响着，从中仿佛听到一种民族的特性与威力。几只鸽子落到我的面前，不知它们是否曾经飞临皇室的阳台？是否会认出我从中国来？

“你们别太较真了。”女王曾经这样告诉英国的臣民。说得多好。其实，我认为，把女王当个和蔼可亲、满脸慈祥的老太太也不使英国有失其尊严。

伊丽莎白老太太，我以东方行者的名义，在您的皇宫前祝愿您年年有今日，岁岁有今朝。

四十三、为遇见你伏笔

——大英博物馆260周年

18世纪中叶，乾隆皇帝先后六次巡游江南，沿途修行宫，搭彩棚，舳舻相接，旌旗蔽空。动用马匹六千，骡马车四百辆，骆驼八百只，征调夫役万余人。就在乾隆皇帝携大批后妃、王公亲贵、文武官员被前呼后拥，沿途不断兴起文字狱之际，英国国王乔治二世在1753年通过了《大英博物馆法案》，同意购买汉斯·司隆勋爵的手稿、藏书、油画和钱币等收藏，建立大英博物馆。

至今，大英博物馆已走过了260年的风雨历程。

“我每天在大英博物馆度过，心中时常浮现微妙而复杂的感情，寻找想阅读的书籍往往要花费好几个小时，因为我没有力气拿起那沉重的图书目录。”19世纪80年代，年轻的爱尔兰诗人叶芝每天到大英博物馆的阅览室然获读书，潜心典籍，孜孜不倦。他几乎每天从贝德福德公园步行到大英博物馆，正是在大英博物馆，叶芝接受了罗思金思想的强烈熏陶，结识了王尔德这样的辉煌人物。也正是在来往大英博物馆路上的某个清晨抑或黄昏，叶芝遇到了自己心爱的姑娘。于是英语里最美的诗歌诞生了。

诗人们日夜的辛勤/用诗韵造就的倾国之美/却被一个女人的一瞥而毁/被天空里悠然的群星击溃/于是，当露水打湿睡意/我的心就会倾倒，直到/上帝把时间燃尽……

可以说，是大英博物馆和那位美丽的姑娘改变了叶芝的一生。

多年以后，叶芝在回忆起伦敦那段岁月的时候，依然抑制不住内心的激动：“我从来没有想过会在一个活生生的女人身上看到这样超凡的美——这样的美，我一直以为只是属于名画、属于诗歌、属于古代的传说……”

以前看过诸多关于大英博物馆的文字和图像资料，馆内有多少藏品，有多少人前来瞻仰这些人类的精华。无论文字怎样叙说，大英博物馆给我的感觉就是一个冷僻孤寂的大殿，收藏着光彩的和不光彩的历史，收藏着君子的财富，也收藏着靡衣偷食者的赃物。直到我到了英国，看到了叶芝在大英博物馆里学习、成长以及他在伦敦的爱情，我仿佛看到了这座网罗天下精华的大殿从阴森的角落里滋生出点点的鲜活和生动，叶芝不仅在馆内看见了那些世界一流的名画、诗歌、那些人类文化的传说，而且还在馆外遇到了和他看到馆内的画、诗和传说一样美丽的“不属于人间美丽”的女孩。

于是，踏着叶芝曾经走过的台阶，我走进了大英博物馆。走进了，才知道狄更斯和达尔文在此思索过，拜伦、济慈和雪莱在此著书立说，还有甘地、泰戈尔，还有马克思和列宁，甚至还有当时流亡到英国的孙中山，在大英博物馆的文山书海里，他构想了“三民主义”……

大英博物馆一个个硕大的馆藏大厅和各种稀世珍宝的藏品让人眩晕。快步走一圈，也需要几个时辰。古代埃及馆、书籍与抄本馆、东方书籍与抄本馆、古代英国及中世纪馆、古代西亚馆、东方馆、古代希腊罗马馆、版画素描馆、人种志馆和货币与纪念章馆……历经 260 的历史，如今的大英博物馆已经成为网罗天下精华的宝库。它拥有将近 700 万件藏品。由于藏品太多，空间有限，展出的珍品也在不停地变换。偶尔走一趟能够看到的，也不过是沧海一粟而已。但就是这九牛一毛，用两三天的时间来看，也还是太匆忙。不要说看具体的展品，就大英博物馆出版的有关其馆藏的书籍就满满地摆了好大的一个厅。

我在走进大英博物馆前，就决定一定要看三个馆，古埃及文物馆、古希腊罗马馆和东方艺术馆的几个中国陈列室。

古埃及文物馆是一定要看的，古埃及艺术品是大英博物馆最负盛名的收藏，如著名的罗赛塔石碑、亚尼的死亡之书、拉美西斯二世胸像，还有那些大型的人兽石雕、庙宇建筑、为数众多的木乃伊、碑文壁画、镌石器皿及金玉首饰，其展品的年代可上溯到5000多年以前。此馆最初由汉斯·司隆爵士收藏的150件小型埃及文物构成。大规模的收藏是在1801年以后，英国击败拿破仑取得了埃及的控制权。大英博物馆就约有7万多件古代埃及藏品。

古希腊罗马馆也是很值得去的，里面大部分是雕塑，而且很多是残缺的，有些没有手脚，有些没有头部，可以看出年份是很久远的，被掠夺之前已经经历过盗窃和损坏。古希腊罗马馆是大英博物馆内藏品最为丰富的一个馆，它占有22个展厅。展出包括建筑、雕塑、绘画在内的各种古文明展品，其中尤以雕塑享誉世界。著名的古希腊“掷铁饼者”雕像，就伫立在通往古希腊罗马馆的楼梯中央。在第8展馆，你还可以发现古代雅典的主神庙——帕特农神庙的遗迹和大批那一时代的雕像。此神庙是建于公元前5世纪中叶供奉雅典娜女神的神庙。来自于雅典帕特农神庙的命运三女神雕像群、帕特农神庙建筑遗迹，均为大英博物馆最令人神往的艺术珍品。

走马观花，匆匆看了埃及馆和希腊罗马馆，我想，如果再看别的馆，今天就没有时间去看东方艺术馆了。于是三步并作两步，我来到了东方艺术文物馆。东方艺术文物馆的中国陈列室就占了好几个大厅，展品从商周的青铜器，到唐代的瓷器、明清的金玉制品。漫步在大英博物馆里的中国陈列室，就像是穿越在中华文明史的时空隧道中，这里收藏着来自中国的2300多件珍品，囊括了整个中国艺术门类，也跨越了整个中国历史，这些中国珍品包括了刻本、书画、玉器、石器、青铜器、陶器、饰品等，有远古时期的石器；6000多年前的半坡村红陶碗和足尖罐；新石器时代的玉琮、玉斧；商周时期的青铜器、鼎；秦汉时期的铜镜、陶器、漆器、铁剑；六朝时期的金铜佛；隋朝白色大理石佛像；唐朝的唐三彩瓷器；宋、元、明、清各代的陶瓷和各种金玉制品，还有甲骨文、竹简、刻本、古书、地图、铜币、丝绸、刺绣、珐琅制品、景泰蓝、漆器、竹编等等，很多中国文物，都被收藏在特殊的地方，在几个中国陈列室展出的文物仅有2000多件，而这2000多件珍宝让我目瞪口呆。一种复杂的情绪被震慑，嗓子眼哽咽着，浑身上下不舒服。

不知不觉，我的面前居然是一幅清代大学士刘墉真迹手书的宋代人张复之的绝句《雨夜》："四檐风雨滴秋声，醉起重挑背壁灯。世事不穷身不定，令人闲忆虎溪僧。"整篇真迹貌丰骨劲，味厚神藏，超然独出。刘墉的书法圆润雍容，用墨厚重，外柔内刚，别具一格，被誉为"精华蕴蓄，劲气内敛，浑然太极，包罗万象"。刘墉晚年应春圃之嘱，手书张复之的一首七言绝句，来表达了他晚年生活的孤寂、苍凉，对劳碌烦琐的官场生活的厌倦之情。刘墉怎么也不会想到，他的这幅手书会漂洋过海，挂在异国他乡的墙壁上，若是有所预感，他当时的处境和对未来的绝望悲情还能不能支撑自己的身体来愤然挥毫。

"看，这是你家乡的宝贝。"

随着同伴在我耳边轻轻地一声呢喃嘀咕，我来到了几幅芜湖铁画前。有"花中四君子"中的梅花，兰花和菊花。铁画的制作起源于宋代，盛行于北宋。安徽芜湖铁画自成一体，以锤为笔，以铁为墨，以砧为纸，锻铁为画，鬼斧神工，气韵天成。眼前的几幅梅花，兰花和菊花黑白分明，线条刚劲挺秀，结构清晰，端庄醒目。在历史的岁月中它们辗转他乡，命运多舛，但是，当每个中国人来到这几幅铁画前都会觉得它们依然是鲜活的花，芬芳扑鼻。

难怪130多年前，叶芝每天在大英博物馆翻看那些关于爱尔兰历史文献和稀世珍品后，浓浓的思乡之情油然而生。他的诗行早已带着他离开了英国，回到了故乡的茵尼斯弗利岛。

回去吧/到茵尼斯弗利岛/造座小茅屋在那里/枝条编墙糊上泥/我要养上一箱蜜蜂/种上九行豆角/独住在蜂声嗡嗡的林间草地……

此刻，我的思绪仿佛也回到了生我养我的那片古老的土地。据联合国教科文组织 2006 年披露，这片古老大地多年来流失的文物多达 164 万件（还不算各国私人藏有的 10 倍于这个数字的中国文物），被世界 47 家博物馆收藏，而大英博物馆是收藏中国流失文物最多的一家，竟达 23000 件。徜徉在这个世界上历史最悠久、规模最宏伟的博物馆，面对这些本来在自己土地上的属于中国人的文物，却大量流失海外。心中的楚痛挥之不去。

大英博物馆里可以随便拍照，许多来这里的中国人举起相机，或站或坐，或蹲或趴，不停地将这些珍宝摄入自己的相机中。累了，他们就坐在室内的椅子上两眼发直，痴迷地盯着橱窗里那些熠熠闪光的中国瓷器。我也一样，举起相机，让这些珍宝走进我的方寸之间，成为永恒的守望。耳边仿佛响起了周杰伦的那首《青花瓷》，“天青色等烟雨，而我在等你，炊烟袅袅升起，隔江千万里。在瓶底书汉隶仿前朝的飘逸，就当我，为遇见你伏笔。月色被打捞起。晕开了结局。如传世的青花瓷自顾自美丽，你眼带笑意……”

我在偌大的博物馆里迷失了方向。晕头转向好久才出来。

从英国回来以后，我读到了日本人出口保夫撰写的《物语大英博物馆》（汉译本《大英博物馆的故事》）。这个人在《“抢夺来的”误解》一文中写道：“这近 700 万件收藏品分别归属于 10 个馆，其中史前和古代欧洲馆与版画和素描馆各收藏 250 万件，合计 500 万件。光从这个数字就可以明白‘大半的收藏品是从旧殖民地抢夺来的’的说法是误解，因为这些馆的收藏品与旧殖民地没有任何关系。”他还说，“根据《大英博物馆从 A 到 Z》这本书所述，书中提到的 500 万件文化遗产大半是个人或财团等捐赠的，或者是博物馆本身的调查团所发掘、发现的，其他的则是以国家预算购买的。”整个一本专门研究大英博物馆历史的书，居然对“抢夺”一词只字不提。

然而，事实真是这样的吗？

首先我们来看看大英博物馆中堪称镇馆之宝的公元前2世纪埃及的罗塞塔碑。1799年，在距埃及亚历山大城48公里的罗塞塔镇附近，一名法国士兵发现了一块非常特殊的石头，后来证实就是后人说的“通往古埃及文明的钥匙”——罗塞塔石碑。罗塞塔石碑的珍贵之处在于，它记录了古代地中海地区的三种重要文字——象形文字、通俗文字（埃及象形文字的草写体）和希腊文字。拿破仑统帅的远征军被英国军队击败后，法国无条件交出在埃及发掘到的一切文物。石碑最终归于强权的英国。

古希腊罗马馆的雅典帕特农神庙雕塑是由英国人埃尔金爵士托在1799至1803年他担任英国驻土耳其大使时，从雅典巴特农神庙和其他古建筑上拆下来运回英国的，因此得名。雕塑所在的巴特农神庙是雅典人在希波战争胜利后所建，是奉献给雅典的保护神处女雅典娜的。埃尔金的举动在当时就引发了极大争议，以诗人拜伦为首的很多知识分子对埃尔金的行为进行抨击，认为他犯有掠夺、破坏文物和以诈骗手段盗运希腊宝物的罪行。英国议会也对这批雕刻品进行了审查。1687年，神庙被土耳其守军当作了弹药库，结果一发威尼斯人的炮弹击中神庙，引发了剧烈的爆炸。于是，埃尔金请求允许他和艺术家们对这些建筑和雕塑进行测量、绘图并复制其中重要的作品。结果他被授权可以“拿走任何带有古铭刻或图像的石块”。埃尔金才开始挑选大批宝物准备运回英国。

希腊政府一直强烈要求英国归还“埃尔金大理石”，但遭到了大英博物馆的断然拒绝。

1860年，英法联军攻占北京，占据圆明园。英、法军队在圆明园洗劫两天后，向城内开进。10月11日英军派出1200余名骑兵和一个步兵团，再次洗劫圆明园。10月18日，3500名英军冲

入圆明园，纵火焚烧圆明园，大火三日不灭，圆明园及附近的清漪园、静明园、静宜园、畅春园及海淀镇均被烧成一片废墟，安佑宫中，近300名太监、宫女、工匠葬身火海。成千上万的各类珍宝藏品被肆意毁坏，或者被运往大不列颠……

还有那个斯坦因，先后四次来到中亚地区“考察”，先后在我国的新疆和田、楼兰，甘肃敦煌、嘉峪关等地，骗取了大量的中国文物。尤其是在敦煌的藏经洞，他骗走了一车又一车整箱整箱中国敦煌的文书，凡汉、粟特、突厥、回鹘语及怯卢文梵语……

乾隆皇帝躺在去往江南的船上晃晃悠悠地观星星看月亮，终将垂垂老矣。1793年，也就是大英博物馆建馆后40年，乔治二世的儿子乔治三世派马戛尔尼勋爵率庞大使团前往中国，以祝贺乾隆皇帝83岁寿辰为名，欲与清朝建立正式外交关系。乔治三世送乾隆的近600件寿礼中，《钦藏英皇全景图典》赫然在列。图册介绍了18世纪末期英国的城市建筑、自然风光、宫殿、花园、军舰等风物，堪称当时的大英百科全书。马戛尔尼拒绝在觐见乾隆时行跪拜礼，而以“天朝皇帝”自居的乾隆则拒绝了马戛尔尼提出的互派大使、平等通商等要求。乾隆给乔治三世回信说，外交使节“实为无益之事”，“断不可行”。受乾隆冷遇的不仅是英国使节，而且包括《钦藏英皇全景图典》这一珍贵图册。2005年，中国第一历史档案馆工作人员在清理清代皇室档案时发现了仍用御用黄绫包裹的图册。

乾隆可能没有想到，他案头的爱物东晋顾恺之《女史箴图》的唐代摹本在他死后被他的儿子嘉庆放到了圆明园中。1840年，到了他孙子道光的时候，英军用大炮轰开了中国的大门，到了1860年他的重孙咸丰的时候，英法联军用大炮入侵了北京，英军大尉基勇从圆明园中盗出了他的挚爱并携往大不列颠。《女史箴图》是当今存世最早的中国绢画，是尚能见到的中国最早专业画家的作品之一，在中国美术史上具有里程碑的意义，一直是历代宫廷收藏的珍品。现在世界上只剩两幅摹本，其一为宋人临摹，被北京故宫博物院收藏。另一幅就是基勇盗走的这件摹本。

晚年的乾隆对南巡的劳民伤财有了更深刻的认识，他曾对军机章京吴熊光说："朕临御六十年，并无失德，惟六次南巡，劳民伤财，作无益，害有益，将来皇帝南巡，而汝不阻止，必无以对朕。"然而，几十年过去，大英博物馆自建馆以来，藏品以惊人的速度增长，就像英国扩张殖民地一样。英国在强大时，不断向外扩张，领土增加了111倍，从殖民地抢劫的文物也几乎增加了100倍。

由此看来，那个日本人出口保夫写的《物语大英博物馆》里有些话是在信口雌黄。

……

"我好恨/恨我没早生一个世纪/使我能与你对视着站立在/阴森幽暗的古堡/晨光微露的旷野/要么我拾起你扔下的白手套/要么你接住我甩过去的剑/要么你我各乘一匹战马/远远离开这天的帅旗/离开如云的战阵/决胜负于城下!"这是余秋雨先生《文化苦旅》中《道士塔》一文引述的一首诗："一个中国青年写给火烧圆明园的额尔金勋爵"。

在我迈出大英博物馆的那一刹那，我想到了这首诗，我开始喜欢这首诗歌悲悯的情怀和凌云的豪气。因为我是一个中国人。

四十四、云卷去舒的“王城”

第一次踏上英国的土地，就是在温莎停留了两个小时，夜里十一点匆匆吃完晚饭就去卡迪夫了。温莎清新而柔润的夜色驱走了我 13 个小时飞行的疲劳，清风吹过车窗，离开时我有些不舍。

今天，再次步入温莎，我的心情犹如温莎蔚蓝的天空一样格外明朗。这次温莎之行的目的很明确，就是去看温莎小镇、温莎城堡和伊顿公学。尽管英国的城堡已经无数次充盈着我的旅程，但是温莎城堡一定是要看的，因为它和伦敦的白金汉宫、爱丁堡的圣十字宫，是英国女王的三座主要宫殿。因此温莎小镇也被叫作“王城”。

在去往城堡的路边斜坡上，几个穿着 18 世纪礼服的美女挎着篮子站在那里摆着各种姿势向过往的游人露出温婉的笑靥。通过简短的交流，我得知那是摄影店用来招揽生意的“广告代言人”。当今，随着电子数码摄影摄像技术的普及，传统的摄影业正在走向衰退。这些姑娘就是摄影店里的员工，她们微笑着向客人推介自己的服务，但却毫无强拉客人的意图，只是提着花篮善意的微笑着，介绍着。仿佛在夹道欢迎每位进入古堡的行者。

步入大门，我要了一部自动语言翻译器，随着人群走进了温莎城堡。刚进去，在转身的一个拐角，只见一个卫兵在他的执勤岗位上来回不停地走着正步，转身举枪的时候都是一副严肃认真的姿态，这头走到那头，重复着一个动作，他脚下不到 10 米长的地面，已经走出了一个明显的“道路”痕迹。这里的卫兵每隔几 10 米就有一个，或站立如柱，或来回正步走动。从他们的神情和肢体语言就可以看得出这座古堡风云变幻的千年岁月。他们严肃认真的模样一定是传承了这座古堡作为战争堡垒所延续下来的防卫程序。早在11世纪，征服者威廉一世为防止英国人民的反抗，在伦敦周围郊区，建造了9座相隔30公里左右的大型城堡，组成了一道可以互相支援的碉堡防线。温莎古堡是9座城堡中最大的一座，坐落在泰晤士河岸边一个山头上，建于1070年，迄今已有近千年的历史。1110年，英王亨利一世在这里举行朝觐仪式，从此，温莎古堡正式成为宫廷的活动场所。

经过近千年的不断修整，扩建，才形成现在这样房屋上千间的规模。城堡里的每一大厅和每一个房间都有自己的故事。比如拿破仑夫妇住过的房间、悬挂参加过滑铁卢战役将领们肖像的滑铁卢厅、顶上缀满了骑士的标识牌的宴会厅（有的标识因为骑士犯罪等原因而铲除了，变成了空白）。有一个大厅的地板是1992年大火之后烧焦了的，维修时人们只是把烧焦的地板翻了个边，继续使用……

整个温莎城堡分为上部与下部，有着中世纪的建筑风格，上部是皇室活动的起居所，下部有教堂等公用建筑。从某种意义上来说，白金汉宫只是个王室的行宫，是办公的地方，而温莎城堡才是英国君主真正意义的家。随着人群，我在这里转悠，想到了爱德华八世曾经在此向两度离婚的美国平民沃里斯·辛普森夫人求婚，搞得朝野之间沸沸扬扬，最后为了与她结婚，于1936年被迫退位，出走英伦三岛，后被其弟乔治六世国王封为温莎公爵，直至1972年其灵柩才重返温莎城堡。这位“不爱江山爱美人”的传奇国王让温莎城堡增添了一层浪漫的色彩。

在温莎古堡中央的高岗上，耸立着一座12世纪建造的圆塔，是古代的炮垒，现在城垣上还设有古炮。后经乔治四世在其上增建了巍峨的冠顶部分，使之成为古堡内的最高建筑。1600年，著名的戏剧大师莎士比亚曾应女王伊丽莎白一世的邀请来到古堡，并写出了著名的喜剧《温莎的风流娘儿们》。这个时候的莎士比亚进入创作的成熟期后，《温莎的风流娘儿们》是唯一的一部以

浓厚的生活气息，把新兴的市民家庭生活搬上舞台的喜剧。昔日出入宫廷向贵妇献花、献诗甚至献出生命的封建骑士福斯塔夫，流落社会成为一个不务正业、失去生活理想、失去经济来源的社会底层草根，今朝有酒、今朝醉就是他的全部人生哲学。

温莎堡巨大豪华的宴会厅，是王室举行重要活动的场所，又因《温莎的风流娘儿们》在此举行了首场演出而使得这个大厅更加出名，成为游客们慕名而来的一个原因。莎士比亚的喜剧惯以男女青年的爱情为题材，只有《温莎的风流娘儿们》是写城市平民生活的，生动幽默地描述了妇女们揭穿没落骑士福斯塔夫求爱骗钱的过程，创造出福斯塔夫这个世界人物画廊里熠熠生辉的动人形象，福斯塔夫是莎士比亚笔下最著名、最复杂、最矛盾、最生动、最受观众喜爱的喜剧人物。

英国的城堡，总是大同小异，但是温莎之美并不在于其雄伟，反而倒是阳光下精致的园林和草坪给人一片温暖祥和的感觉。与皇家相关的一切，都得带着贵气，小到一只路灯，头上都要戴个皇冠。和其他皇宫一样，这是国宴的大厅，那是国王的卧室，墙上挂着精致的大幅油画，屋顶是美轮美奂的彩绘。当然，对英国历史熟悉的人，或是真正有心有时间仔细欣赏这座宫殿的人，总能找到他们需要的看点。对我这个匆匆过客来讲，大都是走马观花。关于莎士比亚被邀请来此创作一事，我好奇地问了一位城堡的工作人员，那女孩耐心地向我解释道，“莎士比亚在此用了十四天的时间，创作了这部精彩的喜剧……”谁知，她的话匣子一打开就合不上了，从被邀请的背景到莎翁创作的过程以及这部喜剧的内容和特点，她都一一娓娓道来。姑娘温馨的笑容给人多有几分可爱的感觉。

在英国参观访问，时时处处都可以感受到弥漫着的浓郁的莎士比亚氛围，莎士比亚已经渗入了英国文化的血脉，不仅成为英国人的骄傲，也成了英国文化的象征。在温莎古堡也能感觉到这一点。

此刻，站在城堡的阳台上，不远的前方便是泰晤士河，古堡周围霍姆公园、温莎公园的森林、草地、河流和湖泊尽收眼底。小镇是那样明亮。在英国，无论站在什么位置，都能看见满眼皆绿的草地和树木。抬头仰望古堡上那一片我并不熟悉的天，阳光暖洋洋地洒在身上，蔚蓝的天空漂浮着几朵闲散的云彩，有节奏有章法地舒卷着，湛蓝苍穹下的古堡，依然耸立着它应有的高度，庄严而肃穆，给人以王者的风范。

走出城堡，回望暗黄色石头砌成的古堡，藤蔓爬满墙，森严壁垒中给人一种安宁静谧的感觉。一片葱绿色的草坪，缓缓延伸到半圆形的石砌城堆，春光融融下，仿佛这座千年古堡的前世今生，那些往日的传说和缱绻往事甚至那些古老的城墙砖块都一起被埋藏在这春天的光景里。

这春天属于谁？美丽得有些不真实。我突然感觉好像做了个梦，脑子一片空白。唯有街上传来奥托·尼古拉的《温莎的风流娘儿们》序曲，正和春天争相斗艳……

四十五、伊顿公学的门

走出温莎城堡，沿泰晤士河边行走，跨过一座桥，穿过一条幽静典雅的小街，街边就是著名的伊顿公学。说是“公学”，其实这里是一所私立中学。是由亨利六世于 1440 年创办的，这里曾造就过 20 多位英国首相（包括现任首相戴维·卡梅伦），培养出诗人雪莱、经济学家凯恩斯，也是英国王子威廉和哈里的母校。

“高耸的尖塔，古老的城堡，闪光的皇冠镶嵌在绿毯之上。如此执着科学的灵光，亨利的英魂哺育众芳。她是祖国菁华的荟萃，他是温莎的崇高和宽广。伫立在高高的托马斯像前，丛林、绿草环绕我们身旁，鲜花、嫩叶对我们欢唱。”这是伊顿公学的校歌，短短的几句话我们不难找出其隐藏的和显现的关键词，那就是历史、文化、科学的灵光和鲜花绿草环绕的校园环境。

然而，在学校的大门前，我有点不敢相信。堂堂世界名校的大门就两扇陈旧的木板，连我们乡下牛栏的门都不如，黝黑的木头门框，古老而破旧的两片门板，随着进进出出的人拉来拉去而摇摆不停。然而，这的的确确就是英国最著名的贵族中学。

此刻，我就站在伊顿公学破旧不堪的大门前。

有人说，伊顿公学是世界上最著名的中学。如果把已经成功地覆盖了整个世界的英语文化比作一棵参天大树的话，那么伊顿公学就是它的树根。数百年来，这扇陈旧的木门见证了一代代“成功者的后代如何继续成功”这个神秘命题的解答过程。

所有的孩子走进这扇门后必须严格遵守“伊顿人”的历史、传统和风格，接受“伊顿精神”的熏陶和锤炼。在这扇门内，伊顿公学把教育的过程完全建立在对孩子心智的体会和启发上，对孩子的尊重，对孩子不同个性和才能的理解，在理解的基础上循循善诱地疏导和帮助，在了解孩子的基础上不断挖掘其潜能，帮助孩子确定未来的学科以及发展方向。伊顿的学生进门前只是13岁的小男孩，走出伊顿大门后是18岁的谦谦君子。他们在伊顿的5年完成的是生理、心理、知识、体能、思想和社会责任感的全面成长。

穿过陈旧的大门，走进伊顿校园，首先映入眼帘的是图书馆，典雅庄重的外观下，让人即刻感觉到一种神圣和庄严。陪同的岑先生说，这个图书馆的是典型的欧洲风格，木制的墙裙一直通到墙顶。书橱紧贴沿着墙壁，不仅美观而且方便，全部是枣红油漆，显得十分雅致高贵。

就在我凝视四周建筑的时候，一群身穿燕尾服的男生从我们身边走过，一个个抱着厚厚的文件夹和书本行色匆匆地朝教学楼走去。伊顿的校服类似于英国绅士的黑色燕尾服，白色衬衫、黑色的马甲、长裤和皮鞋。随行的岑先生说："这套行头可不便宜，需要700英镑，再加上配套的成打衬衫、领带等，装扮一个伊顿人，至少要好几千英镑。"据有关资料记载，严格的着装是伊顿的校规，伊顿公学还为不同职位、不同等级、不同荣誉的获得者设计了不同着装。在黑色燕尾服中，有一些带披风的，那是国王奖学金获得者的标志。有些穿不同颜色马甲的，是伊顿5年级的"明日之星"，他们是从所有获奖者中选出的佼佼者。

伊顿的校规严格，却不痛苦。比如，一年级学生入学，家长前三周一律不准探望，在不准留恋父母温情的同时，学校给予你和同学之间、师生之间的集体的温暖。学校还把各种娱乐、体育和业余生活等安排得满满的。学校的宿舍是学生们的新家，每座宿舍楼是一个集体，从一年级到五年级，除了上课之外，起居、餐厅、体育、娱乐活动都以宿舍楼为单位。伊顿学生几乎每天下午都有体育运动。划船赛、"伊顿五人"、墙赛、田野游戏赛等，

男孩们不仅锻炼体魄，而且能形成同学之间的互相尊重、团结、合作、集体责任感和荣誉感。

在这个素有“绅士的摇篮”之称的“公学”，创办之初的原意是想让贫穷孩子也能进入该校读书。不料王室贵族子弟纷纷入学，形成一种高贵的气氛，平民子弟望而却步，因而它变成一所门第森严、只向贵族子弟开放的学校。今天，伊顿仍保留着只收男生的传统，他们的学生人数永远固定在1480名，年龄一律要求在13岁到18岁之间。学费更是贵得惊人，每年4万多英镑。但即便如此，成千上万的孩童还是想来这里上学。英国有些名门望族，为了让子弟能进入伊顿读书，当男孩出生，领得“出生证”时，即向该校报名。即使报了名，也未必一定能被录取，还必须经过烦琐得近乎严苛的程序，申请者要参加60分钟的面试和包括英语、法语、地理、历史、拉丁文、数学以及宗教学等科目在内的笔试。据说，英国每1500名男孩中才有一人能上伊顿。

就是这样一道门，几百年来，它接纳了多少精英的后代，又把多少莘莘学子拒之门外？家长和孩子们为何对伊顿公学趋之若鹜？我想这主要可能是取决于伊顿的高素质教师、独特的教材体系和分班制教学。

伊顿的教师很多是博士、社会上的专家，其中不乏牛津、剑桥毕业的伊顿校友。伊顿使用的中学统考编写教材，只用一半时间就教完了。余下的一半时间，由系主任自己选择增添其他教材。每年9月开学时，各系主任已制订好独特而细致的教学计划，发给每个老师和学生，学生还可以在计划之外再选学更多的知识。因此，伊顿学生除了参加统考外，还多一项“伊顿考核”，每年12月进行。它比中学统考要难得多。伊顿学生几乎都能通过统考，却不能保证都通过伊顿考核。如果不幸几次没有通过伊顿考核，孩子就必须转学了。考入伊顿的学生基本都是尖子，但不等于每个学生的天分、特长、爱好都一样。“分班制”就是为了避免成群教育的粗略。学校从每个学生考入伊顿的第一个成绩起，在英语、数学、法文等每一学科下分别分出等级班。它不是慢班不同，一个学生不是被笼统地归在快或慢的班里，而是每一科在不同的班级里。如进入第一班的学生，即证明他在该科目上已经有了超强的天分和能力，教师要给学生充分的自我学习机会。

对学生而言，不会因为被划入“低班”而自暴自弃。因为一个学生这科在14班，另一科可能在1班，其间的差异，显示出自己的优势，让自己有“全面优秀”的动力。同学之间也会注意到每个人各有千秋，你是“外语天才”，我是“美术博士”，增进了学生间的互相交流。自19世纪以来，伊顿就开始进行非常严格专业的音乐教育。如今学校每周就有超过800节的音乐课。这里的音乐系拥有世界上最新的乐器和设备。音乐课一般都是一个老师教一个学生。所以学生学音乐有着得天独厚的条件。学校有丰富的体育资源，有健身房、体育馆，还有巨大的足球场。运动种类繁多，单就球类运动而言，就有网球、曲棍球、冰球、板球、高尔夫球、乒乓球、篮球，当然还有足球等等。室内运动有举重、武术、击剑、瑜伽等等，甚至还有杂技。水上运动有游泳、水球、划船，学校拥有一个大型的划船基地。伊顿还有自己独创的运动项目。

每天下午放学以后，是学生们进行社团活动排练的时间。比较受欢迎的是戏剧、音乐、军事和政治，介绍东方文化的东方协会也很受学日语和中文学生的欢迎。到了晚上8点，就是各种各样的社团活动表演或展示的时候了。在进行这样的活动之前，都会提前几天甚至两个星期通过电子邮件通知学校全体师生；戏剧或者音乐会或军事表演，需要凭票进场。各种社团还经常邀请一些名人来演讲。

如今，社会环境发生了转变。从20世纪70年代以来，许多骄傲的英国现代精英阶层开始鄙视伊顿公学。他们认为伊顿公学代表了以前那个等级分明的社会的一切错误，因此，英国社会甚

至出现了取缔伊顿公学这样的私立贵族学校的呼声，而且政府几乎通过了决议。近几年来，伊顿公学的大门逐渐向世界敞开，世界各地的男孩只要符合伊顿公学的入学条件，就有机会进入这所名校就读。

近年，中国的许多有钱人把孩子送到英国上贵族学校，希望他们毕业后也能成为贵族，但当他们发现即使是英国最好的学校，像伊顿公学的学生，他们睡硬板床，吃粗茶淡饭，每天还要接受非常严格的训练。甚至比平民学校的学生还要苦时。他们怎么也弄不明白这些苦行僧式的生活同贵族精神究竟有何联系。其实这一点也不稀奇，因为西方所崇尚的贵族精神不是“暴发户”精神，它与平民的精神不是对立的，更不意味着养尊处优、悠闲奢华的生活，而是以荣誉、责任、勇气、自律等一系列价值为核心的先锋精神。

中国人所理解的贵族生活就是住别墅、买豪车、打高尔夫，就是对人呼之即来，挥之即去。实际上，这不是贵族精神。贵族精神，首先就意味着这个人要自制，要克己，要奉献，要有责任感，要服务国家。我想，在没有完全了解“富”与“贵”之前，中国人最好还是不要让自己的孩子走进伊顿的大门。因为，我们应该知道富与贵不是一回事。

伊顿的老师说，伊顿的学生出身名门，却绝不养尊处优；他们讲传统、守规矩、平和、礼貌，却不怯懦软弱；他们自信、独立、风度翩翩却不傲慢。

在伊顿，你会发现，它的每座宿舍楼就像一个大家庭，各个年级的孩子在一起学习、生活，互相照顾、互相帮助。孩子们在频繁的接触中积淀诚挚的感情，形成良好校风。在伊顿人之间，如果对有困难者不伸出援手，不仅无法毕业，还会成为丑闻。在伊顿，学校方方面面的教育都在提倡对朋友的忠诚友爱，如对别人的承诺、选定的事业或事关国家、民族的荣誉等等，必须保持一贯的忠诚。这是一种品质。相反，背后打小报告、出卖朋友的人，遭人鄙视。伊顿的学生每天有一半的时间从事体育活动，一方面是长身体的需要，另一方面也是培养他们的勇敢精神。伊顿鼓励个性、创新，却反对哗众取宠。他们在精神上，尊重传统，持续发展；现实中，承认秩序，恪守法制；思想上，尊重自己，尊重他人。学校要求学生具有“绅士”风度，即要求在任何情况下，特别是遇险境或难堪时，保持理智、平静，不失态、不惊慌。这种克制、含蓄和内敛的心理素质训练，是伊顿的教育目标之一。此外，谈吐的机智、幽默和使命感都是伊顿人的基本素质。

在伊顿短暂的停留，我只是粗略地看看学校的校园，通过更多的背景了解，我觉得伊顿的教育体现出的是一系列“精神”，这些“精神”无外乎独立、个性、友爱、诚信、尊严、勇敢、传统、绅士、幽默和自信。

走出伊顿，泰晤士河河水十分平静，河面上停留一只只舟楫，大雁，天鹅与野鸭或在周围盘旋或在水面戏水。那么多成群结队的水鸟不时地奔跑、起飞、点水、降落，美妙优雅的姿势使得泰晤士河格外宁静。回望身后伊顿公学那扇陈旧的大门，还在吱吱咯咯随风摇曳，不禁想到了国内的学校，豪华的校舍，显赫的大门，铺天盖地的“素质教育”口号，各种“主义”和“理想”充盈着学生幼小的脑袋。然而，学生放学的时候，爷爷奶奶接过书包，孩子们甩手跟在后面一边拿着 IPAD，一边吃着零食，豪华气派的学校大门外却是他们扔下的食品包装，垃圾遍地，一片狼藉……

不知怎么的，英国回来后，我一直念念不忘伊顿公学那扇破旧的门。

四十六、挥挥衣袖，拂不去万里情缘

今天是我们离开英国的日子。

这些天来，我们每天都在行走，从威尔士到英格兰，从英格兰到苏格兰，几乎走遍了除北爱以外的整个英国。奇怪的是，在英国的日子，多变的天气却没有显现，明媚的阳光一直伴随着我们，偶有几场小雨，都是下在夜里，早晨起来，空气格外清新，阳光异常绚烂。这不，昨夜又下了一阵雨，一大早，红日耀窗，整个伦敦城都显得分外明媚。

在去希斯罗机场的途中，窗外的伦敦，给人的感觉是一座可以引发你不断思想的城市。无论它古典的气势，现代的细节，还是它所展示的文化内涵，都会让你思绪奔放。空气中透出一丝清香，或许是路边的野花，或许是街头酒店里老板酿造的朗姆酒香味，这芬芳的气息仿佛为我们送行，让我们牢记飘香的日子。

初到伦敦的时候，很是感叹这个城市的环境，因为大家都知道伦敦在工业革命以后曾经变成“雾都”，我们对它的印象大多来自书本，加之狄更斯和莫奈带给人们的文字和图像更是雾气满天。到了伦敦以后，这里的蓝天白云绿水鲜花，还有清新的空气仿佛可以和我们的青藏高原比拟，感觉伦敦原来如此之美。

一个城市应该有其城市品位，自然环境，经济发展模式，文化创意，城市建筑的艺术性，人口的素质等都是主要因素。一个国家的品位更是这样。

在英国的这些天，感触颇深的其实就是其厚重的历史和文化，还有人类的自由、平等、宽容等普适价值观。各种肤色的人聚合在一起工作、生活、学习，那样和谐相容。人与自然的和谐，也是伦敦的一景。无论是城市还是乡村，一片一片的大树，几十年、几百年，依然参天而立，路会绕着树而修，房会避开树而建，随处都是满眼的绿色。春日阳光下，休闲的人们有拿本书躺在公园长椅上阅读的，有坐在湖边晒太阳的，更有一对对恋人拥抱热吻旁若无人的，老人、孩子、男人、女人，几乎是全城的人都在品味下午茶，每个人脸上都洋溢幸福的笑容，尤其是那些生活在乡村里的人，那种惬意的闲适和懒散，我想天堂也不过如此。

“英国景色最妩媚之处，尚在于似乎贯穿其中的精神情感。它使人想到井然的秩序，宁静的环境，公认的简朴准则，古老可敬的风俗习惯。古老教堂有着悠久的建筑风格；其门低矮厚实；哥特式尖塔高耸其上；窗多为窗花格和彩色玻璃，受到精心维护；昔日的勇士伟人以及当今君主祖先的墓碑，庄严堂皇；墓碑上，记载着一代代坚强不屈的自耕农的历史，其子孙后代，今天仍在同一土地上耕种，在同一圣坛祈祷……这些特征，多为英国风景所具备，显示出一种宁静安然的情调，世袭的朴素美德和对乡土的依恋之情；这亦深切动人表明了英国民族的精神风貌。”这是200年前华盛顿欧文对英国的描述，仿佛说的就是现在。

……

“Heathrow. Here we are.”随着司机斯蒂夫的一声“希斯罗机场到了”，我想，我们就要告别伦敦，告别英国了。斯蒂夫师傅这么多天陪同我们一路北上南下，沉默少语，吃饭也是自己单独解决，每当我们邀请他一同进餐，他总是婉言谢绝。在车上，他看我们笑，偶尔会莫名其妙地跟着我们一起傻笑。一路上严肃认真地开着车，他告诉我们，英国人开车从不按喇叭。一次，他突然按了一下喇叭，我问，“你怎么按喇叭了？”他乐呵呵地笑道，“提醒前面的集装箱车子，前方桥洞的高度有限。”我当时很是感动。我们一个个与他告别走下车，他不停地挥手。我走到车窗前，着实地向他说了声，“Very good service. It’s very kind of you.”

他伸出了手，我依依不舍地走进了机场大厅。

大家纷纷排队退税。人们在机场可以凭在英国期间所有购物的发票单而退税。此间，我环视着这个世界特大的机场，来来往往的各种肤色的人们匆匆而行，偌大的大厅已沦为一个来去辗转的驿站。离开的人，意兴阑珊；而归来的人，又倦意缱绻。行色总是匆匆，对大厅的一切充耳不闻、熟视无睹，仿佛只有我，那些纤细精巧的内心感受在这个偌大的玻璃房子里悄然萌发、滋长。

如果你是一个经常出行的人，是否有感觉到，机场是一个如此奇怪的空间，不仅运转着人，还运转着庞大的交通工具。作为“出发”与“抵达”的过渡性空间，它还承载着人的种种复杂的感情。此刻，不时有过往的空姐，她们拉着行李箱，一队队走过，又一队队走来，优雅的身姿和各种靓丽的服饰就像一个浩大的空姐走场秀，她们代表不同的国家，不同的航空公司，所有这些都昭示着希斯罗的繁忙与喧嚣。

办理完一切手续，我在免税大厅晃悠。这时走过来一个40岁左右的中国女士，她用一口标准的京腔向我推介这里的产品，大有推销托儿的嫌疑，她一直跟着我，不时地介绍各种商品的分布和性能。我突然回头，微笑地用英语对她说，“It is convenient for me to communicate with them in English. Thanks.”（我用英语和他们交流很方便。谢谢。）听到我的话，她改变了刚才温婉尔雅的样子，脸色刹那间就阴沉了下来，很严肃地一转身就走了。

我回到候机室，打开了自己随身携带的英国地图，开始回望走过的地方。一个春日融融的夜晚，我们被一辆大巴从伦敦希斯罗机场经温莎接送到了威尔士首府卡迪夫。第二天清晨，天使酒店的员工们给我们准备了丰盛的英式早餐。然后，我呼吸着异样的新鲜空气，贪婪地浏览着街道两旁的具有异国风格的陌生建筑，仔细辨认着街道两旁的道路标牌，随着各国的会议代表，从容地走向会场……

回想这些天来我们文化考察所走过的城市和乡村，温莎、卡迪夫、巴斯、巨石阵、剑桥、约克、哈罗盖特、爱丁堡、湖区、曼彻斯特、斯坦福德、牛津、伦敦……那些教堂，那些庄园，那些草原和牛羊，那些带着温婉笑靥的喝下午茶的人们，那些我读不完的浩瀚的历史和文化，莎士比亚悲喜交加的剧目，弥尔顿不朽的诗篇，牛顿的苹果树，还有昔日的午后斜阳下，彬彬有礼的管家侍奉左右，名门望族穿梭其中，驰骋于高尔夫和骏马间，尽情享受至尊的贵族运动，在优雅与刺激中，彰显勇气的同时也释放休闲的惬意……

这就是古老的英伦，这就是现代的英伦。

英国，一个令人着迷的国度。它虽然没有美国的豪放和热情，不及法国的浪漫和奔放，但是优美如画的乡村景色、辉煌而又充满野性的历史、灿烂悠久的文明以及整个民族从骨子里透出的桀骜不驯的贵族傲气、绅士风度和清洁精神，却是独一无二的。

飞机起飞的那刻，伦敦被抛入身后。英国就在脚下。步入这样的国度，有一种穿越历史的感觉，它古老的建筑。你走过一座旧日庄园，小楼外还有棵古老的大树，历史的记忆就能即刻呈现在你面前，感觉人也有了历史，有了底蕴，同时对你身心的影响是非常大的。我觉得这种绿色的氛围对一个人的修养、一个人的性格，包括人的文明举止都是无形中潜移默化的影响。

这是一个改变了自己也改变了世界的国家。

湛蓝的天空里，云朵在机翼边舒卷，英伦风情依旧在脑海频频浮现，古人与今人除了文字可以进行对话和交流外，有时候这种古老的庄园，那些百年的树木好像都能完成古今交流的使命，我在心中仿佛与这片绿草如茵的国度、陈旧狰狞的古堡有一种神交，也了结了年少时因书本而起的英伦夙愿。

再见，不列颠。挥挥衣袖，拂不去的是一如既往的万里情缘。

四十七、一句话说英国

题记：以下是根据我在英国期间所见所闻的笔记整理而成。不准确之处，敬请见谅。

（一）环境篇

乡村比城市美。城市没有乡村干净，伦敦尤其没有。

全国几乎看不到施工的场面。

整个国家就好像是一个大草场，几乎没有裸露的土地。

自来水是可以直接喝的。

钓鱼需要许可证，如果没有属于犯法行为。

捕捉，捕杀动物违法。

伦敦不再有雾霾。

城市没有市政形象的“大手笔”、大工程，老式的厂房稍加改装，成了陈列馆、博物馆。

英国的风很大。春秋天，外面穿上厚一点的大衣，里面穿短袖。无风的时候，脱掉大衣。

英国没有大型的百货商店，一般都是小型的门面。

酒店里每周有一次紧急情况疏散演练。

夜晚的都市，街上看不见行人，据说都在酒吧。

公园的长椅上、街头、河边总能看见静静读书的人。

河流湖泊几乎都有天鹅和野鸭等水鸟。

（二）饮食篇

每天必经的仪式，人人都喝“下午茶”。

全国各地的早餐几乎都是一样的配置。英式早餐十分丰盛，一般有各种蛋品、麦片粥、咸肉、火腿、香肠、黄油、果酱、面包、牛奶、果汁、咖啡等。

会议餐没有山珍海味，简单的几片三明治和果汁，红茶，咖啡或者水。

几乎所有的英国人都会认为中餐最好吃。

走进餐厅，绝对见不到吃一半、剩一半的狼藉景象，盛大的宴请，也只是土豆、西红柿、牛排、火腿肠等简简单单的三四道菜。

很多英国少女有抽烟的嗜好。

麦当劳、肯德基、汉堡王、星巴克和中国几乎一样的价格。

时不时能看见一边走一边拿着易拉罐喝啤酒的人。

英国人不吃狗肉。

（三）交通篇

全国的高速公路不收费。

城市没有高架桥，马路也不宽，汽车各行其道，不乱变道，不插队。交通不堵塞。

无论如何，司机不会随便按喇叭。

有些城市路口的红绿灯，由行人控制。行人一按，红灯就亮，汽车让行人。

在这里，坐公车不需要排队，因为大家都谦让地让彼此先上。

在城市行走，每小时最少被摄像 30 次。

没有不密封的货车（大都是集装箱模样）。

（四）行为篇

忘记关灯或水龙头是可耻的行为。

大部分英国人的夜生活是去酒吧，少数富人也去赌场。

晚上 7 点以后，几乎看不到开业的商店。

不诚信的人很受排斥，被认为可耻。

10 镑以上的礼物会被认为图谋不轨，有贿赂嫌疑。

很少见到乞丐，只见幸福的街头艺人。

非成年人购买烟酒属于监护人违法。

生活必需品大都不比中国贵。

女士优先是永远不变的。

很多人工作的意义是让生命有价值，而不是赚更多的钱。

几乎所有的厕所都是马桶，隔间里面永远都会有纸。

马路上一般都能看见四个季节着装的人。

马路上会有陌生人对你微笑。

公园里有人在树影婆娑的草地上做爱。

街上到处都是出租房屋的招牌“To let”。

英国人一下班拿着包就走，没有加班的。

超市的收银员认为自己只负责收钱，把商品装到袋子里是顾客的事情。

物价比中国便宜，买东西还退税。

大学里看不见勾肩搭背的恋人。

伦敦街头时有小偷，他们说大多不是英国人。

伦敦街头有人乱扔烟头，他们说大多不是英国人。

后记　相逢在时光倒流的春天

接到前往英国参加国际会议的邀请，我兴奋了好一阵子。

记得当初办理签证时与上海英国领事馆签证官电话交流的时候，我用英语告知他我的英伦梦自大学时候就开始，持续了多年，并一口气说出了那么多英国作家的名字和他们的作品。那位官员笑呵呵地用汉语对我说，“没有想到你还是个英国文化的粉丝”，当我们的领队被拒签的时候，我就知道我一定会顺利通过签证，因为我感觉到了那位签证官肯定的口气。

我们一行9人是在没有领队的情况下，“无组织”地前往英国。厦门大学的林老师，是我们中间年龄最长的一位，她慢腾腾的话语和伶俐的肢体动作，让我们感受到这位大姐的亲切与温润，于是，在浦东机场，我们一致推举她为我们临时的“头”。江西师大的章老师，沉默少语，走到哪都带着一本厚厚的英文书，我们几个人像麻雀一样叽叽喳喳，他却在一旁静静地读书。他到英国，甚至连相机都不带，这可能与他曾在英国读书有关，我想他已经把英国装在心中了。剩下的我们几个，差不多一样大的年龄，一路走来，闹腾不停，甚至唱起了童年的儿歌。咸宁学院的刘老师，一口纯正流利的英语听不出像是中国人说的，成天乐呵呵的。在哈罗盖特我把“少林”武术的“shaolin”读成“snaolin”，她笑弯了腰，直至蹲在地上，就像个调皮的小姑娘。大连海事大学的王老师，优雅沉稳，是购物的好手。她带的箱子最大，每到一个地方，她就以一个家庭主妇的模样向大家推介什么样的鞋子好，什么样的羊毛制品精致，在她的带领下，多花了我不少英镑。广州工业大学的陈老师，我感觉在英国期间她最少

带了十套行头，感觉她好像是随团的时装模特，所到之处她总是格外显眼靓丽，似乎与风景争相媲美。尤其是在那些古朴典雅的建筑前，她往那里一站，就一幅活生生的油画，既古典又现代，确实养眼。

女士们，要不是有你们，我的这趟英国之行该多么乏味啊。

剩下的就是我们几个大老爷们了。中国地质大学的张老师，成天捧着一本《易经》。还不停地给女士们看手相。因为和我同住一屋，每天晚上总有女士来骚扰，闹腾要知晓自己的未来，搅得屋子里乱哄哄的。不过，那种闹腾在异国他乡着实是一种别致的温馨，现在回想起来还那么让人想重温那些个夜晚。张老师，现在你的通“易”水平应该又上一个台阶了吧。我至今还记得我俩“同居”时你说的那些悄悄话，男人的私房话。哈尔滨师范大学的顾老师，那么多天，也不知道你到底在忙什么，拍照的时候喜欢一个人单溜，对异国文化和异国女孩子的审美观，你很在行，作为男人，我要向你学习。你对文化能说出前因后果，能评判历史的是与非，对女人，你也能评头论足，从美学和艺术的角度去审视人家，你应该去当人体画家，做一个外语教授有点可惜了。湖北经济学院的邓老师，你拍照的时候总喜欢靠近女士，因为你最有绅士风度，尤其是你那小胡子。记得你在曼联球场买了套球衣，你即刻就穿上了。其实，我觉得那套球衣的样子很一般，不过是曼联的罢了。在爱丁堡的司各特纪念塔下，因为我的无知，你为我详尽说明了那个纪念塔的来龙去脉。真的很感谢你。我也记得，你说你在英国留学的时候，你的房东总是不关门，她干什么你都知道。呵呵，留学期间还窥探别人的隐私，这不好。好像只有我们俩能记忆起童年的很多事，你唱的那些儿歌至今依然飞扬在我的耳边。

……

在英国，看到厚重的历史和文化，仿佛那个春天的时光在倒流。我们在此相逢，短暂的日子又是那样的特别和难忘。哈罗盖特的夜晚、海斯洛普庄园的舞会、布莱尼姆宫的黄昏、剑桥的后花园、巴斯街头的艺人、伦敦的皇家兵营、麦克米兰的咖啡，温莎那个饭店窗台上盛开的君子兰……仿佛都历历在目。

记得还是在大学的时候看过一部电影叫《漂流瓶》，说的是几个人在海上旅行相遇，短暂的时光让大家相见恨晚，于是决定某年某月的某一天，大家还乘坐此游船来此相聚。于是他们把自己的誓言写下来放到一个密封的瓶子里，投入大海……若干年后，他们相聚了……

英国回来后，五次到大连出差，而王老师一次是在外地，一次是遇到强冷空气袭击，大连的路像玻璃，还有两次是我没有告诉你，最后一次，我们终于见面了。那次时间虽然匆忙，但是却很亲切，我们一起回忆了在英国的光景以及谈到了当今高校教育的病态模式。

去广州两次，都见到了陈老师，尤其是在珠江的夜色中，游轮悠悠，下着小雨，两岸灯火融融，船上人很少，你和珠江都一样地媚态撩人。但是，我就是吃不惯广州的早茶，一大早，什么肉块、鸡爪子的，咽不下呢。下次去，能不能不再吃你们的“早茶”?

去年冬天到哈尔滨，匆匆间宰了顾老师一顿午饭，很是解馋。那大块的肉骨头，还有那么可口的哈尔滨啤酒，让我在飞机上美美地回味不已。

邓老师，听说你后来又去了英国。有我们那次好玩吗？一定没有。谢谢刘老师，一再邀请我去咸宁泡温泉。我想，这个愿望一定要实现，这个愿望一定能实现。你们在武汉、在厦门相聚的时候都给我电话，我感觉好像我们大家是多年的同学一样，即使不见面，也不会有陌生感。想起了那句话，有的人相处一辈子不会有什么感觉，形同陌路。有的人相处几个小时，可能会成为一辈子的朋友。

人生的旅程慢慢又汲汲，中途可能有无数个驿站。英国的那

个春天就是我们的一个驿站，我们一同欢笑，一同感叹，一同悲悯。英伦起起伏伏的历史和文化以及与你们朝夕相处留下的情谊让我拥有了一笔丰厚的精神财富。为此，我更加怀念春天。怀念我们相逢在不列颠的那个时光倒流的春天。

……

二〇一三年六月　合肥

跋　我的英伦梦

我的英伦情结是自大学生涯就开始的一个梦。

20世纪80年代，我国大多高等院校的外语系实际上就是英语系，也叫英国语言和文学系。所学学科大多是英国的历史、文化和文学，也掺杂少量的美国文学。因此，莎士比亚、温莎城堡，英国王室、国会大厦，唐宁街十号，巨石阵、苏格兰高地等就成了我们这些学习英国语言和文学的大学生所追寻的一种遥远的历史文化符号。那时的中国，很少见到外国人，也几乎很难买到英文原著的书籍。所学课本几乎都是中国老师编写的教材，有的甚至就是打印的讲义。好在，有大量的英国名著翻译本开始进入校园的图书馆。

于是，遥远的英伦风情久久地荡漾在心头，梦想将来有一天能踏上英伦三岛，去看看雾霭下品味下午茶的人们，去领略大不列颠工业革命后宁静的庄园。去摩挲那些文学巨著里故事发生地点的前世今生，去寻觅英国湖区“湖畔派”诗人诵咏的黄色水仙……

这个梦驰骋了20余年。当我真实地踏上这片拥有厚重文化和历史之国度的时候，我仿佛是一个牙牙学语的孩童，充满了好奇和想象。甚至想把所读过的英国作家著作中所描述的地方都走一遍。正如华盛顿·欧文早在200年前到英国时就曾这样说过，“我就是这样到处在英国游历的，仿佛一个大孩子，看到每一样东西，不论是宏伟的还是纤小的，心里都很快活，常常露出惊羡的傻气和天真的愉快。”

除了北爱尔兰之外，我在英国的土地上饥渴地搜寻着目之所及和往日储存的记忆，虔诚地坚持每天把看到的听到的都记录下

来，居然写了一大本笔记。回来后，我开始陆续撰写在英国的所见所闻。前前后后，历经一年多的时间，终于汇集成这本《英伦一杯下午茶》。也算了却我的夙愿，圆了一个梦。

重温密密麻麻的笔记和相关资料，让我有幸畅游在英伦文化浩瀚的历史长河中而乐不思蜀。一年多的时间内，我整理了在英国期间记录下的大量影像资料和笔记，得以重新阅读了威廉·莎士比亚、华兹华斯兄妹、简·奥斯丁、狄更斯、夏洛蒂·勃朗特、托马斯·哈代、劳伦斯、温斯顿·丘吉尔等文学大师的一些经典巨作，正是因为他们和他们的文学智慧让我在年少时就怀揣了英伦之梦。一年来，我观赏了《勇敢的心》《波特小姐》《苔丝》《蝴蝶梦》《简·爱》《傲慢与偏见》和《唐顿庄园》等有关英伦历史和文化的经典影视剧。我还在华盛顿·欧文、阿兰·德波顿、朱光潜、朱自清、董桥、徐志摩、林徽因等文学巨匠的字里行间寻觅英伦文化的点点滴滴，窥探其不朽的风骨与灵魂。

就这样，400多个日日夜夜在我翻阅页码的指尖缓缓地悄然逝去。我开始写第一篇《温莎夜色》的时候是在去年阳春三月一个融融的春夜，写下最后一篇《相逢在时光倒流的春天》，又一个春日已经结束，初夏的气息已经扑面而来。

《英伦一杯下午茶》里面的文字一开始是陆续首发在一个叫"榕树下雀之巢"的华文网站，诸多朋友给予积极的点评和鼓励，很多朋友建议我出本书。于是，在合肥工业大学出版社编审朱移山先生的支持和关心下，这本书得以问世。在此表示真诚的谢意。感谢朋友们的热情关注，感谢移山先生为此书付出的心血，感谢袁传芳女士于百忙之中为本书作序。

由于本人水平有限，书中肯定存在许多不足之处，恳请读者朋友予以海涵并指正。

童地轴

二〇一三年十月　于合肥